돈 까밀로와
뽀 강 사람들

Don Camillo Della Bassa-Gente Cosi
by Giovannino Guareschi

*신부님 우리들의 신부님 5

돈 까밀로와 뽀 강 사람들

5

G. 과레스키 연작소설

주효숙 옮김

서교출판사

"북풍과 태양이 서로 자신의 힘이 세다고 다투다가 나그네의 옷을 벗기는 시합을 했다. 먼저 북풍이 세찬 바람을 몰고 왔다. 그러자 나그네는 옷을 더욱 단단히 여미기 시작했다. 바람이 더 세차게 불어 대자 추위에 못 견딘 나그네는 여분의 옷까지 꺼내 입었다. 크게 낙담한 북풍은 태양에게 기회를 넘겨주었다. 태양이 아주 부드럽고 따뜻한 볕을 내리쬐자 나그네는 여분의 옷을 벗었다. 태양이 다시 뜨거운 열기를 내뿜자 더위를 견디지 못한 나그네는 근처 개울로 달려가 나머지 옷을 모두 벗어 버렸다."

–《이솝 우화》 중에서

들어가기 전에

돈 까밀로와 빼뽀네가 펼치는 유쾌하고 재미있는 이야기의 시작은 우연에서 비롯됐다. 과레스키가 〈칸디도〉를 편집하던 시절인 1946년, 크리스마스이브 전날 밤의 일이다. 마감을 알리는 편집국 사환의 목소리가 사무실 안에 울려 퍼지자, 아직 원고를 끝내지 못한 과레스키는 급한 마음에 다른 잡지에 내려고 써 놓았던 소설 원고를 뜯어낸다. 이것을 마감이 임박한 〈칸디도〉 마지막 장에 붙여 급히 조판하고 대신 원래 원고가 실릴 예정이었던 잡지에는 즉석에서 대충 지어낸 이야기 하나를 집어넣어 가까스로 위기를 모면한다. 바로 이처럼 급박한 상황에서 유명한 '돈 까밀로 시리즈'의 첫 번째 작품이 태어났다. 훗날 과레스키는 만일 이 소설이 〈칸디도〉가 아닌 다른 잡지에 실렸었더라면 그처럼 선풍적인 인기를 끌지 못했을 것이며 탄생 즉시, 사장되고 말았을 것이라고 회고했다.

당시 작가는 이 이야기가 전 세계의 수많은 독자를 울리고 웃기는 장기 베스트셀러가 될 줄은 몰랐고, 〈칸디도〉 다음 호로 이어지리라는 기대조차 하지 않았다. 하지만 이탈리아의 독자들은 자신들의 일상을 유쾌하게 풍자한 연작소설에 열광했다. 독자들의 관심과 성원에 힘입은 과레스키는 그제야 마지못해(?) 돈 까밀로와 뻬뽀네가 휘젓고 다니는 뽀 강 근처에 사는 사람들의 이야기보따리를 하나, 둘씩 풀어놓기 시작한다. 이런 곡절 끝에 탄생한 '돈 까밀로 시리즈'가 이탈리아뿐 아니라 지구촌의 수많은 독자들에게 폭발적인 인기를 끌게 된 진정한 이유는 작품 안에 재미뿐만 아니라 인간에 대한 따뜻한 시선이 담겨있었기 때문이다. 이탈리아 국민들은 전쟁 직후의 피폐와 궁핍, 사회적 갈등에도 불구하고 긍정적인 태도와 유쾌함, 그리고 이웃에 대한 사랑을 잃지 않았기에 소설의 진가를 한눈에 알아보았던 것은 아닐까?

소설이 연재되던 당시 2차 세계대전의 패전국으로서 이탈리아는 막대한 부채를 짊어지고 있었고 파시스트 정권의 붕괴 이후 극심한 정치적 갈등도 겪고 있었다. 이념적 차이에 의한 폭력사태도 빈발했고 피의 복수도 심심치 않게 일어났다. 뽀 강 유역에 위치한 폰타넬레에서 태어나고 자란 과레스키는 익숙한 고향 마을의 풍경에 신부와 공산주의자 읍장이라는 두 인물을 대비시킴으로써 좌우로 갈라져 반목하는 당시 이탈리아 사회의 축소판을 만들어 놓은 것이다. 하지만 이 소설 속에는 피 흘리는 다툼은 거의 나타나지 않는다. 혹 그런 사태가 벌어져도 우리의 사랑스러운 주인공들이 직접적으로 관여하지 않는다. 그들은 서로 몹시 미워하는 것으로 보이지만 실제로는 그에 못지않은 애정을 나누고 있기 때문이다. 해학과 풍자, 그리고 위트로 잘 버무려진 그의 글에는 고달픈 현실에 대한 탄식보다는 힘든 현실을 희화화할 줄 아는 여유가 느껴진다. 그래서 이 소설은 절망이 아니라 잔잔한 감동과 유쾌한 즐거움 그리고 미래에 대한 희망을 우리에게 선사한다. 과레스키는 자신의 이야기를 통해 아무리 현실이 괴롭고 힘들다 해도, 독자들로 하여금 고통 속에서도 미소를 머금고 계속 살아가야 한다는 메시지를 전달하고 있다.

《돈 까밀로와 뽀 강 사람들》은 국내에 처음 소개되는 작품으로, 이탈리아 리졸리 출판사에서 펴낸 *Don Camillo Della Bassa - Gente Cosí*를 번역했음을 밝혀 둔다.

– 옮긴이

차례

COOPERATIVA SOCIALISTA

지금부터 돈 까밀로와 뻬뽀네, 그리고 예수님의
재미있는 이야기가 펼쳐집니다.

화가와 마을 처녀

자전거를 탄 젊은이 하나가 성당 마당에 와서 멈추더니 이리저리 주변을 둘러보기 시작했다. 마침내 흥미 있는 걸 찾았는지 자전거를 기둥에 세우고 바구니에 실린 보따리를 풀었다. 그는 거기서 휴대용 접이 의자를 펴 자리를 만든 뒤 이젤, 물감, 팔레트를 꺼내 작업을 시작했다.

다행스럽게도 아이들이 학교에 있을 시간이라, 젊은 화가는 한 30분 정도는 아무런 방해를 받지 않은 채 그림을 그릴 수 있었다. 그러나 시간이 지남에 따라 사람들이 하나둘 모여들기 시작했다. 젊은 화가는 자신의 붓끝을 주시하는 호기심 가득한 100여 개의 눈동자에 부담을 느꼈다.

바로 그때, 돈 까밀로가 우연히 지나가는 척하며 천천히 다가왔다. 누군가 낮은 소리로 그림을 어떻게 생각하느냐고 돈 까밀로에게 묻자, 그는 이렇게 대답했다.

"무어라 판단을 내리기엔 좀 이른 것 같군."

그러자 마을의 지식인을 자처하는 한 젊은이가 투덜댔다.

"성당 현관이 뭐가 멋있다고 그러는지 난 이해가 안 가는 걸. 뽀 강을 따라가면 천 배는 더 아름다운 그림 소재들이 있는데 말이야."

그 말을 들은 화가는 뒤도 돌아보지 않고 대꾸했다.

"아름다운 건 싸구려 그림엽서 만들 때나 소용이 있는 거지요. 그 채워지지 않은 부족함 때문에 난 이 마을을 좋아하는 겁니다."

이 말에 모두 술렁거렸다. 정오까지 젊은이의 작업을 의혹의 눈초리로 지켜보던 사람들은 좀처럼 끝날 기색이 보이지 않자 자리를 떠나버렸다. 홀로 남은 젊은이는 홀가분한 기분으로 내리 두 시간 동안 쉬지 않고 그림을 그렸다.

사람들이 다시 구경하러 돌아왔을 때는 누군가 사제관으로 달려가 돈 까밀로를 불러올 정도로 멋진 그림이 완성되어 있었다.

"신부님, 얼마나 멋진지 한번 보세요!"

실제로 젊은이는 꽤 재능있는 화가였다. 구경꾼들 틈에 끼어 있던 뻬뽀네가 감탄하며 말했다.

"이게 바로 예술이구먼! 50여 년 동안 매일 저 현관을 봐왔지만, 이렇게 멋진 줄은 몰랐네!"

젊은이는 피곤이 밀려오는 것을 느꼈다. 그는 팔레트와 붓을 치우고 물감통을 닫고 일어섰다.

"벌써 끝났나?"

누군가 물었다.

"아뇨, 내일 끝낼 생각이에요. 지금은 빛의 방향이 바뀌었어요. 그냥 그리면 전혀 다른 그림이 될 수도 있거든요."

"사제관에 물선을 보관하는 게 편할 것 같으면 원하는 대로 하시오. 아무도 손대지 않을 테니까."

돈 까밀로가 아직 채 마르지 않은 캔버스를 어찌해야 할지 근심하는 젊은이에게 도움의 손길을 내밀었다.

"신부님 감사합니다."

"돈 까밀로가 저 훌륭한 화가를 붙잡는 꼴은 별로 보고 싶지 않았는데…."

젊은이가 돈 까밀로의 제안을 냉큼 받아들이자, 뻬뽀네가 투덜댔다.

"신부님, 돈을 가능한 한 적게 쓰면서 싼값에 먹고 잘 수 있는 데가 어딘지 알려주시겠습니까?"

젊은이가 사제관 입구 곁방에 물건을 정리해 넣으며 돈 까밀로에게 물었다.

"그러게나. 멀리 갈 것 없네. 여기가 바로 거기니까."

젊은이가 놀라서 그를 쳐다보자, 돈 까밀로는 이내 한마디를 덧붙였다.

"예술가를 우리 집 손님으로 대접할 수 있다면 난 아주 기쁠 것 같군."

부엌에 장작불이 켜지고, 식탁에 음식이 차려졌다. 배고픔과 추위에 지친 젊은 화가는 천천히 그러나 양껏 음식을 먹고 마셨다. 그러자 생기 없던 얼굴에 혈색이 돌기 시작했다.

식사를 마친 젊은이가 말했다.

"무어라 감사를 드려야 할지…."

"뭐 고마워할 것까지야…. 그건 그렇고 여기 얼마나 오래 머물 생각인가?"

"내일 오후에 도시로 돌아갈까 합니다."

"벌써 우리 마을에 싫증이 나셨나?"

"사실은 돈이 떨어져서요."

젊은이가 한숨을 내쉬자 돈 까밀로는 그를 보며 말했다.

"나도 돈이 없으니 돈을 줄 수는 없네. 하지만 성당을 위해 몇 가지 일을 해줄 수 있다면, 한 달 정도 여기서 먹고 자는 걸 허락해 줄 수는 있지. 한 번 생각해 보게나."

"생각하고 말 것도 없군요. 하지만 한 가지 조건이 있습니다. 제 그림을 그릴 시간도 좀 주세요."

"그야 당연하지."

돈 까밀로가 쾌히 승낙했다.

"하루에 두 시간 정도 일을 하면 충분할 걸세. 할 일이 그리 많은 건 아니니까."

사실은 지난번 성당 보수작업을 하는 동안, 비록 얼룩진 곳을 다시 석고로 칠하느라 그 부분의 내부 장식이 일부 지워져 버렸던 것이다. 돈 까밀로는 그 장식을 다시 그려 두고 싶었다. 그는 젊은이를 데리고 성당으로 가서 지워진 장식을 보여주었다.

젊은이는 자신의 할 일을 확인하고는 미소를 지었다.

"이게 다입니까?"

"그렇네."

"이 일을 끝내는 데는 하루면 충분합니다. 신부님, 아무래도 계약을 받아들일 수 없겠어요. 저로서는 떳떳하지 못할 것 같으니까요. 제게 할 일을 더 주신다면 모를까…."

돈 까밀로는 속내를 들켰다는 듯, 양팔을 벌리며 말했다.

"사실 다른 일이 하나 있네. 그렇지만 너무 큰 일이라 말할 용기가 나지 않는구먼."

"그러지 마시고 말씀해 보세요."

돈 까밀로는 성당 옆에 붙어 있는 작은 경당의 난간으로 다가가 불을 켰다.

"얼마나 엉망인지, 이리 와 직접 확인하게나."

젊은이는 눈을 들어, 제대 위쪽의 벽을 더럽히고 있는 커다란 얼룩을 보고 말했다.

"물이 새서 얼룩이 번졌군요."

돈 까밀로가 설명했다.

"너무 늦게 알아채서 손을 쓸 수가 없었네. 서둘러 지붕을 수리하긴 했는데, 이미 얼룩이 져버린 걸 어쩌겠나. 성모님의 모습이 저렇게 훼손되었으니…."

젊은이는 고개를 절레절레 저었다.

"큰 공사군요. 남아있는 부분은 더 이상 쓸모가 없으니, 회칠을 처음부터 다시 해야 하겠는데요."

돈 까밀로의 얼굴에는 수심이 가득했다.

"회칠만 하는 거라면 나 혼자라도 해보겠네만, 마리아님을 다시 그려야 한단 말이지…."

"그건 제가 어떻게든 해보죠."

젊은이는 연신 벽화에 대해 감탄하며 말했다.

"신부님은 벽이나 수리해 두세요. 전 마리아님 모습을 연구하고 그릴 준비를 하겠어요. 때가 되어 회칠을 도와줄 미장공을 불러주시면 제가 다 알아서 하지요. 프레스코화에 대해서는 제가 좀 알거든요. 그런데 일을 다 끝내고 결과를 보여드리는 걸로 했으면 좋겠어요. 사람들이 지켜보는 가운데 작업하는 건 제게는 고문이나 다름없으니까요."

돈 까밀로는 뛸 듯이 기뻐하며 곧바로 동의했다.

"그래, 알겠네."

젊은이는 제 일에 큰 열정을 지닌 훌륭한 화가였다. 맘에 드는 장소에 한동안 머무를 수 있게 된 데다 매일 실컷 배부르게 먹을 수 있게 되었다는 사실은 그에게 굉장한 열의를 불러일으켰다. 마을의 전폭적인 지지를 받았던 현관 그림을 완성하고 나자, 그는 성모마리아에 대한 영감을 얻기 위해 마을 곳곳을 누비고 다니기 시작했다.

그는 전통적인 방식을 따라 틀에 박힌 성모마리아를 그릴 수는 없다고 생각했다. 살아 숨 쉬는 실재 인물의 얼굴을 형상화해야만 한다. 젊은 화가는 그것이 돈 까밀로에 대한 예의일 뿐만 아니라 아름다운 프레스코화에 대한 예의라고 믿었다.

처음 일주일 동안, 그는 성당 내부를 수리하고 장식을 보완했다. 게다가 성가대석 위에 걸려있는 커다란 유화 그림까지도 복원했다. 하지만 그는 무언가 초조한 기분에서 벗어날 수가 없었다.

아무래도 그 작은 경당의 마리아를 그리기 위한 영감의 대상을 찾을 때에야 비로소, 매일매일 커지는 불안이 가라앉을 것 같았다.

그러나 두 번째 주일이 돌아올 무렵에는 점점 상황이 나빠져만 가고 있었다. 경당의 벽은 완벽하게 수리를 마치고 밑그림이 완성되기를 기다리고 있었지만 가장 중요한 문제인 적당한 모델을 찾는 일이 도무지 해결될 기미를 보이지 않았던 것이다.

젊은 화가는 읍내와 변두리를 돌아다니며 천여 명의 여자를 관찰해 보았지만 관심이 가는 얼굴을 찾지 못했다.

돈 까밀로도 뭔가 일이 꼬여간다는 것을 알아차렸다. 젊은 화가는 의욕이 전부 사라진 것처럼 보였다. 아예 한 점의 스케치도 그리지 못하고 돌아오는 날도 있을 정도로….

"우리 마을에 대한 흥미를 잃었소?"

어느 날 저녁, 기다리다 못한 돈 까밀로가 물었다.

"마을에는 아직 캔버스에 담지 못한 아름다운 것들이 많다고 생각하오만."

"전 지금 오직 하나뿐인 아름다움에 대해 고민하고 있는 중입니다."

젊은이의 목소리엔 실망감이 가득했다.

"그런데 그걸 좀처럼 찾아낼 수가 없네요, 신부님."

다음 날 아침 젊은 화가는 단단히 마음을 먹은 뒤, 자전거를 타고 길을 떠났다.

"오늘도 찾아내지 못하면, 이 마을을 떠나자."

그는 온종일 바싸 마을 여기저기를 쏘다녔다. 물이나 한 잔 달라면서, 아니면 괜히 뭐라도 물어보면서 여기저기 들렀다. 길에서 여자와 마주치기라도 하면 자전거를 멈추고 찬찬히 얼굴을 뜯어보기도 했지만 씁쓸함만 커질 뿐이었다.

정오 무렵, 젊은이는 읍내에서 가장 가까운 로카 마을에 도착했다. 그는 '파지아노' 라는 식당에 뭔가를 먹으러 들어갔다.

도무지 성당으로 돌아갈 엄두가 나지 않았기 때문이었다.

오셀로를 그린 석판화 하나가 덩그러니 걸려 있는 벽에 좁고 낮은 천장을 가진 식당은 손님 하나 없이 썰렁했다. 노파가 주문을 받으러 오자, 젊은이는 빵, 살라미 소시지 그리고 포도주 한 잔을 청했다.

잠시 뒤, 시커먼 탁자 위에 고운 손 하나가 주문한 음식을 갖다 놓기 시작했다. 젊은이는 무심코 고개를 들어 위를 올려다보다가 숨이 턱 막힐 정도로 놀랐다.

'드디어 영감을 주는 얼굴을 찾아냈다!'

스물다섯 살쯤 되었을까 싶은 그녀는 열여덟 살의 청초한 소녀 같은 분위기를 풍기고 있었다. 젊은 화가의 관심은 온통 그녀의 얼굴에 집중되었다. 화가는 그토록 찾아 헤매던 얼굴을 마침내 발견했다는 기쁨을 감출 수가 없어서 그녀를 계속해서 빤히 쳐다보았다.

그녀는 잠시 멈칫거리다가 자신에게 쏟아지는 시선을 더 이상 참을 수 없다는 듯이 따져 물었다.

"그쪽에 무슨 문제라도 있어요? 아니면 내 얼굴에 뭐라도 묻었나요?"

"아뇨, 그런 건…. 미안합니다."

경황이 없던 젊은 화가는 말을 더듬었다.

처녀는 휙 몸을 돌려 부엌 쪽으로 돌아갔다가 잠시 뒤 뜨개질 거리를 꺼내와 문 옆에 앉았다.

젊은이는 끓어오르는 희열을 도저히 참을 수 없어, 즉시 이젤을 꺼내 그림을 그리기 시작했다. 자신을 지켜보는 시선에 계속 신경을 쓰던 처녀가 머리를 들고 그에게 묻기까지는 그리 오랜 시간이 걸리지 않았다.

"지금 뭘 하는 거죠?"

"당신 초상화를 그리고 있습니다."

"내 초상화? 어째서요?"

"저는 직업화가입니다. 화가에겐 아름다운 모든 것이 관심의 대상이거든요."

그녀는 납득이 가지 않은지 잠시 얼굴을 찌푸렸다. 하지만 이내 어쩔 수 없다는 듯 어깨를 으쓱하고는 다시 뜨개질을 계속했다.

1시간이 넘게 가만히 앉아 뜨개질에 집중하던 그녀가 갑작스레 일어나 젊은이에게 다가왔다.

"한 번 보여주세요."

젊은이는 자신의 스케치를 보여주었다.

"내가 이렇게 생겼다고요?"

처녀가 깔깔거렸다.

"이건 대충 윤곽만 그린 거예요, 아가씨. 괜찮다면 내일 와서 마저 그리고 싶은데요."

접시와 컵을 치우는 그녀에게 화가는 물었다.

"얼마지요?"

"내일 와서 주세요."

젊은 화가는 사제관에 돌아오자마자, 자기 방에 틀어박혀 무서운 기세로 그림을 그리기 시작했다.

그는 다음 날 아침까지 계속 그림을 그리다가 정오경에 방문을 열쇠로 잠그고 나가며 소리쳤다.

"신부님, 됐어요. 영감이 떠올랐어요."

젊은 화가는 온 힘을 다해 페달을 밟으며 길을 나섰다. 그리고 전날과 하나도 달라진 것이 없는 파지아노 식당에 도착했다. 휑하니 썰렁한 홀과 빵, 살라미 소시지, 포도주 그리고 문가에 앉은, 영감을 주는 얼굴을 가진 처녀까지 모든 게 그대로였다.

여러 시간 동안 포즈를 취한 뒤, 그녀는 젊은이가 일한 결과를 보고 어제보다 좀 더 만족하는 듯했다.

"이제 좀 낫네요."

"내일 또 와도 괜찮다면, 지금보다 더 나아질 겁니다."

젊은이가 안도의 한숨을 쉬며 말했다.

젊은 화가는 그림을 완성하기 위해 두 번 더 그곳을 찾아갔다. 그러고는 한동안 식당에 발길을 뚝 끊었다. 성당에서 아직 해야 할 일이 남아있었기 때문이다.

그는 사흘 동안 방에 틀어박혀 밑그림을 완성한 뒤, 미장공과 의논을 마치자마자 경당에서의 작업을 시작했다. 그는 굉장한 열의를 가지고 있는 것 같았다. 하지만 아무도 그 작업과정을 지켜볼 수는 없었다. 견고하고 뚫기 어려운 간이 벽이 공사 중인 경당 앞에 세워졌기 때문이다. 간이 벽은 성당의 나머지 공간과 경당을 철저히 둘로 나누어 놓았다. 경당으로 통하는 문은 언제나 굳게 잠겨 있었고 오직 열쇠를 가진 젊은 화가만이 안으로 들어갈 수 있는 유일한 사람이었다.

돈 까밀로는 호기심에 불타올랐다. 그러나 매일 저녁, 젊은 화가에게 물어보는 것으로 만족하며 호기심을 다스릴 수밖에 없었다.

"그래, 일은 잘되어가나?"

"곧 보시게 될 겁니다, 신부님."

그는 자못 흥분된 목소리로 대답했다.

드디어 운명의 날이 왔다.

모든 일을 마친 젊은 화가는 큰 천으로 프레스코화를 덮은 뒤, 판자로 된 간이 벽을 떼어 내고 돈 까밀로를 부르러 갔다.

"신부님, 다 됐습니다."

돈 까밀로는 냉큼 경당 난간으로 달려갔다. 두근거리는 돈 까밀로의 마음은 기대감으로 가득 차올랐다.

젊은이는 장대를 내밀어 그림을 가리고 있던 천을 떨어뜨렸다. 멋진 그림이었다. 돈 까밀로는 성모마리아 그림 앞에서 입을 떡 벌렸다. 그는 손으로 심장을 쥐어짜는 듯한 고통을 받았고 이마에는 식은땀이 흘렀다.

괴로운 비명이 돈 까밀로의 입에서 터져 나왔다.

"첼레스티나!"

젊은이는 깜짝 놀라 그를 바라보았다.

"첼레스티나라뇨?"

"저건 첼레스티나 아닌가. 파지아노 식당 주인의 딸 말이네."

젊은이는 그게 무슨 문제냐는 듯 어리둥절한 표정을 지었다.

"그렇죠."

그는 거리낌 없이 사실을 인정했다.

"제가 그 식당에서 찾아낸 얼굴이랍니다."

돈 까밀로는 사다리를 가지고 경당으로 달려갔다. 사다리를 벽에 세우고 재빨리 올라가, 천으로 다시 그 그림을 덮었다.

젊은이는 무슨 일인지 도무지 이해할 수 없었다. 그래서 돈 까밀로가 바닥으로 내려오자마자 따지듯이 물었다.

"머리가 어떻게 되기라도 하신 겁니까?"

돈 까밀로는 아무 대답도 없이 사제관으로 씩씩거리며 돌아갔다. 영문을 모르는 젊은이는 이유를 묻기 위해 돈 까밀로의 뒤를 쫓아갔다.

"이건 신성 모독이야!"

사제관에 들어서자 돈 까밀로가 숨이 찬 듯 헐떡이며 말했다.

"첼레스티나라니! 파지아노의 딸, 첼레스티나! 첼레스티나의 얼굴을 한 성모님이라니! 아니, 자네는 정말 첼레스티나가 누구인지도 모르고 이 그림을 그렸단 말인가?"

돈 까밀로의 추궁에 젊은이의 얼굴이 조금씩 창백해져 갔다.

"파지아노 집안사람들이 이 지역 빨갱이 중에서도 가장 열성분자라는 걸 몰랐다니! 첼레스티나의 얼굴을 한 마리아님을 그리는 것은 스탈린의 얼굴을 한 예수님을 그리는 것과 같단 말이야."

젊은이는 침착함을 되찾으려 애쓰며 말했다.

"신부님, 저는 그 처녀의 정치적인 신념이 아니라, 그녀의 얼굴에서 영감을 받아 그림을 그렸을 뿐입니다. 그녀의 얼굴은 너무나 아름답습니다. 그리고 그 아름다움은 당이 준 것이 아니라 하느님의 축복으로 내려진 거라고 믿습니다."

"하지만 아름다움 속에 숨겨진 시커먼 영혼은 사탄이 그녀에게 선물한 거네!"

"아름다움은 절대 사탄의 선물이 될 수 없습니다. 세상의 아름다운 것은 모두 하느님의 선물이죠."

돈 까밀로는 하늘을 가리키며 말했다.

"화가 양반, 자네는 신성모독을 범했어! 선의에서 한 일이란 걸 몰랐다면, 내가 직접 저 그림을 파지아노란 이름을 가진 악마의 집에다 내던져 버렸을 거네. 자네는 아직도 이게 얼마나 중대한 사건인지 이해가 안 가나?"

젊은이는 머리를 가로저으며 말했다.

"전 정말 모르겠습니다. 저는 하나도 거리낄 게 없거든요. 성모님의 얼굴을 그리기 위해 제가 본 중에 가장 아름다운 얼굴에서 영감을 받은 것뿐이니까요."

"자네는 선한 의도에서 초상화를 그렸는지 모르지만, 그 여자는 악의를 가지고 초상화를 그리게 허락한 거야. 냉담자로서! 성모님 얼굴을 냉담자 얼굴을 모델로 그렸다는 게 신성모독이라는 생각이 들지 않나? 이래서야 '강가의 성모마리아' 보다는 '냉담자 성모마리아' 라는 이름이 더 어울리겠군!"

젊은이는 울고 싶은 기분이었다.

"애써 찾아낸 얼굴을 영적으로 승화시키기 위해 저도 모든 정열을 쏟았단 말입니다."

화가 난 돈 까밀로는 젊은이를 향해 거칠게 따졌다.

"뭘 영적으로 승화시키고 싶었단 말인가? 첼레스티나처럼 천박한 여자의 얼굴을 영적으로 승화시킨다고? 어떻게? 입을 열면, 거친 마부들조차 얼굴을 붉히게 할 정도로 욕설을 퍼 붓는 그녀를? 성모님께서 첼레스티나처럼 고약한 얼굴을 하고 계신다고 생각하다니, 그런 염치없는 짓을 어떻게 할 수 있었는지…. 쯧쯧."

젊은이는 자신의 침대에 몸을 던졌다. 그는 저녁을 먹으러 내려오지도 않았다.

돈 까밀로도 그를 다시 보고 싶은 생각이 전혀 없었다. 하지만 젊은 화가가 10시가 넘도록 계속 방에 처박혀 있자, 결국 그의 상태를 살펴보러 올라갔다.

"이제 신성모독을 범했다는 것을 인정하겠나? 자신의 스케치를 평온한 마음으로 다시 들여다보고, 세상에서 그녀 얼굴보다 더욱 천박한 얼굴을 찾기란 불가능하다는 걸 이해했기를 바라네. 자네는 젊어. 그래서 그 천박하고 사악한 여자가 당신 눈에 띄었던 게지. 그러자 예술가의 감식안은 더 이상 소용이 없었던 거고."

젊은이는 고개를 가로저었다.

"저를 과소평가하시는 겁니다. 게다가 근거 없이 저를 모욕까지 하시는군요."

"그럼 어디 소묘한 걸 가져와 보게!"

"전부 찢어버렸습니다."

"다시 한 번 내려가 확인해 보세나. 난 자네가 진심으로 내 말에 납득하길 바라네."

그들은 조용하고 텅 빈 성당을 지나 경당 벽의 그림 앞에 섰다. 돈 까밀로는 장대로 프레스코화를 덮고 있던 천을 걷어냈다.

"찬찬히 보게. 그리고 내가 옳은지 그른지 말해보라고."

젊은 화가는 두 사람의 손에 들린 등불 빛에 의지하여 프레스코화를 천천히 살펴보았다. 그러고는 부정의 표시로 고개를 가로저었다.

"아니요. 신부님, 저 얼굴은 인상이 고약하지도 천박하지도 않아요."

돈 까밀로는 코웃음 치고는, 사납게 눈살을 찌푸리며 프레스코화를 다시 한 번 들여다보았다.

〈강가의 성모마리아〉는 상냥하고 평온한 얼굴에 맑고 순수한 눈을 가지고 있었다.

"미칠 노릇이군."

돈 까밀로는 화가 났다.

"나는 어쩌다 자네가 그 불순한 여자의 얼굴에서 영감을 받았는지 알고 싶네."

"신부님도 저 그림이 누굴 모델로 그렸든, 흉악하지도 천박하지도 사악하지도 않은, 영적으로 승화된 얼굴을 하고 있다는 걸 알아보신 거지요?"

"저 그림이 영혼의 울림을 담고 있다는 점은 더 이상 부인하진 않겠네. 하지만 첼레스티나는 천박하고 사악하단 말일세. 누구든지 이 그림을 보면 '어, 이것 봐라. 첼레스티나가 성모님 옷을 걸쳤네?' 라고 말할 거라고."

"신부님, 그렇게 부정적으로 생각하실 필요 없습니다. 내일 아침 모두 지우고 처음부터 다시 하면 되죠."

돈 까밀로는 프레스코화를 가리고 불을 껐다.

"내일 결정하세나. 정말 큰 일이군. 안타깝지만 이 프레스코화의 아름다움은 누구도 부정할 수는 없을 테니까. 이 멋진 그림을 망치는 건 범죄나 다름없는 일 아닌가."

사실 돈 까밀로는 〈강가의 성모마리아〉가 무척 마음에 들어 미칠 지경이었다. 그것은 이제까지 그가 본 그림 중에서 최고로 아름다운 작품이었다. 하지만 지옥에 떨어질 첼레스티나가 성모님의 옷을 걸치고 제대 뒤쪽에 버티고 선 모습을 그가 어떻게 참을 수 있겠는가?

다음 날 돈 까밀로는 친한 신부 대여섯 명을 불러 도움을 청했다. 그들을 모두 경당으로 데리고 가서 가림막을 걷어내며 말했다.

"자네들의 의견을 허심탄회하게 말해주시게."

모두들 '놀라울 정도로 멋지군!' 하고 감탄하다가, 이내 공포에 질려 탄성을 내뱉었다.

"파지아노의 딸 첼레스티나잖아!"

돈 까밀로는 불쌍한 젊은 화가에게 일어난 불행한 사건을 설명하고 이렇게 결론지었다.

"어쩔 수 없지. 모두 지워버리는 수밖에."

교구 신부들은 그림에 대한 아쉬움을 한 마디씩 표현했다.

"쯧쯧, 안타까워, 정말 뛰어난 작품이란 말이지."

"그렇지만 성모님이 몹쓸 냉담자의 얼굴을 한 걸 허락할 수야 없지…."

돈 까밀로는 가림막을 다시 끌어올렸다. 이 일이 밖으로 새어나가지 않도록 비밀을 지켜달라고 그 자리에 모인 신부들에게 신신당부했다.

그러나 발 없는 말이 천 리를 가는 법이다. 소문은 순식간에 바싸 마을 전역에 퍼졌고, 경당 앞에는 엄청나게 많은 인파가 모여들었다. 그림은 여전히 큰 천으로 가려져 있었고, 경당 입구는 굳게 닫혀 있었다. 소문은 바싸 마을 밖으로도 퍼져 나갔다.

그날 저녁 돈 까밀로가 성당 문을 닫을 때, 새쭉한 얼굴이 고개를 내밀었다. 파지아노의 딸, 첼레스티나였다.

싸늘한 목소리로 돈 까밀로가 물었다.

"웬일인가?"

"그 못난 화가 놈에게 할 말이 있어요. 두 가지만 말하고 갈 거니까 신경 끄세요."

첼레스티나가 분명치 않은 목소리로 대답했다.

돈 까밀로가 말을 전하려고 몸을 돌렸지만, 젊은이는 벌써 그녀의 방문을 알고 문가 쪽으로 다가오는 중이었다.

젊은이를 발견한 첼레스티나가 따지기 시작했다.

"네가 우리 식당에 와서 돈도 안 내고 네 끼나 처먹고 간 건 그렇다고 쳐! 하지만 누가 허락도 없이 내 얼굴을 가져다 성모 마리아 그림에 갖다 붙이래? 이 날강도 같은 놈아!"

젊은이는 그저 어안이 벙벙할 뿐이었다. 아니, 첼레스티나가 소름 끼치도록 두려워지기 시작했다. 돈 까밀로가 말하던 천박하고 사악한 얼굴이 바로 이 얼굴이었던 건가? 그는 첼레스티나의 얼굴에서 어떻게 영적으로 승화시킬 뭔가를 찾아낼 수 있었는지 괴로워하며 자문했다.

젊은 화가가 더듬거리며 무어라 말하려 했지만, 그녀는 그의 말을 가로막았다.

"멍청이!"

돈 까밀로가 끼어들었다.

"이봐, 첼레스티나. 소란 피우지 말고 길 좀 비켜주게. 여긴 자네 식당이 아닐세. 지금 우리가 서 있는 장소는 주님의 집이란 말이야."

"당신네 성모마리아에 내 얼굴을 이용할 권리는 없어요!"

그녀의 목소리에는 바짝 독이 올라 있었다.

돈 까밀로가 물었다.

"자네를 이용하다니? 무슨 말인지 잘 모르겠구먼."

"내 얼굴을 닮은 성모마리아를 본 사람들이 있다고요!"

첼레스티나가 소리쳤다.

"아직도 거짓말을 할 속셈인가요?"

돈 까밀로는 심기가 불편했다.

"자네 얼굴을 한 성모님은 여기 없네. 절대 있어서도 안 되지. 그으럼."

돈 까밀로가 목소리를 가다듬었다.

"딴에는 누가 이 젊은이의 그림이 당신하고 닮았다고 주장하기에, 내일 그걸 끌로 파버리고 다시 그리기로는 했네만."

"당장, 그림을 보여주세요."

첼레스티나가 외쳤다.

"그리고 내가 보는 앞에서 지워버리라고요."

돈 까밀로는 분노로 추하게 일그러진 그 얼굴을 바라보았다.

그는 그림 속 성모마리아의 자애로운 얼굴을 떠올리며 말했다.

"자네 얼굴이 아닌 게 확실하네. 한 번 살펴보게나."

그들은 경당까지 뚜벅뚜벅 걸어가 난간 앞에 멈추었다.

돈 까밀로는 장대를 집어 들어 그림을 가리고 있던 천을 걷었다. 그리고 첼레스티나의 반응을 지켜보았다.

프레스코화를 물끄러미 바라보던 첼레스티나에게 놀라운 변화가 일어났다. 화가 난 얼굴이 조금씩 누그러지기 시작했고 광기 어린 눈이 어느새 부드럽고 평온해졌다. 첼레스티나의 얼굴에서 천박함이 사라지고, 그림의 얼굴과 닮은 모습이 드러나기 시작했다.

젊은 화가는 돈 까밀로의 팔을 꽉 붙들고는 그의 귀에다 속삭였다.

"저거에요. 제가 본 건 바로 저 얼굴이라고요."

돈 까밀로는 조용히 하라는 손짓을 보냈다.

몇 초간의 침묵이 흐른 뒤에 첼레스티나의 차분한 감탄사가 들려왔다.

"아주 아름다워!"

첼레스티나는 뚫어지라 그림을 바라보다가, 갑자기 돈 까밀로를 향해 몸을 돌려 간청하기 시작했다.

"없애지 마세요, 부탁이에요! 신부님, 제발!"

그녀는 〈강가의 성모마리아〉 그림 앞에 무릎을 꿇고 성호를 긋더니, 벌떡 일어나 밖으로 뛰쳐나갔다.

돈 까밀로는 깜짝 놀랐다. 그 악독한 첼레스티나가 흐느껴 울며 간청하다니! 젊은 화가가 급히 그녀의 뒤를 쫓았다.

혼자 남은 돈 까밀로는 그림을 다시 가렸다. 그리고 예수님에게 달려가 두근거리는 가슴으로 물었다.

"예수님, 이게 대체 어떻게 된 조화 속일까요?"

"난 그림에 대해 잘 모른다."

예수님이 미소를 지으며 대답하셨다.

다음 날 아침 젊은이는 자전거에 올라 파지아노 식당을 향했다. 여전히 식당의 홀은 텅 비어 있었고, 첼레스티나는 똑같은 자리에 앉아 고개를 숙이고 뜨개질을 하는 중이었다.

"외상값을 갚으러 왔어요."

젊은이가 말했다.

첼레스티나가 천천히 머리를 들었다. 젊은이는 기뻐서 심장이 터질 것 같았다. 왜냐하면 첼레스티나가 초상화에 담겼던 그 상냥하고 평화로운 얼굴로 돌아왔기 때문이다.

"당신은 정말 훌륭한 화가예요."

첼레스티나가 한숨을 쉬며 말했다.

"성모님이 얼마나 아름다우신지!"

젊은이가 뭔가를 더듬거리자 첼레스티나는 재빨리 가로채듯 말했다.

"너무 아름다워요. 그걸 지워버려선 안 돼요."

"압니다. 사실 개인적으로는 무척 안타까운 일이거든요. 그걸 그리는데 쏟아 부었던 제 영혼과 정열을 생각해보면요. 하지만 사람들이 냉담자의 얼굴을 한 성모님이 교회에 있어서는 안 된다고 하는 터라…."

첼레스티나가 미소를 지었다.

"저기, 전 더 이상 냉담자가 아니에요. 오늘 아침 고해성사를 보았어요."

젊은이는 당황한 채 더 이상 아무런 말도 하지 못했다. 첼레스티나는 그에게 자초지종을 차근차근 설명해 주었다. 그리고 젊은이가 당황한 틈을 이용해, 그에게 속옷을 챙겨주는 사람이 있느냐고 물었다. 젊은이는 자신이 외로운 떠돌이 개처럼 힘들게 사는 신세이며, 자신의 속옷을 챙겨 주는 사람은 어디에도 없다고 대답했다.

그러자 그녀는 구혼자들이 많은 매력적인 여자라도 나이가 차면 외로움의 무게를 느끼며, 가정을 이룰 필요성을 심각하게 생각하게 된다고 한숨 섞인 목소리로 탄식하며 그에게 눈길을 보냈다. 젊은이는 그 점에 대해 동의하면서도 자신은 자신의 입 하나 제대로 챙기기에도 버거운 사람이라고 말했다. 그러나 첼레스티나는 그것은 어쩌면 젊은이가 모든 물가가 두 배인 도시에서 살았기 때문에 그렇게 힘들게 살아온 것인지도 모른다고 현명하게 조언했다. 만일 그가 시골에서 살았더라면 그의 운명이 작지만 깨끗한 집과 돈벌이가 되는 가게를 가진 야무진 처녀와 우연히 마주쳤을지도 모른다고, 그러면 모든 것이 더 쉽게 풀렸을 수도 있을 거라고 친절하게 덧붙이기까지 했다.

젊은이도 무언가를 말하려고 했다. 그런데 바로 정오를 알리는 종소리가 울렸다. 원래 이런 종류의 이야기를 나눌 땐 시간이 놀랄 정도로 빨리 지나가는 법이다. 그녀는 일어나 빵, 살라미 소시지, 포도주를 챙겨주었다.

젊은이가 식사를 다 마치자 물었다.

"얼마에요?"

"내일 와서 내세요."

첼레스티나가 경쾌한 목소리로 대답했다.

〈강가의 성모마리아〉는 이후로도 거의 한 달 동안 큰 천 뒤에 가려져 있었다. 젊은 화가와 첼레스티나가 화려한 예복을 입고 오르간 연주에 맞추어 혼인 성사를 올리는 날, 돈 까밀로는 드디어 가림막을 걷었다. 그러자 경당은 밝은 빛으로 가득 찼다.

돈 까밀로는 첼레스티나의 얼굴을 한 〈강가의 성모마리아〉를 보고 사람들이 한마디씩 할 것을 약간 걱정하고 있었다. 하지만 사람들은 그저 이렇게 말할 뿐이었다.

"천만의 말씀! 첼레스티나가 저 그림처럼 예쁘다면 얼마나 좋겠어! 얼핏 봐도 전혀 닮지 않았는걸…."

개구쟁이 마그리노

여자들이란 정치에 한번 발을 들여 놓으면, 그 어떤 과격분자들보다 더 심한 모습을 보여 주는 법이다. 과격분자들은 자신의 신념을 지키기 위해 폭력을 행사하는 데 비해, 여자들은 정적을 해치우겠다는 일념으로 폭력을 행사한다.

이런 관계는 조국을 지키기 위해 전쟁터에 가는 사람과 적을 침략하기 위해 전쟁터에 가는 사람의 차이와 비슷하다.

조는 정치에 푹 빠져있는 여자였다. 남편을 잃고 혼자서 꿋꿋하게 살아가는 여자이기도 했다. 그녀의 남편 마그로는 세 살이 막 지난 아이와 그녀를 남겨둔 채 병으로 세상을 떠났는데, 조는 남편을 잃은 슬픔을 신부를 골탕먹임으로써 보상받았다. 그녀는 남편의 시신을 묘지로 운구하며 '붉은 깃발' 이란 노래까지 연주했던 것이다.

서른을 갓 넘긴 그녀는 무척 아름다워서, 적당한 남자를 골라 재혼만 한다면 지금처럼 고단한 삶을 살 필요가 없었다. 그러나 조는 가난이 주는 괴로움에 절대 굴복하지 않았다. 오히려 괴로움이 늘어갈수록 부르주아에 대한 증오를 불태웠을 뿐이다. 증오는 그녀의 삶을 지탱하는 유일한 힘이었다.

조는 아이를 위해서라면 아무리 힘든 일도 마다하지 않았다. 그녀는 여름이면 수확하고 탈곡하는 등 남자들도 하기 힘든 농사일을 도맡아 했다. 그리고 농한기에는 등나무로 크고 작은 광주리를 만들어 직접 팔러 다녔다.

여자만 보면 함부로 수작을 거는 무례한 놈팡이들조차 감히 그녀를 건드리지 못했다. 조는 완력이 대단한 데다 그것 못지않게 입도 걸었기 때문이다.

그녀의 어린 아들은 아버지의 이름을 따서 마그리노라고 불렸다. 아이는 야생 망아지처럼 고삐 풀린 채로 자랐다. 들판 한가운데 있는 외딴 오두막 집에 남든, 아니면 엄마를 따라 나서든 항상 혼자였다. 조가 아이를 데리고 나가 보리타작 마당에 내려놓을 때면 그 아이의 유일한 과제는 엄마를 '성가시게 하지 않는 것' 이었다.

다섯 살이 된 마그리노는 돌팔매질을 잘했다. 열 살짜리가 온종일 매달려도 다 딸 수 없을 만큼 무성한 과일나무라도 그

꼬마 늑대의 돌팔매질 앞에서는 반 시간을 견뎌내지 못할 정도였다. 또한 녀석은 사냥개처럼 여기저기 쏘다니며, 울타리 한가운데에 있는 닭장을 뒤져 달걀을 깨버리고 길가에 유리 파편 따위를 흩뜨려놓는 장난을 즐겨 했다.

마그리노는 늘 혼자서 놀 수밖에 없었기 때문에 여럿이 모여 하는 놀이를 싫어했다. 그래서 다른 아이들이 폭죽놀이를 하는 게 눈에 뜨이면 그들을 향해 돌팔매질을 하곤 했다. 수풀이나 웅덩이 안에 교묘히 숨어 적을 전멸시키는 저격수처럼….

녀석은 말썽을 피우고 도망치는 데에도 정말 탁월한 능력을 가지고 있었다. 원체 작고 마른 데다 산토끼처럼 날쌔서 원하기만 하면 어디로든 빠져나갈 수 있었다. 이 말썽꾸러기 꼬마의 버릇을 고칠 수 있는 사람이 없었던 것은 이런 이유 때문이었다.

추수감사절 저녁, 마그리노는 야외 무도회장에 딸려있는 자전거 보관소에 몰래 숨어들어 가 50대가 넘는 자전거의 바퀴 바람을 몽땅 빼버렸다. 아무도 그 애가 장난치는 것을 알아채지도, 보지도 못했지만 모두 이구동성으로 말했다.

"마그리노가 한 짓이 분명해!"

결국 마을의 점잖은 아낙네들이 조를 찾아가서, 낮 동안 아이를 그냥 방치하지 말고 성당 부속 유치원에 맡기는 게 좋겠다고 충고했다.

조는 얼굴이 시뻘게져서 자기 아들을 신부 따위가 운영하는 성당 유치원에 보내느니 차라리 자기가 잘 아는 아줌마에게 맡기겠다고 소리를 질렀다.

"그놈의 돈 스카르파챠*는 똥통에 빠질 자기 신발짝이나 신경 쓰라고 하세요!"

그녀의 걸쭉한 욕설에 점잖은 아낙네들은 당황해서 줄행랑을 칠 수밖에 없었다. 그들은 씨근거리며 돈 까밀로에게 방문 결과를 설명했다.

"맙소사! 그 사악한 여자가 신부님을 뭐라 불렀는지 말씀도 마세요."

"나도 잘 압니다."

돈 까밀로가 침울하게 대답했다.

*

일주일째 화창한 날씨가 계속됐다. 성당 유치원의 아이들은 야외 놀이터에서 따뜻한 오후 햇살을 즐기며 뛰놀았다. 회전목마와 그네는 자신들의 친구를 되찾았고 뾰로통하던 아이들의 입가에도 미소가 걸렸다.

의자에 길게 드러누워 반쪽짜리 시가를 피우며 편안하게 햇볕을 즐기던 돈 까밀로는 이상한 낌새를 느꼈다.

---

* '형편없는 신발짝' 이라는 뜻의 욕으로, 여기서는 돈 까밀로를 지칭한다.

놀이터는 약초가 나 있는 넓은 목초지와 맞닿아 있었는데, 높은 철망 울타리가 놀이터와 목초지를 구분하는 역할을 했다.

아연 도금이 된 철망 사이로 물결치는 약초 수풀 더미가 돈 까밀로의 눈길을 끌었다. 분명히 뭔가가 그 수풀 한가운데 숨어있었다. 돈 까밀로는 노련한 사냥꾼의 본능으로 꾸물꾸물 살아 움직이는 것이 닭이나 고양이 따위가 아니라는 걸 금방 깨달았다.

그는 움직이지 않고 가만히 기다렸다. 아예 자는 척하며 눈꺼풀을 반쯤 감아 자신이 감시하고 있다는 것조차 들키지 않으려 노력했다.

몇 초 후, 풀숲에서 뭔가 시커먼 그림자가 움직이는 게 느껴졌다. 그 물체의 윤곽이 드러나기 시작하자, 돈 까밀로는 그 시커먼 그림자의 정체가 마을에서도 가장 유명한 말썽꾸러기 마그리노라는 것을 알아챘다.

돈 까밀로는 숨도 쉬지 않았다. 한참이 지나도록 그가 움직이지 않자, 마그리노는 돈 까밀로에 대한 흥미를 잃었는지 새로운 관심사를 찾아 시선을 돌렸다. 녀석은 공놀이 하는 유치원 아이들 모습에 푹 빠져든 게 틀림없었다. 왜냐하면 어느 순간 조심성을 잃고, 더 자세히 보려는 듯 머리통을 수풀 밖으로 내밀었기 때문이다.

하지만 아이 중 누구도 마그리노가 몰래 숨어서 자기들을 훔쳐 보고 있다는 사실을 눈치채지 못했다. 돈 까밀로는 자기만 비밀을 알고 있다는 생각에 마음속으로 회심의 미소를 지었다.

갑자기 마그리노의 머리가 수풀 속으로 쏙하고 사라졌다. 아이들이 가지고 놀던 커다란 고무공이 울타리를 넘어 놀이터에서 15미터쯤 떨어진 수풀 한가운데로 넘어간 것이다.

"신부님, 공이 풀 속으로 떨어졌어요! 찾으러 가도 돼요?"

돈 까밀로는 깜짝 놀라 잠에서 깬 척, 짐짓 화난 목소리를 가장하며 외쳤다.

"또 풀숲에 빠뜨린 게냐? 그러게 몇 번이나 말했니? 약초밭에 공을 빠뜨리지 않도록 조심하라고 말이다. 오늘은 더 이상 공놀이를 못 한다. 벌이야. 공은 떨어진 곳에 그대로 두렴. 내일 찾으러 가거라. 지금 난 졸리니까 그냥 좀 내버려 두거라!"

아이들은 조금 투덜대다가 어디선가 낡은 공을 끄집어내 다시 공놀이를 시작했다. 돈 까밀로는 의자에 누워 다시 자는 척했다. 하지만 긴장의 끈을 놓지 않고 공이 어떻게 되는지 계속 바라보는 것을 잊지 않았다.

10분쯤 지났을까, 수풀이 다시 움직이기 시작했다. 그러나 마그리노는 다시 고개를 내밀지 않았다. 물결치는 수풀의 움직임만 울타리에서 점점 멀어져 갈 뿐이었다.

한 가지 이상한 점은 움직이는 수풀이 목초지 한가운데를 향하고 있다는 것이었다.

'대각선으로 목초지를 가로지른 다음, 도랑 쪽으로 난 울타리를 따라 도망가려는 건가?'

돈 까밀로가 생각했다.

목초지 한가운데에 중간쯤 이르자 마그리노는 방향을 바꾸었다. 오른쪽으로 가다가 갑자기 왼쪽으로 방향을 튼 이유는 공을 주워가려고 그랬던 것이다.

이제 조금만 더 가면 어린 약탈자는 전리품인 고무공을 집어 들고 유유히 사라질 터였다.

"이런, 꼬마 악당 같으니."

꼬마 늑대의 의도를 알아챈 돈 까밀로가 투덜댔다.

"놀라워, 하지만 약초밭이 끝나면 밖으로 나올 수밖에 없지. 그럼 어디로 숨을 생각이지?"

마그리노는 자신이 하려는 일이 뭔지 잘 알고 있었다. 수풀이 끝나는 지점에는 약초밭과 수직으로 도랑이 흐르고 있다. 마그리노는 도랑과 맞닿는 곳까지 약초밭 가장자리를 따라 배를 깔고 찰싹 엎드려 기어가려는 것이 틀림없었다. 도랑에 이르면 모습을 숨기고 계속 갈 수 있기 때문이다.

"예수님."

기가 막힌 돈 까밀로가 낮은 목소리로 물었다.

"누가 다섯 살짜리 어린아이에게 저런 종류의 치밀한 잔꾀를 가르칠 수 있을까요?"

예수님이 대답했다.

"누가 새끼 물고기에게 수영을 가르치더냐? 그건 본성이니라."

돈 까밀로가 우울하게 말했다.

"본성이라…. 아무래도 인간은 악한 일을 하려는 본성을 가지고 있나 봅니다."

돈 까밀로는 아이들에게 다른 공을 마련해 주었다. 아무에게도 마그리노의 일을 말하지는 않았다. 혹시 훔쳐간 그 공이 마그리노를 유치원으로 데려올 미끼 역할을 할 수 있을까 싶어 매일 약초밭을 바라보았지만, 물결치는 수풀은 더 이상 나타나지 않았다.

며칠 뒤 마그리노가 병이 나서 집에서 꼼짝 못 하고 있다는 소문이 들려왔다. 사실 마그리노는 공을 훔쳐가던 그 날 밤부터 열이 나서 자리에 누웠다. 남들의 눈에 띄지 않을 속셈으로 도랑을 기어 다니느라 한참 동안 물에 빠진 생쥐처럼 흠뻑 젖었던 것이 병의 원인이었다.

일에서 늦게 돌아온 조가 아이를 발견했을 때, 마그리노는 마치 얼음처럼 차갑게 얼어붙어 있었다. 처음에 아이 엄마는 몸을 좀 따뜻하게 해주고 알약 몇 알을 먹이고 나면 금방 나으려니 하고 대수롭지 않게 생각했다. 하지만 마그리노의 병세는 쉽게 차도를 보이지 않았다. 오히려 연신 헛소리를 내뱉을 정도로 악화됐다.

마그리노는 계속 조가 알아들을 수 없는 말을 입안에서 웅얼거렸다. 한참을 귀 기울인 끝에 조는 아이가 커다란 고무공에 대해 말하고 있음을 알아챘다.

"알았다."

그녀는 아이를 달랬다.

"빨리 나으렴. 나으면 고무공을 사줄 테니까."

마그리노는 그 말을 듣고 잠시 진정하는 듯했으나, 그날 밤 열이 다시 오르자 공 이야기를 또 꺼냈다.

"공, 큰 공…."

"진정하고 엄마 말 들어. 네가 나으면 사준다고 엄마가 약속했잖니?"

"아니 아니…."

"지금 당장 필요한 거야? 네가 말 잘 들으면 사러 갈게."

"그게 아니, 아니…. 공."

마그리노는 계속 헛소리를 했다. 의사는 아이의 말에 크게 신경 쓸 필요가 없다고 단언했다. 그래서 다음 날 밤, 아이가 다시 똑같은 말을 하자, 조는 알아들은 척 대답했다.

"그래, 그래, 알았어."

마그리노는 그날 밤 1시까지 계속 같은 말을 반복하다가 열이 좀 내리자 잠에 빠져들었다.

며칠째 밤잠을 설쳐 기진맥진한 조는 아이가 잠드는 모습을 보고 자기 침실로 돌아갔다.

아침 5시, 돈 까밀로는 그날따라 일찍 일어나 방 창틀 한 편에 매달아 놓은 손거울 앞에서 얼굴에 면도용 크림을 바르기 시작했다. 상쾌하고 청명한 아침이었다. 그는 딱히 서두를만한 일도 없어서 넓게 펼쳐진 푸른 벌판과 강둑 위의 미루나무, 그리고 그 사이로 반짝이는 뽀 강을 바라보며 느긋하게 면도를 즐기고 있었다.

돈 까밀로는 창문 아래로 회전목마와 그네, 놀이기구로 둘러싸인 놀이터를 내려다보았다. 놀이터는 텅 빈 채 몇 시간 후 몰려올 아이들을 조용히 기다리는 듯했다. 그는 순진무구한 작은 얼굴과 아직 잠이 덜 깬 아이들의 졸린 눈을 떠올리며 혼자 미소 지었다.

돈 까밀로는 철망 울타리와 목초지로 눈길을 옮기다가 감각적으로 누군가 접근하고 있음을 알아챘다.

"꼬마 늑대가 다시 나타난 건가?"

수풀 한가운데에서 흰색의 물체가 꾸물거리고 있었다. 철망에서 불과 몇 미터 거리까지 다가온 아이의 옷차림을 보자 의심은 확신이 되었다.

술 취한 몽유병자처럼 비틀거리며 걷는 아이는 마그리노였다. 아이는 한때 자기 아버지의 낡은 셔츠였을, 길고 통이 큰 작업복을 걸치고 있었다.

마그리노는 비틀거리며 발이 걸려 넘어졌다가 다시 일어나기를 반복하면서도 커다란 고무공을 가슴에 바짝 끌어안고 철망을 향해 계속해서 걸음을 옮겼다. 힘겹게 철망 아래에 이르자 아이는 하늘을 향해 공을 던져 올렸다. 그러나 놀이터와 목초지를 갈라놓은 철망이 너무 높아서 공은 철망을 넘지 못하고 아래로 떨어졌다.

꼬마 늑대는 공을 집어 다시 던졌다. 공은 계속 철망에 부딪힐 뿐이었다.

돈 까밀로는 호흡이 거칠어지고 식은땀이 났다.

"예수님, 아이에게 안으로 공을 집어 던질 힘을 주세요!"

마그리노는 며칠 앓는 동안 많이 쇠약해진 듯, 똑바로 서기에도 힘이 부족해 보였다.

마그리노가 한참을 쉬다가 마지막 힘을 짜내 공을 던졌을 때, 돈 까밀로는 눈을 꾸욱 감았다. 잠시 후 다시 눈을 떠 보니 공은 놀이터 안에 들어와 있었고 마그리노는 빳빳하게 굳은 몸으로 수풀에 그대로 넘어져 있었다.

돈 까밀로는 즉시 몸을 날려 계단을 단숨에 뛰어 내려갔다. 얼마 지나지 않아 약초밭에 도착한 그는 마그리노를 안아 올렸다. 아이가 너무나 가벼워, 돈 까밀로는 걱정이 되지 않을 수 없었다.

마그리노가 잠시 눈을 떠, 자신이 돈 까밀로에게 안겨 있음을 확인하고 속삭였다.

"돈 스카르파차, 공은 안쪽에 있어요."

"그래. 알았다. 걱정하지 마라."

돈 까밀로가 서둘러 대답했다.

아이 소식을 알리러 급히 달려간 종지기는, 아이가 없어진 데 놀라 미친 듯이 소리를 지르고 있는 불쌍한 조를 사제관으로 데려왔다.

사제관 소파 위에 누워있는 어린 아들을 본 그녀는 도무지 영문을 알 수가 없었다.

"목초지에 기절해 있는 아이를 20분 전쯤에 발견했네."

"목초지에요? 거기엔 뭐하러? 대체 무슨 일인지 알 수가 없네…."

"자네가 아는 게 하나라도 있긴 한가?"

의사가 도착했다. 그는 어린아이를 눕혀놓은 자리에서 움직일 생각은 꿈도 꾸지 말라고 조에게 주의를 시켰다. 그리고 꼬마 늑대에게 주사를 놓고 간호하는 방법을 일러주었다.

돈 까밀로는 성당으로 가서 제대 위의 예수님을 향해 놀라움을 가득 담아 물었다.

"예수님, 아직도 오늘 아침 벌어진 일이 잘 이해되지 않습니다. 어떻게 그 아이가 그런 행동을 할 수 있었을까요? 항상 못된 장난만 치던 그 아이에게 누가 선과 악의 차이점을 가르쳐 주었을까요?"

예수님께서 미소를 지으셨다.

"돈 까밀로, 새끼 물고기에게 누가 수영을 가르치더냐? 양심은 사람의 본성 안에 있는 거지, 누가 가르쳐 주기 때문에 아는 게 아니다. 양심 없는 사람에게 양심을 준다고 가질 수 있을 것 같으냐? 네가 어두운 방으로 등불을 가져오는 게 아니다. 이미 등불은 켜져 있었지만, 두꺼운 천이 등불을 가리고 있어 방이 어두웠던 것뿐이다. 너의 임무는 그 천을 벗겨 방을 환하게 하는 것이니라."

돈 까밀로는 아직도 궁금함을 다 해결하지 못한 듯했다.

"예수님, 그러면 저 어린 영혼에게 있는, 양심이라는 이름의 등불에 덮였던 천은 누가 벗긴 걸까요?"

"돈 까밀로, 캄캄한 죽음이 다가오면 사람들은 본능적으로 빛을 찾기 마련이니라. 어떻게 찾는지를 걱정하지 말고 조금이라도 찾았음을 기뻐하거라. 그리고 저 어린 아이가 빛을 찾아낸 것을 하느님 아버지께 감사드려라."

마그리노는 2주 동안 사제관에 머물렀다. 조는 매일 아침저녁으로 아이를 보러왔다. 그러나 안으로 들어오지는 않았고 사제관 식당의 창문 너머로 아이를 살펴볼 뿐이었다.

유리를 두드리는 소리를 듣고 돈 까밀로가 창문을 열어주면 그녀는 항상 이렇게 투덜거렸다.

"감옥에 갇힌 내 아들을 보러 왔어요."

그러면 돈 까밀로는 조와 마그리노가 둘이서만 이야기를 나눌 수 있게끔 말없이 자리를 피해 주었다.

보름쯤 지난 어느 날, 사제관으로 걸음을 옮기던 돈 까밀로는 마그리노가 자전거 바퀴 바람을 빼는 걸 목격했다. 그는 즉시 낡은 옷가지 전부를 보따리에 싸서 아이의 팔에 끼워주고

문밖으로 내보내며 말했다.

"가도 좋아. 넌 다 나았다."

그날 저녁 기운을 되찾은 원기 왕성한 조가 성당에 찾아왔다.

"어떻게 신세를 갚아드려야 하죠?"

"아무것도 갚을 필요 없네. 그저 내게 해줄 수 있는 유일한 답례라면 성부와 성자와 성령의 이름으로, 내 집에 더 이상 자네가 나타나지 않는 것뿐이네."

"아멘."

조가 투덜대듯 읊조리고는 가 버렸다. 그러나 주일날이 되자, 조는 심술이라도 피울 생각인지 11시 미사에 나타나 마그리노와 함께 제대 앞 첫 번째 줄에 앉았다.

돈 까밀로는 그녀를 발견하곤 달갑지 않은 눈초리로 쳐다보았다. 그러자 조는 뻔뻔하게도 눈을 똑바로 마주쳐 왔다. 돈 까밀로는 조가 마음속으로 뭐라고 말하는지 확실하게 알 수 있었다.

'돈 스카르파차, 그런 눈으로 쳐다봐도 소용없어요. 하나도 안 무서우니까!'

돈 까밀로가 피식 웃었고 십자가 위의 예수님도 환하게 미소 지으셨다.

해님 식당

바싸 읍의 확실한 영역은 높은 제방을 따라 남쪽에서 흘러온 스티보네 하천까지다. 스티보네 하천은 바싸 근교에 이르러 뽀 강과 만나는데, 큰 강으로 합류하는 모든 물줄기가 그렇듯 홍수만 나면 역류해 마을에 큰 피해를 안기곤 했다.

하천의 건너편 제방에는 가스텔피아노 마을이 자리 잡고 있었다. 공중에다 선을 그어 직선으로 재면 마을 간의 거리는 대략 7킬로미터쯤 된다. 하지만 실제로 뭍에 난 길은 놀랍게도 12킬로미터가 넘었다. 애초에 길을 만든 사람들이 떠올렸던 것은 직선거리로 두 마을의 중심가를 연결하는 길이었지만, 현실은 생각 같지 않은 법이니까….

상황이 이렇다 보니, 가스텔피아노와 바싸 마을 사이에 직선 도로를 만들기 위한 계획이 여러 번 건의되곤 했다. 하지만 읍은 언제나 만성적인 재정 부족에 시달리고 있었기 때문에 이 계획을 실현하는 데는 많은 어려움이 있었다. 그래서 가스텔피아노 마을에서 카살타 마을로 이어진 3킬로미터의 직선 도로를 그대로 유지하면서 스티보네 하천을 가로지르는 다리를 놓는 방법이 가장 경제적이면서도 실현 가능성이 높은 것으로 결론지어졌다.

여러 차례 선거 공약으로 제시되었음에도 불구하고 공염불에 그친 채 표류하던 다리의 건설문제는 1933년에야 비로소 제자리를 찾기 시작했다. 측량에 돌입한 사람들은 양쪽 둑을 직선으로 잇는 자리를 확인하기 위해 먼저 하천에 규칙적으로 말뚝을 박아 두었다.

말뚝을 전부 박아놓고 다리가 이어지는 자리를 확인한 결과, 소작인 폴리니의 집에서 겨우 3미터 떨어진 곳을 지난다는 사실이 밝혀졌다.

당시 마흔이었던 폴리니는 아내와 함께 카살타 마을에서 5헥타르 가량의 밭을 소작하며 살아가고 있었다. 다리 착공계획이 알려지고 그 다리가 자신의 집 앞으로 지나갈 것이라는 사실을 알게 되었을 때, 폴리니는 고된 농사일에 지쳐 아내가 녹아내리는 양초처럼 건강을 잃어가는 걸 더 이상 두 눈 뜨고 지켜볼 수 없는 절박한 상태였다. 측량기사가 집 앞에다 말뚝을 박는 것을 직접 보고 새 도로가 그의 집 앞을 지나가게 될 것이 확실하다는 판단이 서자 폴리니는 한 가지 묘안을 떠올렸다. 집은 그대로 남고 바로 옆에 새 길이 들어설 것이니 어떻게 해야할지가 분명했던 것이다.

"절호의 기회야."

그는 아내를 불러다 놓고 차근차근 설명하기 시작했다.

"집을 잘 꾸며서 식당을 차리면 어떨까? 우리가 먼저 근사한 식당을 차려 경쟁 식당이 들어서지 못하게 하자고. 도로 공사를 위해서도 많은 인부들이 왔다 갔다 할 거고, 길이 뚫린 뒤에는 많은 차가 이 앞을 지나다니게 될 거야. 근동에서 제일 큰 가스텔피아노 장에 오는 사람들을 상대하면 힘든 농사일을 하지 않고도 먹고살 수 있을 거야."

아내도 곰곰이 이 문제를 놓고 생각해보았다. 농사일로 기진맥진했던 것도 사실이지만 그보다는 식당을 열면 꽤 장사가 될 것 같다는 예상이 그녀의 마음을 더욱 들뜨게 했다. 마침내 부부는 가지고 있는 돈을 전부 쏟아 부어 집을 수리하기로 결정했다.

폴리니 부인의 친정 아버지는 미장공이었는데, 예순이 넘은 뒤로 모든 일에서 손을 뗀 상태였지만 딸을 돕는 일에까지 뒷짐만 지고 있으려고 하지는 않았다. 그는 흙손을 다시 잡고 인부들을 부려가며 식당을 꾸미기 시작했다. 마침 스티보네 하천가에는 모래와 자갈이 얼마든지 널려 있었고 폴리니에게는 그

것을 실어 나를 말과 마차가 있었다.

집을 식당으로 개조하는 데는 1년이 조금 넘게 걸렸다. 식당을 마무리 짓기 위해서는 아직도 자질구레한 일들이 많이 남아 있었지만 일단 완성된 부엌과 창고에 덧문을 달고 가구를 들여놓고 나자, 폴리니는 가장 중요한 문제를 먼저 결정짓고 싶었다.

"식당 이름을 뭐라고 짓지?"

폴리니의 장인이 '가리발디 식당' 이라고 부르자는 의견을 내놓자, 아내는 정치적인 느낌은 싫다며 거절했다. 대신 그녀는 '어머니의 손맛' 이라고 부르면 좋겠다고 제안했다.

두 제안 모두 폴리니의 마음에 들지 않았다.

그때 사냥복을 입은 돈 까밀로가 의논 중인 세 사람 앞에 모습을 드러냈다. 그가 무슨 일로 그곳에 들리게 되었는지는 오직 하느님만이 아시는 일이다.

돈 까밀로는 세 사람의 표정이 좋지 않은 것을 보고 물었다.

"세 분이 싸우시는 건가요?"

"아니요. 이름을 정하는 중이에요."

폴리니가 대답했다.

돈 까밀로는 폴리니의 말을 도대체 이해할 수 없었다.

"무슨 이름 말씀인가요?"

"저희 식당 이름이요."

돈 까밀로로부터 모두에게 비밀로 하겠다는 굳은 약속을 받아내고서야 폴리니는 집안으로 그를 불러들였다.

집안을 둘러본 돈 까밀로에게 폴리니가 물었다.

"신부님, 정말 멋진 아이디어 아닌가요?"

"물론 좋은 생각이긴 합니다. 하지만 나 같으면 도로가 다 만들어진 뒤에 시작했을 겁니다."

돈 까밀로가 확신 없는 목소리로 대답했다. 그러나 폴리니의 희망 섞인 목소리는 조금도 줄어들지 않았다.

"몇 달 안가 도로 공사가 시작될 겁니다. 암요, 그러면 굉장히 장사가 잘될 거에요. 두고 보세요."

1934년은 그렇게 지나갔다. 그 뒤로도 도로 공사는 계속 지연되었다. 결국 폴리니의 장인은 도로 공사가 시작되는 것을 보지 못하고 1939년에 세상을 떴다. 그리고 시간이 흐름에 따라 도로 개통에 대한 관심도 점점 시들해져갔다.

전쟁이 터졌다. 폴리니는 전쟁이 끝나기 전에는 도로 공사를 진행할 수 없을 거라며 실망해했다. 그래도 그는 애써 기운을 내서 되뇌었다.

"사람이 살다 보면 인내심이 필요할 때가 있지. 전쟁만 끝나면 모든 일이 다 잘 풀릴 거야."

전쟁이 끝난 뒤에도 폴리니는 여러 해 동안, 막노동을 하며 생계를 꾸려나가야 했다. 그는 매일 아침 일하러 갈 때마다 아내가 건강에 주의하기를 바라며 이렇게 부탁하곤 했다.

"제발, 너무 무리하지 마."

"아유, 염려 말아요."

그러나 폴리니 부인은 남편이 집을 나서기가 무섭게, 식당을 쓸고 닦고 광내며 억척스럽게 식당을 가꾸었다.

폴리니 부부의 애타는 바람과는 달리, 〈해님 식당〉이라 이름 지어진 그 식당은 숲 한가운데 묻힌 채 모두에게서 잊혀 가고 있었다. 하지만 이제 전쟁이 끝났으니 곧 공사가 시작될 것이고. 그러면 모든 것이 제자리로 돌아가리라.

*

돈 까밀로는 아카시아 향기에 이끌려 숲에 들어섰다. 그는 앞을 가로막는 나뭇가지들을 꺾으며 한참을 걸었다. 숲을 빠져나오자 녹색의 부드러운 양탄자 같은 풀밭이 펼쳐졌다. 그중에서도 풀밭 한쪽에 잘 꾸며진 작은 집이 돈 까밀로의 눈길을 끌었다.

그는 물이라도 한잔 얻어 마실까 싶어, 그쪽으로 걸음을 옮겼다. 다가가던 돈 까밀로는 갑자기 모습을 드러낸 하얀 수염의 노인과 마주쳤다.

"아니, 폴리니 씨 아니세요? 요즘 통 보이시지 않아 돌아가신 줄 알았습니다. 어쩐 일로 미사에 계속 나오질 않으셨어요? 신앙심도 깊은 분이…."

"제 믿음이야 여전하지요, 신부님. 그런데 요즘 너무 바빠

서…."

"요즘은 무슨 일을 하십니까?"

"그냥 이일저일 합니다. 시간이 좀 남으면 가게에도 나가고요. 불쌍한 아내도 좀 도와주어야 할 거 아닙니까."

돈 까밀로는 금시초문이라는 듯 폴리니를 쳐다보았다.

"무슨 가게를 말씀하시는 건지?"

"식당입니다."

폴리니와 대화를 나누다 보니 어느새 돈 까밀로는 초록색 탁자와 벤치가 놓여있는 페르골라*에 도착했다.

"벌써 20년이 흘렀군요. 비밀을 지켜달라며 가게를 구경시켜드린 일 기억하시지요? 얼마나 변했는지 어디 한번 보세요."

돈 까밀로는 폴리니의 뒤를 따라 들어갔다. 벽 아랫부분을 둘러 장식한 윤이 나는 나무판이며 그림이 걸려있는 아름다운 홀에, 바둑판무늬 커튼이 달린 창문과 꺾어온 꽃이 담긴 화병으로 꾸며놓은 테이블까지, 모든 것이 너무나 훌륭했다.

입구 맞은편에는 큰 바가 마련되었고 바 뒤의 선반에는 돈 까밀로가 이름조차 들어보지 못한 각양각색의 술병이 저마다의 자태를 뽐내며 예쁘게 진열되어 있었다.

"식당 개장을 준비하느라 우리가 얼마나 고생했는지, 상상도 못하실 겁니다. 손님을 계속 끌어들이려면 유행에도 뒤처져선

* 담쟁이 그늘 등으로 덮인 이탈리아식 정자.

안 되거든요. 요즘 사람들은 단순하면서도 화려하고, 고풍스러우면서도 현대적인 것을 좋아한답니다. 그래서 선풍기나 환풍기 같은 전기 설비도 벌써 준비했죠. 이젠 당장 길이 나도 모든 것이 준비된 상태라 허둥댈 필요가 없어요."

그는 부엌을 지나치며 하나하나 짚어가며 설명했다.

"벽하고 바닥 좀 보세요. 깨끗한 흰색 대리석 타일을 사용했답니다. 그것만이 아니에요. 최근에는 종류별로 정리된 찬장에다 가스 오븐도 설치했어요. 할부금을 벌써 다섯 번이나 냈다니까요. 힘들었지만 그럭저럭 잘 꾸며놓았다고 자신합니다."

머리에는 손수건을 질끈 동여매고 단정한 앞치마를 두른, 몸집이 작고 등이 굽은 노파가 식당에 모습을 드러내며 말했다.

"벌써 다 구경하셨나 보네. 이리 와서 외등 좀 구경하세요."

그들은 밖으로 나왔다. 집 뒤편 커다란 페르골라 옆에는 매끄러운 구슬 모양의 전등 두 개가 서 있는 넓은 정원이 있었다.

"20년을 고생했지만."

폴리니의 어조는 담담했다.

"누구에게도 뒤처지지 않을 가게를 가졌다는 기쁨이 있답니다. 장사만 잘된다면 나중엔 정원에다 빛은 두 배로 밝고 전기료는 절반 정도만 드는 현대적인 형광등을 사다가 설치할 생각입니다."

폴리니 부인이 끼어들었다.

"형광등보다 먼저 우물부터 손봐야죠. 정말 필요한 건 그거예요!"

폴리니는 키득거리며 말을 받았다.

"당연하지. 하지만 우물은 벌써 몇 년 전에 만들었잖아, 잊었어? 펌프며 물탱크에 부엌, 싱크대, 심지어는 화장실까지 몽땅 새로 만들었잖아. 좋은 수도꼭지만 빠졌지."

그러고는 돈 까밀로 쪽으로 돌아서며 말했다.

"수도꼭지는 현대적인 걸로 하얀빛이 나는 영국제를 설치할 겁니다. 이왕 하는 거 최고급품으로 설치하려고요."

폴리니 부인은 돈 까밀로를 향해 손짓했다.

"신부님. 이리로 와서 편히 앉으세요. 백포도주랑 적포도주 중에 어느 것을 더 좋아하세요?"

폴리니의 얼굴에 자랑스러운 기색이 흘렀다.

"우리 집에는 20년 된 포도주가 있습니다. 다른 데서는 구할 수 없는 거죠."

"감사합니다. 포도주는 됐고, 물 한 잔만 주세요."

부인은 물을 뜨러 갔고 돈 까밀로는 페르골라 아래 탁자에 앉았다. 무슨 말을 해야 좋을지 몰랐다. 말을 하는 게 나은지, 아닌지조차 정확히 판단할 수 없었다. 하지만 이대로 아무 말 없이 넘어가서는 곤란할 것 같았다.

"폴리니 씨, 식당은 너무나 훌륭합니다만…. 지금은 이대로 두는 게 나을 것 같습니다. 도로 공사가 시작되면 그때 일을 다시 진행하는 게 좋지 않겠습니까?"

폴리니는 고개를 가로저었다.

"사업은 언제든 총을 쏠 준비가 되어있어야 하는 사냥과 같지요. 도로 작업이 시작되는 날 바로 가게를 열 수 있어야 합니다. 그래야 도로 공사장의 인부와 엔지니어를 바로 손님으로 맞아 대접할 수 있을 테니까요."

돈 까밀로는 한숨을 쉬었다.

"하지만 폴리니 씨, 잠깐만 생각해 보세요. 두 분이 식당에 모든 것을 쏟아 부으며 애쓰신 지 벌써 20년째입니다. 그 20년 동안 안타깝게도 도로 공사는 시작되지도 않았지요. 폴리니씨, 공사가 영영 시작되지 않는다면 어쩌시겠어요?"

그림자처럼 조용히 폴리니 부인이 나타났다. 그녀는 시원한 물이 가득한 주전자와 컵을 반짝이는 놋쇠 쟁반에 받쳐 내놓았다.

그녀는 담담한 목소리로 말문을 열었다.

"중요한 건 믿음을 잃지 않는 거죠. 우리는 절대 불가능한 일을 바라는 게 아니랍니다. 터널도 뚫는 시대인데 평지에 겨우 3킬로미터밖에 되지 않는 길을 놓는 게 그다지 어려운 일은 아니잖아요? 20년 전에 우리 둘이서 맘먹고 만들기 시작했다면 벌써 완성하고도 남았을 정도로 간단한 일인걸요. 전능하신 하느님께서 저희를 도와주실 거라고 확신해요. 얼마 안 가 도로 공사가 시작될 겁니다. 여보, 그렇지 않아요?"

동의를 구하는 그녀의 질문에 노인이 활기차게 대답했다.

"당연하지! 아무리 기다려야 몇 달이면 될 거야."

돈 까밀로는 물을 마시고 일어났다.

"기다리세요, 신부님. 배 좀 따 드릴게요."

폴리니가 배를 따기 위해 정원을 나서자, 부인은 돈 까밀로를 붙잡고 애원하듯 속삭였다.

"잠깐만요, 신부님. 제발 저이가 주님의 은총을 의심하지 않도록 도와주세요. 식당만 바라보며 20년을 산 사람입니다. 실망이나 충격으로 심장 발작을 일으키지 않도록 기도해 주세요."

신신당부한 부인은 들어올 때처럼 조용히 페르골라를 빠져나갔다. 잠시 뒤, 배가 가득 든 바구니를 들고 폴리니가 돌아왔다. 돈 까밀로는 그와 함께 아카시아 나무숲으로 향하는 오솔길 입구까지 말없이 걸었다. 이번에는 폴리니가 다소 잠긴 목소리로 애원했다.

"신부님. 앞으로 다시는 그런 말씀 말아 주세요. 제 아내는 도로가 곧 날 거라는 희망 속에 20년을 살았습니다. 죽을 때까지 편안한 마음을 잃지 않도록 기도해 주셨으면 좋겠습니다."

*

돈 까밀로는 자괴감에 사로잡혀 예수님에게 물었다.

"예수님, 세상에서 가장 어리석은 인간이 누군지 아십니까?"

그는 자신이 바로 그 어리석은 사람이라는 듯 가슴을 두어

번 세게 두들겼다.

예수님이 미소 지으며 대답하셨다.

"스스로 낮추는 자는 높아질 것이니라."

그러자 돈 까밀로는 예수님에게 애원했다.

"예수님, 제 엉덩이를 있는 힘껏 걷어차 주십시오."

"내가 폭력을 싫어한다는 것을 잊었느냐. 돈 까밀로, 네 이웃을 네 몸과 같이 사랑하고 네 몸 또한 네 이웃처럼 사랑하라는 것이 내가 너희에게 준 계명 아니더냐."

"주님, 전 도무지 저 자신과 같은 바보를 사랑할 수 없습니다."

"돈 까밀로, 남에게 믿음을 가르치는 사람이 자신을 사랑하지 않으면 누구를 사랑할 수 있겠느냐? 네가 가끔씩 올바른 길에서 벗어나기도 하고 제 잘못을 금방 알아채지 못하는 어리석은 목자라고 해도 말이다."

예수님의 말씀에 돈 까밀로는 답답한 듯 한숨을 내쉬었다.

*

그날 오후 5시경, 스미르초가 사제관에 벽보를 붙이러 왔다. 끙끙앓던 돈 까밀로는 한달음에 뛰쳐나가 벽보를 찢으려다가 갑자기 주님의 뜻을 깨달았다.

'친애하는 읍민 여러분!'

벽보의 글은 이렇게 시작되었다.

'여러분께서 간절히 기대하시던 공사가 시작된다는 것을 알려드리게 되어 대단히 기쁘게 생각하는 바입니다. 내일부터 카스텔피아노의 도로 공사가 시작될 것….'

벽보를 보고 난 돈 까밀로는 단숨에 성당으로 날아가 제대 위의 예수님과 마주했다.

"예수님, 당장 이 기쁜 소식을 폴리니 부부에게 알리고 오겠습니다."

"그럴 필요 없다. 그들은 의심이 없는 사람들이다. 그들은 항상 도로가 만들어질 거라고 굳게 믿었다. 네가 그들의 믿음을 이해하지 못할 줄 알고 있었기에 그런 식으로 너를 안심시켰을 뿐이다. 너는 그들이 미쳤다고 생각하지 않았느냐?"

그러자 돈 까밀로는 고개를 푹 숙이고 예수님에게 물었다.

"예수님, 잘못된 믿음과 참된 믿음을 어떻게 구분할 수 있습니까?"

"머리로 이해할 수 있는 일이 아니다. 그저 느낄 수 있을 뿐이다. 네가 상식이라고 믿는 일들을 마땅히 의심할 줄도 알아야 하느니라, 돈 까밀로."

돈 까밀로는 의기소침해져 성당에서 나왔다. 하지만 사제관으로 향하던 그는 아카시아 숲 속, 오솔길 끝에 맞닿은 푸른 풀밭을 기억해냈다.

숲과 푸른 풀밭을 가로지르며 놓일 도로를 생각하니 마음이 한결 가벼워졌다. 더불어 폴리니와 그의 아내가 자신에게 간곡히 당부했던 말이 떠올랐다.

"그래, 그것은 서로를 배려한 사랑의 믿음이었어."

수풀 속으로 스며든 밝은 햇살이 돈 까밀로의 평온해진 얼굴을 따사로이 비추고 있었다.

양로원 사람들

돈만 밝히던 고리대금업자 포치가 죽었다. 천국에 가든 지옥에 가든, 세상의 것은 무엇도 가져갈 수 없다는 단순한 진리를 죽기 바로 전에야 깨달았던 것일까? 그는 유언장에서 자신의 재산을 전부 읍의 복지기관에 기부한다는 의사를 밝혔다. 이것이 그의 처음이자 마지막 선행이었다. 소식을 들은 마을 사람들은 한결같이 말했다.

"살아있을 때는 쓸모없던 인간이 죽어서야 마을에 도움이 되는구먼."

하지만 포치는 생전의 고약한 성품대로, 마을 사람들에게 자신의 재산을 순순히 넘기지는 않았다. 그의 선행에 대한 놀라움이 잊혀 갈 무렵, 공증인은 여섯 명의 유언집행인과 본당신부, 읍장을 사무실로 불러들였다. 모인 사람들은 여러 관계로 얽히고설켜 서로 잡아먹지 못해 안달인 앙숙들이었고, 그로 인해 사무실 안에는 팽팽한 긴장감이 감돌았다.

공증인이 '사망 후 두 달이 지나서 개봉할 것' 이라고 적힌 서류봉투를 사람들 앞에서 풀어 보인 뒤, 유언장을 꺼내 낭독하기 시작했다. 유언장에는 포치가 집과 현금 300만 리라, 그리고 40헥타르 정도의 농지를 양로원 설립을 위해 남겨놓았다는 내용이 담겨 있었다.

한참 동안, 사무실 안은 숨소리조차 들리지 않을 만큼 고요했다.

공증인이 마침내 입을 열어 선언했다.

"침묵은 동의로 받아들이겠습니다. 유언집행인으로서의 역할을 받아들이시면, 여러분들은 그때부터 가난한 노인들을 위한 양로원을 설립, 관리하는 책임을 지게 됩니다."

"잠깐!"

뻬뽀네가 이의를 제기했다.

"분명하게 짚고 넘어갑시다. 포치 그 노인네, 정말 악랄하구만."

"읍장 나리, 말조심하시오!"

그의 말을 돈 까밀로가 잘랐다. 그러자 뻬뽀네는 자신이 화를 낸 이유를 설명했다.

"포치 노인은 생전에 저 유언장을 썼을 거요. 신부님도 그가 돈만 밝히는 노랑이인 데다 악명이 높았다는 걸 잘 알지 않습니까. 그는 죽기 전에 마지막 속임수로, 서로 죽이지 못해 안달인 사람만 골라서 유언집행인으로 선택한 거요. 이런 조건의 구성원을 찾기도 쉽지 않았을 텐데, 거참 기가 막히단 말이지. 곡절이야 어떻든 포치 노인은 대단한 함정을 깔아놓은 셈이오. 여기 모인 사람들의 면면을 살펴보면 정치나 이권, 묵은 감정 같은 것들 때문에 얼굴에 서로 침을 뱉어가며 싸워야 할 관계자들만 모아놓았다, 이거요. 내 말뜻을 이해하시겠소?"

"그렇긴 하지만…."

뻬뽀네는 돈 까밀로의 중얼거림을 무시하며 말을 이었다.

"포치, 그 악독한 인간은 사회적인 공동이익이라는 고상한 구실로 우리 모두에게 쓸데없는 고생을 시키려는 게지. 어찌 알겠소? 우리가 서로 치고받다 전부 병원이나 감옥에 가길 그 영감이 바랬는지. 그래서 나는, 죽은 선동가께서 뜻하신 바와 달리, 양로원을 세우는 업무를 적당한 사람에게 넘기기를 제안하는 바요."

"찬성이오!"

돈 까밀로만 제외하고 모두 적극적인 지지를 보냈다.

"존경하옵는 신부님께서는 우리 결정에 반대하시나 봅니다 그려?"

뻬뽀네가 돈 까밀로를 비꼬자, 공증인이 대신 대답했다.

"신부님께서는 그저, 포치 씨가 임명한 여덟 명의 유언집행인이 다른 사람으로 바뀔 수 없다는 점을 여러분께 알리려는 겁니다. 여러분들께서 유언집행인의 역할을 받아들이지 않을 시, 유산은 자동으로 팔레르모 읍의 양로원으로 전달됩니다."

"팔레르모 읍이라고? 시칠리아에 있는 마을이 포치 노인네랑 무슨 관계가 있다고?"

뻬뽀네가 소리쳤다.

돈 까밀로가 핵심을 찔렀다.

"그건 돌아가신 포치 노인한테나 물어볼 수 있는 문제지. 그래도 이거 하나는 분명하오. 유산을 맡지 않으면, 마을에는 큰 손실이 될 것이고 우리는 주민들의 비난 대상이 될 거요. 결국 어떤 선택을 하든 모든 책임은 우리에게 귀결된다는 말이오."

뻬뽀네는 책상을 주먹으로 내려쳤다.

"이게 진짜 목적이었군. 마을에 도움은 주지 않고, 우리에게 창피를 주는 일거양득의 계획이라니…."

"그렇지는 않을 거요. 읍장 나리."

돈 까밀로가 반론을 제기했다.

"난 포치 노인이 다른 의도를 가지고 있었다고 생각합니다. 사적인 감정을 과거에 묻고, 마을의 이익을 위해 우리를 하나로 뭉치게 하려는 의도였다는 말이오. 의견 일치가 필요한, 귀찮은 일거리를 줌으로써."

뻬뽀네는 사람들을 둘러보았다.

"신부님이 아무리 죽은 포치 노인을 옹호해 봐야 내 생각은 변함없소이다. 그는 괘씸하게도 우리를 골탕먹이려고 작정한 거요. 솔직히 무척 열 받는 일이기는 하지만 마을을 위해 유언 집행인의 역할은 일단 받아들일 수밖에 없겠소. 물론 각자의 관계는 변하는 게 없소. 그저, 양로원 문제에 대해서만 같이 고민하고 같이 해결하자는 얘기요. 그러기 위해서는 초당적인 노력이 요구되겠지만 말이요."

"훌륭한 생각이오. 읍장 나리."

돈 까밀로가 찬성했다.

"지역 사회의 이익이 우선이어야 하는 게요."

모두 꿀 먹은 벙어리처럼 입을 꽉 물었다. 하지만 그들의 눈은 '싫어' 라고 부르짖고 있었다.

"지역 사회의 이익은 관심 없소이다. 신부님."

뻬뽀네가 짜증 섞인 목소리로 말했다.

"우리가 의견일치를 위해 노력해야 하는 이유는 그것이 포치 영감을 골탕먹이는 일이기 때문이오."

"포치 영감을 골탕먹이는 일이라면, 나도 낄 테요."

한 명이 목소리를 높이며 말했다.

"나도 하겠소."

다른 한 명도 찬성의 뜻을 표시했다.

결국 모두가 뻬뽀네의 의견에 찬성했다. 하지만 돈 까밀로의 의견은 달랐다.

"여러분의 뜻은 충분히 이해합니다. 그러나 나는 포치 노인을 골탕먹이기 위해서가 아니라 지역사회의 이익을 위해 이 일에 참여하겠소. 착한 일은 나쁜 목적을 위해 악용될 수 없는 거니까."

다른 사람들이 항의했다.

"그렇게는 못하겠소! 포치 영감에게 물 먹이는 데 동참하지 않는 사람이 하나라도 있다면, 몽땅 그만두는 게 차라리 낫소."

돈 까밀로는 자신의 의견을 꺾지 않았다.

"죽은 영혼을 더럽히려고 양로원 설립이라는 선행을 악용하다니! 당신들이 작당하는 망자에 대한 모독을 막기 위해서는 오히려 내가 먼저 포기해도 시원치 않을 거요. 하지만 그 이유로 내가 그만둔다면 도움이 필요한 마을의 다른 노인들은 어쩌겠소. 나는 여러분 같은 옹졸한 마음에서가 아니라 양로원 설립이라는 대의를 위해 찬성하겠소."

빼뽀네가 항의했다.

"신부님은 신사고, 우리는 악당이랍디까? 늘 그렇듯 신부님께서는 도덕적 우위에 서려고 하십니다그려."

"난 여러분의 입장을 놓고 의견을 표명하는 게 아니오."

돈 까밀로가 말했다.

"죽은 이를 골탕 먹이려는 뜻을 접고 살아있는 이들에게 선행을 하려고만 하면 충분하다는 말을 하고 싶은 것뿐이지."

빼뽀네는 돈 까밀로에게 지고 싶지 않았다.

"산다는 건 말이오. 산다는 건 정말 멋진 거요. 내가 죽으면 남은 사람들이 아무렇게나 날 이용하라지, 젠장!"

다른 사람들은 빼뽀네에게 '당신이 옳소' 라고 말하듯이 고개를 엄숙하게 끄덕거렸다.

"근본적으로는 모두 동의한 거요. 양로원 사업에 반대 하시는 분 아직 있소?"

빼뽀네가 불쾌한 어조로 물었지만, 더 이상 시비를 거는 사람은 없었다.

사무실에서 나온 여덟 명의 유언집행위원들은 인사도 없이 뿔뿔이 흩어졌다.

위원회의 첫 모임을 마치고 성당으로 돌아온 돈 까밀로는 제대 위에 계신 예수님 앞에 무릎을 꿇고 인사드렸다.

돈 까밀로는 자초지종을 차근차근 말씀드린 뒤, 한마디를 덧붙였다.

"예수님, 포치 영감의 고약한 의도를 헛되게 해주셔서 감사드립니다. 그 영감은 우리가 서로 잡아 뜯고 싸우기를 바랐지만 반대로…."

예수님은 돈 까밀로를 엄하게 추궁하셨다.

"돈 까밀로, 포치가 유산을 남긴 의도가 고약했다고 어찌 그리 확신하는 게냐?"

돈 까밀로는 당황해서 횡설수설하기 시작했다.

"예수님, 다들 그렇게 말하던데요. 공증인의 사무실에서, 전 그렇게 말하지, 아니 오히려 두둔해 주었다고도 볼 수, 그게 말입니다. 아니 제가. 하느님께서, 불쌍한 포치를 위해, 죄를 가볍게 해주십사 부탁드립니다."

"돈 까밀로."

돈 까밀로는 즉시 자신의 잘못을 인정했다.

"다시는 주님의 뜻을 판단하지 않겠습니다. 사람들의 의견을 전하기만 하겠습니다."

*

포치의 집은 마을에서 가장 멋지고 넓고 편안한 축에 속했다. 게다가 넓은 정원도 딸려 있어, 애초부터 양로원으로 용도 변경을 고려하고 지은 게 아닐까 의심스러울 정도였다.

포치가 내놓은 현금 300만 리라는 양로원을 개축하고 필요한 물품을 사기에 충분하고도 남았다. 양로원 기금을 조성할 목적으로 남겨진 농지는 마을에서 제일 좋은 농지로, 소작인들도 성실하고 부지런한 사람들이었다.

여덟 사람으로 구성된 유언집행위원회는 아주 모범적으로 운영되었다. 회의는 항상 조용하고 차분한 분위기에서 진행되었고 일의 진행도 놀라울 정도로 빨랐다.

효율적인 운영 덕분에 넉 달이라는 짧은 시간 안에 새로운 양로원이 준비되었다. 위원회가 최종점검을 마치고 나니 모든 것이 완벽해 보였다. 양로원을 개원하기만 하면 성가신 일은 이제 곧 끝날 터였다. 하지만 돈 까밀로는 운영에 차질이 없어야 한다며 뜻밖의 의견을 내세웠다.

"노인들을 맞아들일 설비를 갖추고 준비된 건물로만 개원식을 하기보다 시험 운영을 해보고 일반에 공개하는 게 어떨까 싶네. 텅 빈 양로원을 개원하는 것은 맨땅에 배를 진수하는 것이나 다를 바가 없으니까 말일세. 이곳에서 노인들이 실제로 어떻게 생활하는지를 읍민들이 직접 확인해야만 양로원의 용도가 분명해질 거라는 말이네. 내 의견은 거기까지일세."

집행위원들은 모두 머리를 긁적였다. 뻬뽀네가 덧붙였다.

"노인들이 없는 양로원은 전기가 통하지 않는 전선이나 기차 없는 기찻길과 같소. 때가 되면 신문기자들이 몰려올 텐데…. 노인들을 인터뷰할 수도 있겠지. '연세가 어떻게 되시죠? 여기가 마음에 드십니까? 오기 전에는 무슨 일을 하셨죠?' 따위의 질문을 던지면서 말이오. 빨리 노인들을 모십시다. 신부님의 지적은 아주 적절하다는 게 내 생각이오. 벌써 그림이 착착 그려지는구먼."

뻬뽀네에게 호응하듯 위원 한 사람이 말했다.

"게다가 노인들을 양로원에 모심으로써 실질적인 운영상의 문제를 찾아낼 수도 있겠죠. 공식 개원 이전에 미비한 점을 모두 고칠 수 있을 겁니다."

그들은 시범적인 운영에 참가시킬 노인들을 찾아낼 필요가 있었다. 그리고 그것은 그다지 어려운 일도 아니었다. 마을에는 양로원에 머물러도 좋을 사람이 다섯 명 정도 있었다. 이 지역에 사는 사람들이라면 모두 알고 있는 노인들이었다. 바싸에 살고 있는 일흔다섯 살 먹은 자코모네 할아버지, 토리첼라에 사는 일흔여덟 살의 라니에리 할아버지, 트레카셀리에 사는 올해 여든 살이 된 지라르덴고 할아버지, 푸메토에 사는 일흔아홉 살의 죠피니 할아버지, 마지막으로 크로칠레토에 사는 여든다섯 살의 미라콜라 할머니가 그들이었다. 이 불쌍한 다섯 노인은 직접적으로 구걸을 하지는 않았지만, 남들의 도움을 받아가며 살고 있는 건 틀림없었다.

큰 키에 뼈가 살갗을 뚫고 금방이라도 튀어나올 듯 빼빼 마른 자코모네 할아버지는 1908년에 있었던 총파업의 희생자로 그때 일자리를 잃은 뒤 계속 실업자로 지내왔다. 그는 45년 동안 포도주만 마시고 건초 창고나 마구간에서 잠을 자며 살아왔다.

중키에 입가에 고양이 수염이 길게 자란 라니에리 노인의 본명은 따로 있었다. 그는 일주일에 두 번은 술에 취한 채 웅덩이에 들어가 잠들곤 했기 때문에 웅덩이 속 개구리를 연상시키는 라니에리라는 애칭을 얻었다. 심지어 콰르타 거리 웅덩이에 엎어져 자던 그의 웃옷 주머니에서 개구리 한 마리가 튀어나오는 걸 봤다는 소문이 돈 적도 있지만 사실 여부는 아무도 몰랐다.

지라르덴고는 다섯 중 가장 심각한 몰골을 하고 있었다. 원래 이름은 베네티였지만 지라르덴고로 이름을 바꾸고 오랫동안 살아왔기 때문에, 베네티라는 이름을 기억하는 사람은 거의 없었다. 그는 심한 안짱다리에 쇠약해서 한번에 10센티미터씩만 걸을 수 있었는데, 상황이 이렇다 보니 500미터를 걷는 데 온종일이 걸릴 정도였다. 그래서 그는 사람들이 어디 가는 길이냐고 짓궂게 물으면 얼굴색 하나 변하지 않은 채 이렇게 대답하곤 했다.

"행실 나쁜 자네 여동생에게 에스프레소 한잔 갖다 주고 오는 길이야."

조피니는 진지하고 근면한 사람이었다. 항상 단정한 차림에 늘 손수레를 끌고 다녔다. 손수레 없이 그가 혼자 돌아다니는 모습을 본 사람은 어디에도 없었다. 그는 계절에 상관없이 바싸 전역을 돌아다녔다. 200미터쯤마다 멈추어, 수레에 걸터앉아 파이프에 불을 붙이곤 했지만…. 파이프에 담배꽁초라도 들어있어 입에서 연기가 뿜어져 나오는 날도 있었지만 담배 냄새 나는 빈 파이프를 빼끔거릴 때가 더 많았다.

미라콜라 노파는 팔에 장바구니를 끼고 돌아다녔다. 야윈 몸집에 자그마한 키로, 항상 백발을 단정히 빗고 다녔는데 모두들 그녀를 좋아했다. 하지만 그녀는 피부병과 탈골을 달고 살았다. 그래서 사람들은 그녀를 기적적으로 살아가고 있다는 뜻으로 미라콜라라고 불렀다.

다섯 노인은 각자 자신의 구역과 고객을 가지고 있었고 절대 마주치는 일이 없었다.

다섯 노인이 처음으로 한자리에 모인 것은 스미르초가 유언집행위원들이 기다리는 장소로 그들을 데리고 왔을 때였다. 뻬뽀네는 그 자리에서 공손하지만 엄한 목소리로 유언집행위원회를 대표해 다음과 같이 연설했다.

"에, 오늘은 우리 마을의 역사에 반드시 기록되어야 할 기념비적인 날이 되겠습니다. 이 자리에 여러분을 모실 수 있어 저도 무척 기쁩니다. 오늘부터 여러분은 포치 씨의 유지를 받들어 준비한 사회보장시설을 무료로 이용하시게 되었습니다. 여러분께 물질적인 복지혜택을 드림과 동시에 저희들도 만족이라는 이름의 정신적인 호사를 누릴 수 있게 될 것입니다."

뻬뽀네는 자신의 연설이 자못 감동적이라고 여기고 있었지만 다섯 노인은 여전히 무관심한 눈빛으로 유언집행위원들의 모습을 바라볼 뿐이었다.

뻬뽀네는 노인들에게 설명했다.

"잘 아시다시피 우리 읍은 양로원의 개원을 눈앞에 두고 있습니다."

자코모네가 투덜거렸다.

"나를 늙은이 취급하지 말게!"

"일흔다섯이 적은 연세는 아니잖습니까. 노인이 아니면 대체 어떻게 대우해 달라는 말입니까?"

"난 사지 멀쩡한 데다 일할 능력이 있어. 제 먹을 빵을 사다 나를 수 있으니 요양원에 처박힐 나이는 아니란 말이지."

자코모네의 불평에 뻬뽀네가 냉정하게 말했다.

"자코모네 할아버지, 그런 말씀 마세요. 젊었을 때도 백수로 지내던 양반이 그렇게나 나이 들어서 무슨 일을 한다고 그럽니까? 난 어려서부터 할아버지가 구걸하러 다니는 걸 보고 자랐단 말입니다!"

"구걸이 아니야!"

자코모네가 항의했다.

"아니고말고."

라니에리도 거들었다.

"난 50년 동안 내 수레를 끌며 일해서 먹고 살았단 말이다!"

조피니가 부르짖었다.

뻬뽀네는 양귀비꽃처럼 얼굴이 시뻘게졌다.

"다들 됐어요! 오늘 모두 양로원으로 들어가시게 될 겁니다. 이렇게 계속 버티시면 내가 직접 끌고라도 가겠습니다."

"나는 억지로 집어넣으면 도망칠 거야."

노기 띤 목소리로 지라르델고가 말했다.

미라콜라는 소리 죽여 울기 시작했다. 평소 허옇게 센 머리 위에 쓰고 다니던 검은색 손수건으로 눈물을 닦았다.

"왜 그리 슬프게 우십니까?"

돈 까밀로가 물었다.

"난 병원이 아니라 내 침대에서 죽고 싶어."

노파가 더듬거리며 말했다.

"병원이라니?"

위원회 사람들은 모두 분통을 터뜨렸고, 뻬뽀네는 거칠게 소리쳤다.

"대체 무슨 생각을 하는 겁니까? 우리가 어딜 봐서 병원에다 어르신들을 강제로 수용시키려는 사람들 같아 보입니까? 스미르초, 이 어른들을 구급차에 태워서 양로원으로 모시고 가 직접 확인시켜드려라!"

구급차라는 말에 미라콜라 할머니의 울음보가 터져 버렸다.

"우리 귀여운 뻬뽀네, 백일도 안된 자네를 안아주던 내게 이렇게 함부로 대할 셈인가? 좀 봐주게나. 난 정말 병원에 들어가기 싫어."

'귀여운 뻬뽀네' 라는 말을 듣자, 뻬뽀네는 더 이상 참을 수없었다. 한참 동안 혼잣말로 저주 섞인 욕설을 퍼부어 대고는 이렇게 말을 맺었다.

"그놈의 귀여운 뻬뽀네는 옛날옛적에 카날라쵸 다리에서 던져 버리는 게 나을 뻔하셨소이다."

반항하는 노인들을 억지로 구급차에 태운 다음, 뻬뽀네와 돈 까밀로 그리고 나머지 유언집행위원들은 구급차의 뒤를 따랐다. 모두 잔뜩 화가 나 있었다.

"제길, 좋은 일을 해도 이 난리라니까!"

건물 여기저기를 둘러보면서 양로원에 대해 차근차근 설명해 나가자 노인들의 태도가 약간 바뀌었다. 그러나 노인들은 아직도 안심이 안 되는지 연신 수군거렸다.

"그래서?"

"여기가 어르신들이 드실 음식을 만드는 식당입니다. 앞으로는 깨끗하고 맛있고 영양이 풍부한 음식을 양껏 드시게 될 겁니다. 아침, 점심, 간식 그리고 저녁, 한 끼도 빼놓지 않고 말이지요. 이제 남은 여생 음식 걱정은 안 하셔도 되겠습니다그려."

돈 까밀로는 기쁨이 가득 담긴 목소리로 말했다.

넓고 환한 식당을 빠져나오며 배배꼬인 심사 때문인지 빼뽀네가 툴툴거렸다.

"웅덩이 근처에 쭈그리고 앉아 식사하시는 건 이젠 그만두세요. 신사답게 잘 차려진 식탁에 앉아 드시란 말이오."

침대가 늘어서 있는 공동 침실을 지날 땐, 미라콜라 할멈이 불평을 늘어놓았다.

"하느님 맙소사! 외간 남자들하고 동침하라니!"

"그게 무슨 망측한 말씀이오. 여긴 남성용이오. 할머니를 위한 침실은 따로 있어요."

빼뽀네는 그녀에게 핀잔을 주었다.

욕조와 대야가 반짝거리는 세면실, 약이며 환자용 침대가 잘

갖춰진 의무실, 노인용으로 활자를 키운 책들이 벽마다 꽂혀 있는 서재, 누울 수 있는 커다란 안락의자가 놓여 있는 거실, 그리고 준비된 요와 이불, 옷이 잔뜩 걸려 있는 붙박이 옷장도 구경시켜 주었다.

"난방시설이 완비된 데다 더운물도 나오고 라디오에다 축구 시즌이 오면 텔레비전도 갖다 놓을 겁니다. 신문과 책도 충분히 샀고요. 게다가 소일거리가 필요한 분을 위해서 작업실도 마련했지요. 산책이나 일광욕을 하실 수 있는 넓은 정원까지 갖추었고 말이죠. 이래도 우리가 나쁜 짓을 하려는 악당들 같습니까? 이제는 우리가 억지로 병원에 가둬놓고 입원비를 받는 사기꾼이나 감옥에 집어넣으려는 범죄자로 보이진 않지요? 어르신들을 억지로 여기 가둬놓을 생각은 꿈에도 없단 말입니다. 물론 자유 외출시간도 다 계획에 잡혀 있소. 자아, 하실 말씀 있으면 어디 한번 해보시오."

빼뽀네가 확신에 찬 어조로 말했다.

"이건 기적이나 다름없군."

자코모네 노인이 말했다.

"부자들이나 누리는 사치에 가깝구먼."

라니에리 노인이 덧붙였다.

"굉장히 멋지네. 수레를 둘 공간도 충분하고."

조피니 노인이 감탄했다.

다른 집행위원들을 향해 눈을 찡긋하며 빼뽀네가 만족스럽게 말했다.

"당연하지."

지라르덴고는 한시도 쉬지 않고 눈을 돌려 주위를 계속 둘러보며 말했다.

"대단해, 이것보다 나은 것을 기대할 수는 없을 게야."

"할머님 생각은 어떠시오?"

뻬뽀네가 미라콜라에게 유쾌하게 물었다.

"난 그저 불쌍한 할망구라고. 대체 내게 무슨 말이 듣고 싶은 겐가?"

"맘에 드시오. 아니면 맘에 안 드시오?"

"너무 멋져서 불안하다네."

그때 돈 까밀로가 끼어들었다.

"곧 익숙해지실 겁니다. 시간이 약이란 말도 있지 않습니까? 그리고 집이 마음에 드신다니 저희도 기쁘기가 한량없습니다. 일주일만 지나면 다섯 분을 위한 모든 것이 여기 준비될 겁니다. 개인 비품, 옷가지나 일할 사람들 말이죠. 이렇게 하는 게 좋겠습니다. 일주일 뒤에, 물건들을 챙겨서 여기로 오셔서 새로운 생활을 만끽하시길 바랍니다."

그들의 망설임을 눈치챈 뻬뽀네는 재빨리 노인들에게 천 리라씩 나누어 주며 말했다.

"이건 오늘부터 여러분이 '휴식의 집' 식구가 되었다는 뜻으로 드리는 돈입니다. 준비될 때까지 며칠간 보조자금으로 쓰시기 바랍니다. 자코모네 할아버지와 라니에리 할아버지, 제발 부탁인데, 술 자시고 취하면 안 됩니다?"

노인들은 뻬뽀네가 건넨 돈을 손에 받아들고 자리를 떠났다.

"일이 잘 풀려서 다행이군!"

뻬뽀네가 만족해하며 말했다.

"노인들과 얘기할 때는 인내심이 필요한 것 같군. 저 분들한테는 특히 더…."

돈 까밀로가 덧붙였다.

"살면서 좋은 시절을 한 번도 겪지 못한 양반들이네. 그래서 주님께서 그들을 기억하고 계시다는 사실을 믿지 못하지."

유언집행위원들의 부단한 노력으로 모든 것이 완벽하게 준비되었지만 기일이 다 되도록 노인들은 찾아오지 않았다.

뻬뽀네는 이틀을 더 기다려 보다가 노인들을 찾아오라고 스미르초에게 긴급명령을 내리기에 이르렀다.

스미르초는 꼬박 사흘 동안 잠도 제대로 못 자가면서 노인들의 행방을 수소문해 결국 찾아내기는 했지만, 그들을 양로원으로 데리고 오는 데는 실패하고 말았다.

"찾았습니다, 대장. 하지만 정말 그분들을 모실 생각이라면 직접 데리고 오셔야 할 거예요. 난 못하겠어요."

스미르초가 풀죽은 목소리로 보고했다.

"지금 내 명령에 거역하는 거냐?"

"대장, 내가 지금껏 대장 말을 안 들은 적이 없다는 건 대장이 더 잘 알 겁니다. 그냥 이번 명령이 내 수행능력 범위를 벗어났을 뿐이에요. 대장을 그곳까지 모시고 가는 거라면 얼마든지 하죠."

위원회는 스미르초가 운전하는 트럭을 타고 출발했다. 모두들 너무 화가 난 나머지, 이 볼품없고 배은망덕한 인간들을 무력을 써서라도 끌고 와야겠다는 등의 얘기를 주고받았다. 트럭은 먼지가 풀풀 나는 작은 길을 지나 크로칠레토의 주택가를 빠져나와 이윽고 외딴 오두막집 앞에 멈추었다.

"미라콜라 할멈네 집입니다."

스미르초가 말했다.

"이 할망구부터 데려가자!"

뻬뽀네는 열을 냈다.

"그다음엔 다른 노인들도 끌고 가자고. 제아무리 난리법석들을 피워대도 끽해야 한 시간 뒤면 다들 양로원에 얌전히 앉아 있게 될 거야."

미라콜라 할멈의 집 현관문은 쇠사슬로 굳게 잠겨 있었다. 뻬뽀네는 발로 계속 문을 걷어찼다. 조금 시간이 지난 뒤, 빠끔히 열린 문틈으로 할멈이 고개를 내밀었다.

"여러 소리 할 것 없이 당장 짐을 싸슈!"

뻬뽀네가 노파에게 명령조로 말했다.

"개인 물건을 챙기란 말이오. 5분 주겠…."

미라콜라 할멈을 거칠게 밀치고 집 안으로 들어선 삐뽀네는 예상치 못한 광경에 할 말을 잃었다.

노인들은 미라콜라 할멈네 부엌을 목공 작업장으로 개조해서 사용하고 있었다. 모두 제각기 하나씩 일거리를 맡은 듯이 보였다. 자코모네 노인은 작업대 곁에서 무언가를 만드는 중이었다. 라니에리 영감은 작은 탁자를 광내고 있었고, 지라르덴고 노인은 구석에 앉아 의자를 짚으로 싸고 있었다.

"우리는 공동작업을 시작했네."

자코모네가 담담한 목소리로 말문을 열었다.

"미라콜라 할멈은 우리에게 작업장을 제공하고 음식을 마련하지. 조피니 할아범은 우리를 태워다 주는 일이랑 물건을 파는 일을 맡았어. 자네가 준 5천 리라로는 작업대와 필요한 연장들을 샀네."

삐뽀네는 자코모네 노인의 작품을 자세히 볼 심산으로 다가갔다. 그 역시 뛰어난 기술자였기 때문에 상대가 만들어 놓은 물건만 보고도 금세 실력을 파악할 수가 있었다. 그것은 무척 흔해빠진 탁자에 지나지 않았지만 비범한 장인의 솜씨가 느껴졌다.

"좋습니다."

한 걸음 물러서며 삐뽀네가 말했다.

"도움이 필요하면 언제든지 찾아오시오."

우르르 밖으로 몰려나온 위원들은 겸연쩍은 얼굴로 트럭에

올랐고, 스미르초는 서둘러 차를 운전해 읍내로 향했다. 하지만 좁고 오래된 포파초 거리에 들어섰을 때, 트럭은 잠시 멈출 수밖에 없었다. 수레 한 대가 길을 반쯤 가로막고 서 있었기 때문이었다. 망가진 물건들이 가득 실린 수레 한 귀퉁이에는 빈 파이프를 문 조피니 노인이 기대어 앉아 있었다. 수레에 빨간색 페인트로 쓰인 글자가 도드라져 보였다.

장인들의 공동작업

자유수리점

스미르초는 길 반대쪽으로 바짝 붙어 수레를 피해 지나쳤다. 조피니 영감 앞을 지날 때, 돈 까밀로는 트럭에서 몸을 내밀어 시가 반쪽을 그의 무릎 근처에 던졌다. 그리고 굴뚝 때듯 뻑뻑 담배를 피워대는 뻬뽀네와 다른 사람들에게 질세라 나머지 반쪽을 입에 물고 불을 붙였다.

마누라 길들이기

돈 까밀로는 남의 가정사에 끼어드는 것을 아주 싫어했다. 하지만 그는 알프레도의 도와달라는 성화에 시달리다 못해 도살장에 끌려가는 돼지라도 된 듯한 심정으로 '아밀카레 식료품점'으로 향할 수밖에 없었다.

가게 주인인 쟈나와 돈 까밀로는 한참 동안 이런저런 사소한 이야기들을 나누었다. 그녀는 돈 까밀로의 의도를 미처 눈치채지 못하고 유쾌한 기분으로 자기 이야기를 털어놓기 시작했다.

적당한 순간이 오기를 기다리던 돈 까밀로가 물었다.

"그래, 남편은 잘 지냅니까?"

"말도 마세요, 신부님."

코끼리처럼 덩치가 큰 쟌나는 순간 침울한 표정을 지었다.

돈 까밀로는 손수건을 꺼내 이마의 땀을 닦았다. 시간을 좀 끌고 싶었기 때문이었다. 한참을 더듬거리다가 결국 그의 입에서 튀어나온 말은 남편을 너무 막 대하지 말라는 판에 박힌 충고였다.

쟌나는 숨을 깊이 들이마셨다. 그러자 그녀의 몸이 바람이 들어간 풍선처럼 두 배로 부풀었다. 적어도 돈 까밀로는 그렇게 느꼈다. 그녀의 위협에 기세가 눌리지 않을 사람은 마을에는 하나도 없었다. 제아무리 솥뚜껑만 한 손을 가진 돈 까밀로라도 예외는 아니었다. 쟌나는 덩치가 무척 컸기 때문이다. 여자라는 사실이 믿어지지 않을 정도로.

쌀쌀맞은 목소리로 쟌나가 물었다.

"오호라, 이제 알겠군. 그 악당이 나를 중상하러 신부님을 찾아 갔었죠?"

"알프레도는 부인을 중상한 적이 없소."

돈 까밀로가 땀을 뻘뻘 흘리며 말꼬리를 흐렸다.

"그저, 자신이 집에서 받는 대우가…."

쟌나가 주먹을 불끈 쥐었다.

"내가 그를 어떻게 대하든지 신부님이 신경 쓸 일은 아닌 것 같은데요?"

돈 까밀로는 움찔했다. 하지만 이미 엎지른 물이고 쏘아진 화살이었다. 여기까지 와서 뒤로 물러설 수는 없었다.

"알프레도의 말이 사실이라면, 잘 대접받는 건 아니라고 생각하오. 남의 가정사에 일일이 간섭하고 싶은 생각은 없지만 말이오."

"흥, 신부님은 신부님 일이나 똑바로 하세요!"

쟌나가 흥분해 소리쳤다.

"난 지금 내 소임을 다하는 중이오."

돈 까밀로는 화가 치밀었지만, 그것을 꾹 눌러 참으며 차분하게 대답했다.

"불행한 신자가 본당 신부에게 도움을 청하는데, 그걸 그냥 무시할 수는 없소. 두 분의 혼인 성사를 주관한 사람이 누군지를 기억해주시오."

"나는 사기 결혼의 피해자예요."

"그래도 결국 결혼하기를 결심했던 것은 당신 아니오? 알프레도한테 큰 잘못이 있는 게 아니라면, 착한 아내가 되어줄 수는 없겠소?"

"난 그에게 아무것도 되어줄 생각이 없어요."

쟌나가 외치는 소리는 온 가게 안에 쩌렁쩌렁 울려 퍼졌다.

"모든 걸 이끌어 가는 사람은 나예요! 내가 여기 왔을 때, 이 가게는 마을에서 제일 초라한 가게였어요. 이걸 일으켜 세운 사람도 나고, 장사가 잘 되는 것도 전부 다 내 덕분이에요."

"그렇지 않소! 가게는 두 사람이 함께 노력한 결과물이오. 알프레도 역시 아침부터 저녁까지 쉬지 않고 소처럼 일하지 않았소. 백번 양보해서 가게가 잘되는 게 전부 부인이 이룬 업적이라고 해도 불쌍한 남편을 함부로 대할 권리가 주어지는 건 아니오."

"불쌍한 남편이라고요? 대체 그 사람의 어떤 점이 불쌍하다는 거죠?"

"아내한테 두들겨 맞는 남편을 뭐라고 불러야 하겠소?"

잔나가 굵은 팔뚝을 들어 보이며 으르렁거렸다.

"그런 흉을 보러 신부님을 찾아갔었단 말이죠?"

"그렇소. 게다가 부인한테 맞아서 생긴 상처까지 보여 주었소."

"이 불한당, 거짓말쟁이, 사기꾼 같으니! 집에 들어오기만 해봐라."

덩치 큰 잔나가 소름 끼치는 소리를 냈다.

"두고 보라지. 오늘 집에 들어오기만 하면…."

돈 까밀로는 이성을 잃은 잔나를 진정시키려고 애썼다. 그렇지만 그녀는 그의 말을 거칠게 잘라 버렸다.

"신부님은 신부님 일이나 제대로 하시죠? 난 우리 집안일에 교회가 개입하지 않길 바라요."

"문제가 되니까 내가 온 게 아니겠소."

돈 까밀로가 설명했다.

"이대로 가다가는 알프레도가 어떤 어처구니없는 일을 벌일지 모르오. 당연히 소문도 돌 테고. 이 마을에 소문이 도는 정도로 끝나는 게 아니라 다른 교구로 퍼져나가, 당신이 남편을 어떻게 대하는지 이탈리아 모든 국민이 알게 될 거요. 내 경고를 무시하지 마시오. '경고받은 자' 에게는 아직 구원받을 가능성이 남아 있으니까."

돈 까밀로가 사용한 '경고받은 자' 라는 단어는 그녀를 지칭하는 말이었다. 그롤리니 알프레도는 워낙 볼품없고 작은 체구의 인물이어서, 남에게 경고받을 만한 일을 저지를 능력이 거의 없었으니 말이다.

돈 까밀로가 떠난 뒤, 쟌나는 남편을 찾아 정신없이 마을을 뒤졌다. 아무리 찾아도 알프레도가 눈에 띄지 않자, 그녀의 분노는 점점 더 커졌다.

그날 밤 11시가 되도록 쟌나는 잠들지 못했다. 하지만 알프레도는 귀가할 생각이 없었기 때문에, 그녀의 기다림은 헛된 일일 뿐이었다.

돈 까밀로가 쟌나와의 대화내용을 알프레도에게 자세히 설명하자, 그는 고개를 절레절레 흔들며 말했다.

"그랬군요. 집에서 멀리 떨어져 있는 게 낫겠어요."

돈 까밀로는 어리석게 굴지 말라고, 상황을 복잡하게 만들지 말라고 충고하고 싶었다. 하지만 이처럼 작고 비쩍 마른 남자가 그동안 저 거대하고 난폭한 쟌나에게 받았을 시달림을 생각하니 그저 이렇게 말할 수밖에 없었다.

"알아서 하시오."

알프레도는 사제관 부엌에 있는 긴 소파에서 잤다. 아니, 자려고 누웠지만 차마 눈이 감기질 않았다. 그는 머리를 쥐어짜가며 필사적으로 해결책을 찾으려고 애썼다.

하룻밤을 집 밖에서 보낼 수 있다면 이틀도, 사흘도 문제가 되지는 않을 것이다. 하지만 언젠가는 집으로 돌아가야 할 터이고, 집에는 쟌나가 자신을 기다리고 있을 것이다. 그것도 보통 쟌나가 아니라 분노로 미쳐버린 쟌나가 말이다.

날이 밝자마자, 알프레도는 긴 소파를 박차고 일어났다. 사제관을 벗어나 진흙으로 범벅된 풀밭을 절뚝거리며 가로질렀다. 그는 이미 루비콘 강을 건넜던 것이다. 비참한 느낌이 들었지만 다른 방도는 없었다.

*

빼뽀네는 대장간 가마에 불을 지피다가, 알프레도가 코앞에서 있는 것을 깨닫고 뭔가에 얻어맞은 듯 깜짝 놀랐다.

"원하는 게 뭐야?"

빼뽀네는 퉁명스럽게 물었다.

"할 말이 있어."

"나도 할 말이 있지. 야 이놈아, 여긴 왜 왔어!"

"귀여운 빼뽀네, 나를 박대하지 말아줘."

'귀여운 빼뽀네' 라는 호칭에 빼뽀네는 화가 불쑥 치밀어 올랐다.

“네 어릴 적 친구였던 귀여운 뻬뽀네는 여기 없어. 항상 널 지켜주던 친구는, 그 뻬뽀네는 네가 배신하던 날 죽었어. 이 나쁜 자식아.”

“자네를 배신한 게 아니야.”

온통 헝클어진 머리에 비참한 몰골을 한 알프레도는 같은 말을 반복했다.

“자네를 배신한 게 아니라고.”

뻬뽀네는 그의 멱살을 움켜잡았다.

“나는 하나도 잊지 않았어!”

알프레도는 저항할 기색도 보이지 않았다.

“귀여운 뻬뽀네, 고정하게. 자네의 유감을 산 일이 도대체 뭔가?”

“귀여운 뻬뽀네라고 부르지 마. 계속 그러면 너를 벽에다 내동댕이쳐 버릴 테니까. 파시스트의 제복과 장화, 비둘기 장식이 달린 베레모에 대한 강박관념에 사로잡혔던 그 날 이래로, 너는 더 이상 나를 귀여운 뻬뽀네라고 부르지 않았어. 기억해? 넌 나를 보따지 씨라고 부르기 시작했지. 나를 무시하고 인사조차 하지 않게 된 것도 그 무렵이야. 그 이후로 난 귀여운 뻬뽀네가 더 이상 아니었어. 내가 ‘위험분자’였다는 점을 잊지 마.”

알프레도는 상자 위에 주저앉았다.

“귀여운 뻬뽀네, 내가 자네를 해코지 한 적이 없다는 점을 기억해 주게. 자네를 도우려고 신경 썼다는 걸 자네는 잘 알고 있지 않나."

"그 빚은 이미 갚았어, 그롤리니 알프레도 동지. 1945년 우리의 세상이 오자, 주세페 보타지 동지께서 머리채를 틀어쥘 차례가 됐지. 네가 나를 구박했어도 나는 너를 탄압하지 않으려고 애썼어. 네가 나를 위험한 범죄자로 보지 않았다고 믿으면서 말이야. 하지만 도대체 어째서 반동분자의 진영으로 들어갔던 거야? 너처럼 정치하고는 거리가 먼 사람이 파시스트당에 입당할 필요가 뭐가 있다고? 넌 정치에 개입해서는 안 되는 거였어."

알프레도는 고개를 저었다.

"난 절망적이었네. 그래야만 했어."

뻬뽀네는 버럭 고함을 질렀다.

"그래야만 했다고? 날개돋친 듯 팔려나가는 물건을 잔뜩 가진 가게 주인께서?"

"나를 이해해주게, 귀여운 뻬뽀네. 난 더 이상 견딜 수가 없었어. 어디에 매달려야 할지 몰랐다고. 나에게 함부로 굴기 시작했었네. 심지어 내 뺨을 때리기까지 했어."

뻬뽀네는 어이없다는 표정으로 그를 바라보았다.

"자네 뺨을 때린다고? 누가?"

"귀여운 쟌나가…."

덩치가 산 만한 쟌나를 '귀여운 쟌나'라고 부르는 소리를 듣자 뻬뽀네는 너털웃음을 터뜨렸다.

"쟌나가? 그녀가 파시스트당과는 무슨 상관이지?"

웃음을 그친 뒤, 뻬뽀네가 물었다.

"상관이 있네. 파시스트 당원 제복과 장화를 착용하고 베레모를 쓰면, 그녀가 고분고분해지더라고. 심지어 내가 사복을 입고 있을 때에도 옷걸이에 걸린 제복을 가리키면 입을 다물곤 했어. 그녀가 소리라도 지르면, 난 '중요한 집회가 있어서 당에 가봐야 하오' 라고 말했지. 그러면 그녀는 조용해졌어. 쟌나는 항상 정치에 대해 두려움을 가지고 있었네."

뻬뽀네는 놀라서 입을 다물지 못했다.

"맹세하네. 내 행동은 그런 이유 때문이었네. 무솔리니가 쫓겨나고 파시즘의 시대가 끝나자 쟌나는 다시 예전으로 돌아가려 하고 있네. 그녀는 코끼리만큼 힘이 세고, 난 제대로 서 있기도 힘들어하는 약골이라는 걸 자네는 잘 알고 있지 않나. 그녀는 종종 내 뺨을 때리고 심지어는 몽둥이질도 한다네."

쟌나가 남편을 함부로 벗어놓은 헌 양말 짝처럼 취급하는 것을, 뻬뽀네는 전부터 익히 알고 있었다. 하지만 그녀가 남편에게 손찌검까지 한다는 것은 믿을 수 없는 일이었다.

알프레도는 힘없이 고개를 끄덕거렸다.

"어제 난 신부님께 그녀를 설득해달라고 부탁했네."

그가 한숨을 내쉬며 말했다.

"신부님이 그녀를 만나러 갔었지."

"그래서? 어떻게 됐나?"

"어제 난 집에 들어가지 않았네. 돌아갔다면 잔나가 내 머리통을 박살 냈을 거야. 지푸라기라도 잡아보려는 심정으로 여기에 왔어. 자네가 도와주지 않겠다면 나는 뽀 강에 몸을 던지겠네."

빼뽀네는 당황했다.

"별 해괴한 소리를 다 하는군. 돈 까밀로가 설득시키지 못했다면 일개 '위험한 공산주의자' 에다 '반동분자' 인 내가 어떻게 설득시킨단 말이야? 원한다면 기꺼이 몽둥이질로 버릇을 고쳐줄 수야 있지. 하지만 그 이상은 어려워."

알프레도가 울먹이기 시작했다.

"자넨 할 수 있어. 할 수 있단 말일세."

빼뽀네는 측은한 마음이 들었다.

"어떻게 도와주면 되나?"

"공산당에 가입시켜 주게."

"자네를? 끝까지 파시스트 제복을 자신만만하게 걸쳤던 자네를?"

알프레도는 눈물이 그렁그렁한 얼굴로 양팔을 펼쳤다.

"귀여운 빼뽀네, 공산당 이념은 약자를 보호하는 게 아니었나?"

아침 9시에 스미르초가 가게로 찾아갔다. 덩치 큰 잔나는 여전히 붉으락푸르락, 화난 얼굴로 남편을 기다리고 있었다.

"안녕하시오!"

스미르초가 거칠게 말했다.

"그롤리니 동무에게 급히 전달할 사항이 있소."

쟌나의 얼굴에 당혹스런 기색이 떠올랐고, 그녀는 더듬거리는 어투로 되물었다.

"그롤리니 동무라니요?"

스미르초는 비웃으며 입을 열었다.

"부인, 농담도 잘하시네! 남편 성함이 그롤리니 아닙니까? 그롤리니 알프레도라는 분이 여기 아밀카레 식료품 가게 주인 맞지요?"

"예."

"좀 불러주시겠소? 본부의 급한 호출입니다. 당 비서께서 긴히 하실 말씀이 있답니다."

"지금 집에 없어요."

기가 꺾인 쟌나가 희미한 목소리로 대답했다.

"호, 그렇소? 그럼 들어오시는 대로 이 서류를 전해주시오."

스미르초는 쟌나에게 봉투를 내밀고 나왔다.

'그롤리니 알프레도 동지에게-비상-극비' 라고 쓰인 겉봉을 쟌나는 읽고 또 읽었다. 그녀는 낫, 망치, 별이 그려진 공산당 서류봉투에서 눈을 뗄 수가 없었다.

가게 문에 매달린 종이 울리자 쟌나가 눈을 들어 입구 쪽을 바라보았다.

그곳에는 알프레도가 서 있었다. 그는 독한 포도주 네 잔을 들이키고 마지막 한 줌의 용기까지 전부 쥐어짜낸 것이다. 잔나는 그의 옷깃에 달린, 낫과 망치 문양의 붉은 배지를 발견하고 가슴이 철렁했다.

"별일 없지?"

알프레도가 태연함을 가장하며 물었다.

잔나는 그에게 편지를 내밀었다.

"방금 가져온 건데요."

그녀는 제대로 말을 잇지 못했다.

"당 비서가 당신을 찾는다고…."

"알았어. 일이 끝나는 대로 돌아올게."

"알프레도, 당신이 공산당 제복을 입은 걸 손님들이 보면…."

"나는 사회 정의를 위해 일해. 그깟 손님들이 대수야?"

알프레도가 엄숙하고 비장한 표정을 지으며 밖으로 당당하고 용감하게 걸어나갔다. 아밀카레 식료품점의 혁명은 이렇게 시작되었다.

그가 나가자마자, 잔나는 사제관으로 달려가서 부르짖었다.

"신부님, 좀 도와주세요. 알프레도가 정신 나갔어요. 공산당에 가입했단 말이에요."

"거참 큰일이로세!"

돈 까밀로가 터져 나오는 웃음을 꾹 참아야 했으니, 큰일은 정말 큰일이었다.

"앞으로 또 무슨 일이 생길까요?"

덩치 큰 쟌나가 곤혹스러워하며 물었다.

"누가 알겠소?"

돈 까밀로가 한숨을 내쉬었다.

"오직 주님께서만 앞일을 아실 뿐이지. 악마가 하나 더 늘었구먼."

쟌나는 안절부절못하고 황급히 집으로 돌아왔다. 그녀가 들어오는 소리가 들리자, 거실의 푹신한 소파에 앉아 꾸벅꾸벅 졸던 알프레도는 공산당 신문을 펼쳐 들었다. 거실문 앞에서 그 모습을 본 덩치 큰 쟌나는 벼락이라도 맞은 듯 멍하니 섰다가, 뒤로 슬금슬금 물러나는 것이었다.

적과 함께 왈츠를

로케타 백작 부부의 별장은 카롤라 지역에 있었다. 하늘 높이 뻗은 미루나무가 끝없이 두 줄로 늘어선 길을 따라 한참 달리다 보면, 지방도로에서 멀찍이 떨어진 19세기 풍의 고풍스러운 저택에 도착하게 된다. 그곳이 바로 백작 부부의 별장이었다.

그 부부는 귀족이자 대지주였으니, 이 지역 사람들에게 미움받을 조건을 충분히 가지고 있는 셈이었다.

수천 헥타르에 해당하는 주변의 토지 모두가 그들의 소유였다. 그리고 하느님께서 주인의 돈을 착복하고 소작인들을 닦달하라고 특별히 세상에 보내주신 마름이 그 땅을 관리했다.

로케타 부부는 별장을 자주 찾지도 않았지만, 설혹 그곳에 머무는 경우가 있어도 카롤라 지역이나 근처 마을로 외출을 하는 경우는 거의 없었다. 가끔씩 거만한 자세로 커다란 자동차를 타고 사람들의 숨이 턱턱 막히게 하는 먼지 구름을 일으키며 다니긴 했지만 말이다.

로케타 부부는 천성적으로 못된 사람들은 아니었다. 다만 그들은 스스로 판단을 내릴 능력이 없었고 마름이나 집사 또는 자신들의 지인들을 통해서 주변 세상을 바라보았기 때문에 보통사람들의 인생에 대해 잘 이해하지 못했을 뿐이다. 그들이 혈통이 순수하지 못한 가난뱅이들과의 접촉을 피한다는 이유로 조르조와 엘리자베스 두 아이 모두를 외국에 유학을 보낸 것도 다 그러한 몰이해에서 비롯된 일이었다.

그들은 자녀들을 유학 보낸 것을 대단히 자랑스럽게 여겨서 아이들의 학비를 언제나 풍족하게 지급했다. 또 방학 때면 아이들을 기숙사에서 데리고 나가 유명한 바다며 산이며 구경하러 다니지 않은 곳이 없을 정도였다.

베티라는 애칭으로 불리기도 하는 엘리자베스는 열일곱이 되던 해, 드디어 학교 과정을 마치고 그리 대단치 않은 졸업장을 받아 집으로 돌아왔다. 엘리자베스가 집으로 돌아온 그 날까지, 로케타 부부의 인생은 나름대로 완벽했다.

엘리자베스는 노란색으로 칠해진 이 별장에서 태어났다. 그래서 그녀는 유명한 관광지보다도 이 마을을 더 사랑했다. 게

다가 이 열일곱 살짜리 아가씨는 더 이상 부모님 뜻에 따라 고분고분 여행을 떠날 정도로 어리지도 않았다. 그래서 로케타 부부는 딸을 카롤라에 있는 별장에 가을까지 남겨 두기로 결정했고 바로 이 결정이 엘리자베스의 일생에 잊지 못할 경험을 안겨주게 되었던 것이다.

백작 부인이 일러주는 대로 엘리자베스가 그곳에 머무는 동안 지켜야 할 일에 대한 목록을 작성한다면 책 한 권도 더 됐을 것이다. 백작 부인은 절대로 저택의 담장을 넘어가면 절대 안 된다는 말로 목록을 마무리 짓고, 각주라도 달듯 그 이유를 차근차근 설명해 주기까지 했으니까.

건성으로 그러마 하고 대답한 엘리자베스는 어머니의 만류를 깡그리 무시하고 다음 날 오후 남동생의 자전거를 타고 미지의 세계를 향한 탐험에 나섰다.

백작 부부는 근방 지역이 프롤레타리아 공산당원들에 점거되어 불타버린 숲처럼 전부 황폐하게 변했다고 그녀에게 말했었다. 엘리자베스는 현명하게도 그 말을 전혀 믿지는 않았지만 조심해서 나쁠 것은 없었다. 그녀는 일단 차고 안에서 푸른색의 기계공 작업복을 꺼내 입고 도발적인 빨간 손수건을 목에 묶어 자신의 신분을 감췄다. 몸에 맞지 않는 옷이라 소매와 바지 단을 접어 올릴 수밖에 없었지만 그런 초라한 옷차림조차 그녀가 돌부처라도 움직일 정도로 아름답다는 사실을 숨겨주지는 못했다. 화장기 없는 얼굴에 소녀의 순수함과 발랄함을 간직한 엘리자베스는 정말 특별해 보였다.

본격적인 탐험에 나선 그녀는 제방을 따라 한참을 달렸다. 때때로 자전거에서 내려 강물에 발을 담그고 첨벙거리며 자유로움을 만끽하면서….

엘리자베스가 자전거로 지나친 마을만 예닐곱이었는데, 마침 일요일이다 보니, 바나 식당 근처에 사람들이 잔뜩 모여 있었다. 엘리자베스가 곁을 지날 때마다 사람들은 그녀를 향해 손을 흔들고 휘파람을 불며 아는 체를 했다. 자신의 위장에 자신감을 갖고 있었던 그녀는 전혀 당황하지 않고 자연스럽게 답례했다. 엘리자베스는 여태껏 이런 즐거움을 느껴본 적이 한 번도 없었다.

*

정원에서 한가로이 낮잠을 즐기던 백작 부인은 하녀가 부르는 소리에 잠에서 깨어났다. 하녀는 땀에 흠뻑 젖었고 놀란 기색이 역력했다.

"무슨 일이지?"

백작 부인이 물었다.

"아가씨가!"

불쌍한 하녀가 말을 더듬었다.

"아가씨가 뭘?"

"제가 남자 친구와 함께 읍내에 갔다가 공산당 창설기념 파티장 앞에서 아가씨를 봤어요. 푸른색 작업복을 입고 목에는 붉은 손수건을 매고 있었는데, 그만 그 안으로 들어가지 뭐예요."

눈이 화등잔만 해진 백작 부인은 하녀를 추궁했다.

"잘못 본 거 아니냐?"

"확실해요. 작은 도련님 자전거를 타고 나가셨나 봐요. 그게 자전거 보관소에 세워져 있더라고요. 그래도 혹시나 싶어 안을 들여다봤는데, 아가씨가 틀림없었어요. 아가씨가 워낙 춤을 잘 추시니까 남자들이 전부 아가씨랑만 춤추고 싶어서 안달이 났더라고요. 얼마나 아름다운 춤이었는지…. 아가씨인 것을 확인하자마자 바로 돌아온 길이에요. 남자친구의 오토바이를 타고요. 무슨 일이 생기지 않을까 걱정되네요. 근방의 인상 험악한 사람들은 죄다 거기 모여 있던데…."

백작 부인은 침착성을 잃지 않았다.

"루이지에게 차를 준비하라고 이르고 나를 기다리렴. 금방 오마."

10분 후 루이지가 운전하는 차가 읍내를 향해 출발했다.

"소란스럽지 않게 조용히 처리하도록 하자."

백작 부인이 길을 가는 동안 제안했다.

"파티장 근방에다 차를 세우고 기다릴 테니, 네가 안으로 들어가 아가씨를 자연스럽게 불러내려무나."

파티장 앞 골목에 도착한 차에서 내리는 하녀에게 백작 부인은 신신당부했다.

"내 말을 명심하렴."

백작 부인은 아무라도 붙잡고 고함을 질러대고 싶은 심정이었다. 하지만 못된 딸을 볼 때까지 체통을 유지해야 한다는 생각이 그녀를 꼭 붙들었다.

'우리가 너를 무엇 때문에 외국에 공부하라고 보냈다고 생각하니!' 라는 말이 계속 머릿속에 맴돌았다. 작업복, 붉은 손수건, 달리는 자전거 같은 물건을 떠올리기만 해도 그녀는 온몸에 소름이 끼쳤다.

바로 그 순간 엘리자베스는 마냥 흥겹게 춤을 추고 있었다. 그녀에게 있어서 작업복과 붉은 손수건 그리고 자전거는 귀찮고 소름 끼치는 물건이라기보다는 그저 자신을 위장하기 위한 소품일 뿐이었다.

파티장 안은 굉장히 더워 조금만 움직여도 땀이 줄줄 흘러내렸다. 하지만 그녀의 다리는 쉴 틈이 없었다. 젊은 남자들은 그녀에게 집요하게 추파를 던졌고, 한 명과 춤추다 보면 꼭 누군가 끼어들어 곡이 끝날 때쯤은 상대가 바뀌어 있었다.

그러나 푸른 작업복에 붉은 손수건을 목에 두른 밤색 머리의 여자를 알아보는 사람은 아무도 없었다. 뻬뽀네 역시 그녀의 정체가 궁금했다.

그는 스미르초를 붙잡고 물었다.

"저기 저 아가씨 뉘 집 딸이야?"

"저도 처음 보는데요. 어쨌든 여기 사는 여자 같진 않지요? 대장, 한눈에 딱 봐도 도시에서 온 거 같지 않아요."

"그래. 이마에 써 붙였군. 강 너머에서 왔다고. 하지만 예쁜 건 사실이야. 몸매도 참 멋진걸."

"그래요, 대장. 미인이긴 하지만, 좀 왈가닥 같습니다. 자전거를 타고 왔다고 그러더라고요."

뻬뽀네는 흘낏 시계를 보고는 스미르초를 재촉했다.

"서둘러라, 스미르초. 지금이야."

스미르초는 사람들을 헤치고 악단 앞으로 나아가 몸짓으로 음악을 중지시켰다. 무대 위로 올라간 그는 웅성거리는 사람들의 이목을 끌기 위해 징을 한 차례 치고 나서 큰 소리로 말했다.

"이제 신사분들은 상대 숙녀분들을 가운데에 두고 원으로 둘러싸시기 바랍니다. 숙녀분들은 모두 입구에서 번호가 찍힌 색종이 모자를 받으셨을 겁니다. 각자 그 모자를 머리에 쓴 뒤 줄을 서서 홀을 세 바퀴씩 돌아 주시길 바랍니다. 신사분들은 입구에서 받으신 표에다 본인이 선택한 숙녀분의 모자 번호를 적고 잘 접어, 이 투표함에 넣으시기 바랍니다. 아주 간단하고 민주적인 방법의 투표가 되겠습니다."

젊은이들은 홀의 가장자리를 따라 둥글게 둘러섰고 가운데 남아있던 여자들은 머리에다 종이 모자를 썼다. 나지막한 행진

곡이 흘러나왔고 여자들은 음악에 맞추어 춤추며 홀을 세 바퀴 돌았다.

엘리자베스 역시 다른 사람들과 함께 행진에 나섰다. 그녀의 모자에 적힌 번호는 108번이었다. 그녀는 이 갑작스러운 투표의 목적에 대해서는 조금도 신경 쓰지 않았다. 그녀는 마냥 즐겁기만 했다.

하녀가 파티장 안으로 들어선 것은 막 행진이 시작된 뒤였다. 하녀는 인파에 떠밀려, 맨 앞줄까지 나갈 수가 없었다.

세 차례의 행진이 끝나자, 스미르초가 큰 소리로 외쳤다.

"심사위원단은 앞으로 나와 주시기 바랍니다!"

그리고 다시 춤이 시작되었다. 하녀는 이리 치이고 저리 치이는 통에 엘리자베스에게 다가가는 걸 포기해야만 했다.

세 차례의 춤곡이 끝나고 다시 징이 울렸다.

악단이 있는 무대에 스미르초가 손에 투표 결과를 적은 종이를 들고 돌아왔다.

"결과입니다."

스미르초가 큰 소리로 말했다.

"심사 위원단은 모든 표가 유효함을 확인했습니다. 108번 아가씨가 70퍼센트의 득표율을 기록했으며 15번, 80번, 93번이 각각 10퍼센트씩의 득표율을 획득했습니다. 108번 모자를 쓴 아가씨가 압도적인 표로 1등을 차지해 이탈리아 공산당 창설기념 파티의 별로 선발되었습니다."

스미르초의 발표에 우레와 같은 박수갈채가 터져 나왔다.

"108번 아가씨는 어서 무대 위로 올라와 향수 한 병과 주간 〈새로운 길〉의 1년 치 정기구독권을 상품으로 받으시기 바랍니다. 게다가 아가씨의 사진이 이 주간지에 실리게 되는 영광도 안게 되었습니다."

곧이어 스미르초는 2등을 한, 다른 세 명의 아가씨에게는 2등에 해당하는 상품을 각각 줄 것이라고 말했다. 하지만 하녀는 이어지는 말을 다 듣지 못하고 부랴부랴 밖으로 뛰쳐나와 백작 부인에게 이 놀라운 소식을 전하러 달려갔다.

"어떻게 됐니?"

다시 나타난 하녀를 보고 백작 부인이 물었다.

"아가씨랑 얘기는 했어?"

"못 했어요! 공산당 창설기념 파티의 별로 아가씨가 뽑혔어요. 〈새로운 길〉 주간지에 사진도 싣는대요."

백작 부인은 너무 늦기 전에 이 모든 일을 막아야 했다. 파티장 앞에다 차를 갖다 댄 그녀는 단호한 태도로 파티장 안으로 들어갔다. 그녀가 집요하게 인파를 헤집고 들어가 무대 위 심사위원단 앞에 도착했을 때, 뻬뽀네는 엘리자베스에게 이렇게 말하고 있었다.

"잡지의 정기구독을 위해 아가씨의 이름과 주소를 말해 주시기 바랍니다. 이 상품이 향수보다 더 마음에 드리라고 확신합니다. 이것보다 더 향기로운 문화와 정신의 향수는 없을 테니까.”

사진사가 플래시를 터뜨리기 직전이었다. 백작 부인은 마지막 힘을 다해 사진사와 딸 사이를 막아섰다.

뻬뽀네는 한눈에 그녀가 누구인지 알아보고 놀라서 벌어진 입을 다물지 못했다.

백작 부인이 그에게 다가가며 말했다.

“읍장님, 죄송합니다. 딸애가 좀 철이 없어요. 이제 막 학교를 졸업한 아이라 아무것도 모른답니다. 이 사건이 마을의 소문거리가 되지는 않겠지요? 제발, 내 입장을 좀 이해해주길 바랍니다. 사람들의 비웃음을 사고 싶지는 않습니다. 제 부탁을 거절하지 말아 주세요. 투표만 무효처리해 주시면 딸애는 제가 직접 야단치도록 하지요.”

엘리자베스는 얼굴이 하얗게 질렸다.

“엄마, 난 잘못한 게 없어요. 즐겁게 춤춘 게 그렇게 큰 잘못이에요?”

“부끄러운 줄 알렴.”

백작 부인이 엄한 목소리로 말했다. 그러자 맨 앞에서 구경하던 한 노인이 끼어들었다.

“뭐가 부끄러울 일입니까? 대체 무슨 잘못을 했다고 그러시나? 살인을 저지른 것도 아닌데.”

뒤쪽에 서 있던 사람들이 술렁거리기 시작했고 나이 많은 아낙네 하나가 백작 부인을 향해 큰 소리로 외쳤다.

"댁의 딸하고 동갑인 내 딸도 여기 왔는데, 왜 댁의 딸은 여기에 있으면 안 되는 거죠? 내 딸이 행실 나쁜 아이란 말인가요?"

사람들이 술렁거림이 커지자 백작 부인은 두근거리는 심장 소리가 들려오는 듯했다. 그녀는 마음을 가라앉히고 차분히 반박했다.

"부인, 댁의 따님은 어머니와 함께 여기에 들어왔지만 제 딸애는 혼자 여기에 들어왔답니다."

"그럼 지금은 두 분이 함께 계시니 문제 될 것이 없겠네요, 백작 부인."

여인이 차가운 목소리로 응수했다. 안에 있는 사람들 모두가 백작 부인의 등장을 알게 되자 웅성대는 목소리는 돌발 사태가 우려될 정도로 커지기 시작했다.

"모든 사람은 평등하다!"

누군가 외치는 소리가 들려왔다.

이때 뻬뽀네가 목에 잔뜩 힘을 주고 권위적인 말투로 입을 열었다.

"됐소! 소동은 그만둡시다. 모든 사람은 옳다고 믿는 대로 자유롭게 행동하고 생각하는 거요. 만일 백작 부인께서 따님을 이 파티의 별로 추대하는 걸 반대한다면 그럴 수도 있는 일 아니겠소? 우리에게도 백작 부인 영애가 공산당 창설기념 파티의 별이 되지 않은 게 다행스런 일 아니겠소."

"옳소, 옳소!"

사람들이 여기저기서 소리를 질렀다.

뻬뽀네는 더 이상 딴소리가 나오지 못하도록 못 박았다.

"조용히 하시오! 상황이 이러니 108번이 별로 뽑힌 투표는 무효요. 신사분들은 다시 투표하시기 바라오. 취소된 108번 다음으로, 똑같은 점수를 받았던 세 명 중에서 선택하시오. 15번, 80번 그리고 93번은 앞으로 나오시오!"

다시 만들어진 원 한가운데 세 명의 후보가 섰다.

"15번, 80번 그리고 93번! 각자 더 마음에 드는 사람에게 투표하시오!"

투표가 빠르게 진행되었다.

잠시 후에 징이 울렸다. 결과를 기다리는 사람들 사이로 쥐 죽은 듯 흐르는 정적을 가르며 뻬뽀네의 목소리가 울려 퍼졌다.

"재투표결과 108번이 100퍼센트의 지지를 받았소. 108번을 무효로 하기로 했지만 모든 인민이 원해서 다시 창설의 별로 뽑혔으니 향수병과 〈새로운 길〉 주간지의 1년 치 정기 구독권을 상품으로 받게 되겠소. 108번 아가씨는 앞으로 나오시오!"

홍수와 같은 박수도 함께 터져 나왔다.

어머니와 함께 사람들에게 둘러싸여 있던 엘리자베스의 얼굴이 하얗게 질렸다.

"엄마, 어떻게 하지?"

"가, 바보야!"

낮은 목소리로 백작 부인이 대답했다.

엘리자베스가 무대로 나갔다. 아름답고 예의 바른 그녀를 보고 사람들은 다시 크게 손뼉을 치며 환호하기 시작했다.

다시 춤이 시작되었다. 이번 곡은 왈츠였다!

어른 아이 할 것 없이 모두가 어우러져 왈츠를 추었다. 홀에는 바늘 하나 들어갈 틈 없이 사람들로 빽빽했다. 그런데 갑자기 악단 앞에 원이 하나 만들어졌다. 원 한가운데에는 삐뽀네와 백작 부인이 춤을 추고 있었다. 세계 선수권 우승자였던 백작 부인다운 멋진 왈츠였다.

돈 까밀로와 사기꾼

낡은 자동차 한 대가 성당 입구에 멈추어 섰다. 그 안에서 커다란 가죽 가방을 든 비쩍 마른 남자 한 명이 내렸다. 그 사내는 사제관 앞에 이르러 반쯤 열린 문안으로 머리를 디밀었다. 망설이는 듯 앞뒤로 왔다 갔다 하더니 결국 안으로 들어가기로 작정했는지 문을 두드리기 시작했다.

그때 돈 까밀로는 부엌의 벽난로 앞에서 불을 쬐고 있는 중이었다. 그는 문 두드리는 소리가 들리자, 뻬뽀네 일당이 시비를 걸러 찾아온 것은 아닌가 싶어 손에 총을 들고 위협하듯 '들어오시오!' 하고 외쳤다. 그러나 옹색한 차림새의 작은 남자가 모습을 드러내자 이내 경계를 풀었다.

"잠시 폐 좀 끼치겠습니다. 뭘 좀 전해 드리려고 왔습니다."

낯선 손님은 서글픈 미소를 지으며, 탁자 위에 올려놓은 가방 안을 뒤적였다. 그는 이내 공산당에 반대하는 선전용 팸플릿을 꺼냈다.

"위원회에서 드리는 겁니다."

팸플릿을 받아든 돈 까밀로가 반색을 하며 말했다.

"앉으시오."

"휴우, 답답한 제 차보다 여기가 훨씬 낫네요."

남자는 벽난로 앞에 앉으며 한숨을 내쉬었다.

돈 까밀로는 팸플릿을 탁자 위에 올려놓고 도수가 높은 포도주 한 병을 찬장에서 꺼내 마개를 열었다.

"위원회 소속이오?"

돈 까밀로가 물었다.

"아닙니다. 친구가 위원회에서 일하고 있습니다. 저야 그저 기쁜 마음으로 봉사하는 거죠. 위원회 소속이건 아니건 많은 사람들이 같은 신념을 가지고 하나 되어 일하는 것이 중요한 게 아니겠습니까? 아무래도 직업이 직업이다 보니, 이 마을 저 마을로 돌아다니면서 팸플릿 배포하는 일 정도야 그리 어렵지도 않아요. 게다가 이렇게 직접 전해드리면 우푯값도 절약되고 분실될 염려도 없으니 일거양득이죠."

남자는 쿡쿡 웃은 뒤, 포도주를 한 모금 천천히 들이키며 말했다.

"좋은 술입니다. 기분이 좀 풀리네요."

돈 까밀로가 자리에 앉으며 물었다.

“실례지만 정확하게 하시는 일이 어떻게 되오?”

“그냥, 별로 할 만한 일은 아니라고 해두죠. 가족들 먹여 살리려면 이것저것 가릴 수 있나요? 그래도 웬만하면 묻지 않으시길 바랐는데….”

돈 까밀로가 대답을 재촉하듯 뚫어지라 쳐다보자 그는 마지못해 대답했다.

“행상입니다. 목 좋은 자리는 토박이들이 벌써 다 차지해서, 저 같은 떠돌이한테는 국물도 없어요. 그러니 일대일로 직접 만나서 물건을 팔 수밖에요. 이 마을 저 마을 옮겨 다니면서요.”

“그런데 무슨 물건을 파시오?”

“그다지 대단한 건 아닙니다. 에스키모한테 얼음 파는 사람이나 산꼭대기에서 닻을 파는 사람에 대한 이야기 들어보신 적 있지요? 제 신세가 딱 그런 겁니다. 이런 이야기는 좀…. 왠지 모르지만 신부님 앞에서는 신세 한탄을 하고 싶지 않네요.”

그가 잔을 비우자, 돈 까밀로는 포도주를 얼른 다시 채워주었다. 돈 까밀로의 고질적인 호기심이 발동하기 시작했다.

‘이 불쌍해 보이는 사람이 파는 게 뭘까?’

남자는 망설이듯 고개를 절레절레 흔들다가 입을 열어 속삭이기 시작했다.

“신부님, 혹시 원자 왁스가 뭔지 아세요? 골치 아프게 생각하실 필요는 없습니다. 원자 왁스는 ‘원자폭탄처럼 아주 큰 효과가 있는 왁스'를 뜻합니다. 일종의 바닥 닦는 왁스죠."

그는 포도주를 한 모금 마시고 숨을 돌린 뒤 말을 이어갔다.

"제 심정을 이해하시겠습니까? 저는 바닥을 광내는 왁스를 팔아야 해요. 광을 낼 수 있는 대리석이 깔린 바닥도 없는 장소에서요."

하느님의 어린 양이 잘못 알고 있다면 그걸 바로 잡는 것은 자신의 책임이라고 돈 까밀로는 생각했다.

"우리 성당에도 대리석 타일로 된 바닥이 있소. 물론 동네 잡화점에서 바닥용 왁스를 팔긴 하오만…."

남자는 슬프게 미소 지었다.

"그렇죠, 저도 벌써 이 마을에 있는 잡화점 두 군데 다 들러봤습니다. 근데 한 20년은 족히 쓸 만큼 재고를 갖고 있더군요. 그래도 저는 원자 왁스가 그 물건들하고는 비교가 안 될 정도의, 최고의 품질에 값도 싼 물건이라고 설득했지요. 재고도 많은 데다 검증되지 않은 물건을 또 들여놓을 수 없다면서 손사래를 치는데…. 어휴, 말씀도 마세요. 그래서 본부, 집회장, 회관, 공연장, 극장을 소유하고 있는 읍사무소에다 팔아보려고도 했습니다만, 안타깝게도 여기는 한 90퍼센트 정도가 공산당의 손아귀에 있더라고요. 그 악당들한테 손을 내미느니 차라리 굶어 죽는 편이 나을 것 같아요."

그는 도수가 높은 포도주 한 모금을 천천히 오랫동안 마시고는 유쾌한 목소리로 말했다.

"약간 취기가 도네요, 신부님. 확실히 기분전환이 필요하긴 했나 봅니다. 자투리 천으로 만든 옷을 걸치고 올가미같이 답답한 차 안에 갇혀 눈길 수십 킬로미터를 달리면서 돌아다녀도 매일 저녁 결산을 해 보면 시간과 기름값만 손해 보니….”

그는 가방 안을 뒤졌다. 구깃구깃한 거래 명세표를 끄집어내곱게 펴서 돈 까밀로에게 보여 주었다.

“아침 내내 일한 결과가 요겁니다, 신부님. ‘토리첼라 파치니 잡화점/원자 왁스/큰 것 하나.’ 이것도 2시간 동안 설득하니까 한 번 써보겠다며 구입하더군요. 이건 그래도 양반이에요. 한참을 떠들다 빈손으로 쫓겨날 때가 더 많거든요.”

돈 까밀로는 명세표를 살펴보더니 고개를 저으며 말했다.

“이것만 봐서는 별로 장사가 잘 되는 것 같진 않구려.”

남자는 남은 포도주를 마저 삼키고 나서 활기차게 말했다.

“사실 오늘 매상을 전부 다 알려드린 건 아니랍니다. 퓨메토 마을에서도 작은 건이 하나 있기는 했지요. 이 근처에 몇 개 안 되는, 대리석이 깔린 성당이었는데 거기 본당 신부님이 시험 삼아 써보겠다며 한 병 사시겠다더군요. 작은 걸로요. 이것처럼 병당 200그램이 들어있는 거죠.”

그는 작은 유리병을 꺼내 돈 까밀로에게 보여주며 설명했다.

“원래 샘플로 두 개가 있었는데 그 신부님께 일단 써보고 결정하시라고, 하나를 무료로 드려 이것밖에 남지 않았어요. 회사에다 겨우 작은 거 한 병 주문받았다고 보고하기는 좀 그렇거든요.”

돈 까밀로는 안타까운 듯 그 작은 병을 바라보다가 물었다.

"큰 병은 크기가 얼마나 되오?"

남자는 가방 안에서 유리병을 하나 꺼내 돈 까밀로에게 보여 주었다.

"1킬로그램짜립니다. 집중적으로 판촉하는 상품이라 재고가 거의 없어요. 한 병만 팔아도 회사에서는 좋다고 한답니다. 써 본 사람들은 계속 쓰게 되니까요. 정말이지, 끝내주는 왁스입니다."

남자의 그럴싸한 말에 솔깃한 돈 까밀로는 드디어 결정을 내려야 할 순간이 왔다고 여겼다.

"나도 한번 써보고 싶소. 큰 걸로 한 병 주시오."

그 남자는 놀란 듯이 돈 까밀로를 바라보았다.

"큰 걸로요? 어디다가 쓰시게요? 설마 벽돌에 광이라도 내실 생각인가요?"

"사제관은 벽돌로 되어 있지만, 성당 바닥엔 대리석이 깔려 있다오."

돈 까밀로의 목소리에는 자부심이 담겨 있었다.

"작년에 새로 깔았지."

"신부님은 정말 훌륭한 분이십니다. 저를 도와주시려고 거짓말까지 하시다니요. 기분이 훨씬 나아지는군요. 나중에 바닥에 대리석을 깔 때 저를 기억하시면 기도나 해 주세요."

"따라오시오. 정말인지 아닌지 확인시켜 주리다."

돈 까밀로는 벌떡 일어나 앞장섰다. 그 남자도 잔에 남아있던 독한 포도주를 급히 마신 뒤 가방을 집어 들고 돈 까밀로의 뒤를 따랐다.

성당 입구에 이르러, 그는 그냥 돈 까밀로에게 작별 인사를 하고 자리를 떠나려고 했다. 그러자 돈 까밀로가 그의 팔을 붙들어 성당 안으로 이끌었다.

"자, 보시오. 여기 대리석 타일이 있소, 없소?"

의기양양한 목소리로 돈 까밀로가 물었다.

"좀 지저분해 보이지만 굉장히 멋지군요."

돈 까밀로는 몸을 굽히고 오른손 집게손가락에 침을 묻혀 타일을 문지르며 말했다.

"자, 얼마나 광이 나는지 보시오. 하지만 항상 왁스로 문질러 광택을 낼 수는 없지. 왁스가 너무 많이 들 테니까."

그 남자가 정색을 하고 물었다.

"어째서 왁스가 너무 많이 든다고 생각하시죠?"

"대리석에 달라붙은 흙을 닦아내기 위해 축축한 걸레로 바닥을 닦으면, 왁스가 다 날아가 버리지 않겠소."

돈 까밀로의 대답에 그 남자는 씨익 웃고는, 가방을 열어 걸레와 큰 유리병을 꺼냈다. 걸레에 유리병의 내용물을 살짝 묻혀서 대리석 바닥에 바르더니 걸레를 하나 더 꺼내 광택이 날 때까지 바닥을 대여섯 번 문질렀다.

잠시 뒤, 그 남자는 밖으로 나가 눈을 한 움큼 들고 다시 들어왔다.

"신부님, 이걸로 바닥을 닦아 보세요."

돈 까밀로는 눈이 다 녹을 때까지 대리석 위에 눈을 열심히 문지르고는 헝겊 조각으로 물기를 닦았다. 신기하게도 광택이 벗겨지지 않고 남아있었다.

"후후, 신기하죠? 이렇게 효과가 좋다니까요. 원자 왁스는 그냥 왁스라기보단 광택을 유지시키는 니스에 가깝죠. 게다가 대리석 자체에 닿는 물기를 차단하는 방수 효과도 있고요. 원자 왁스는 대리석 표면에 미세한 보호막을 형성시킨답니다."

그는 다시 밖으로 나가서 흙탕물을 밟고 들어오더니, 원자 왁스를 바른 바닥 위에 더러운 구두 밑창을 문질러 커다란 얼룩을 만들었다. 그가 새 걸레를 꺼내 진흙을 닦아내자, 바닥은 다시 반짝반짝 빛나기 시작했다.

의기양양해진 그가 결론짓듯 말했다.

"열흘에 한 번 정도만 바닥을 원자 왁스로 닦으면 충분해요."

"잘 대접해주셔서 감사합니다. 신부님, 안녕히 계세요."

그 남자가 성당 입구에 주차된 자신의 자동차에 반쯤 올라탔을 때, 돈 까밀로는 다시 한 번 팔을 붙잡고 사제관 쪽으로 그를 이끌며 말했다.

"포도주병을 열었으니 끝을 봐야 하지 않겠나."

두 사람은 따뜻한 벽난로 앞으로 돌아와 앉았다. 돈 까밀로의 눈앞에서 빛나는 대리석 바닥이 아른거렸다.

"정말 써보고 싶소. 병당 가격이 얼마요?"

"작은 건 300리란뎁쇼, 신부님."

"그럼 큰 건?"

"450리라요. 가격 차이가 크진 않죠? 왜냐하면 병 자체가 크건 작건 거의 같은 단가거든요. 어쨌든 신부님, 이 이야기는 없었던 걸로 하시죠. 신부님께 '장사했다'는 생각을 하고 싶지 않아요. 좋은 친구로 남고 싶거든요."

돈 까밀로는 흐뭇한 웃음을 지었다.

"그래, 우정은 좋은 거요. 하지만 우정은 우정, 거래는 거래인 법이지. 내 두 병 사겠소. 아니 세 병, 큰 걸로 세 개를 주시오."

그 남자는 머리를 설레설레 저었다.

"꼭 사셔야겠다면 딱 한 병만 사시는 편이 좋겠어요. 전 우정을 소중하게 생각하거든요. 만일 신부님께서 원자 왁스를 써보시고 맘에 드시면, 그때 다시 이 주소로 연락주세요. 그럼 제가 신부님께서 원하시는 만큼 충분히 보내드리죠."

"하나나 둘이나 마찬가지지."

돈 까밀로가 고집 피우자 그 남자는 가방에서 주문서를 꺼내 먹지를 끼우며 말했다.

"이렇게 유쾌한 인연을 망치고 싶지 않아요. 신부님은 상점 주인이 아니시니까, 거래하면서 물건 팔 궁리만 했다고 여기고 싶지도 않고요."

그가 주문서를 작성하기 시작하자 돈 까밀로는 지갑을 펼치며 물었다.

"얼마를 드리면 되겠나?"

"한 푼도 필요 없습니다. 전 돈을 받을 수 없게 되어 있거든요. 물건을 받으시고 그때 내시면 됩니다. 신부님, 그럼 열두 다스요?"

"그래, 큰 거요."

"그럼 그로싸*로요?"

"그렇소, 그로싸로 주시오."

"여기요. '원자 왁스/그로싸', 살펴보시고 서명해 주세요. 당연히 서명은 저를 위한 게 아니고 회사에서 확인받기 위해섭니다."

돈 까밀로가 서명하고 사본을 받았다.

남자는 마시던 포도주잔을 높이 들고 감격스러운 목소리로 말했다.

"하느님께 감사드립니다. 공산당들이 활개를 치는 이 새장 같은 답답한 세상이 지옥이기만 한 건 아니군요. 저처럼 굶주린 사람에게는 빵 한 조각도 무한한 가치가 있답니다. 먹지 않으면 희망도 살찌울 수 없기 때문이죠. 하느님에 대한 믿음이 양념된 빵 조각을 먹을 때마다 저는 희망이 커가는 걸 느낀답니다."

돈 까밀로는 차가 있는 데까지 남자를 배웅하고 출발하는 것을 지켜보며 속으로 중얼거렸다.

'식사하고 가라고 잡을 걸 그랬나!'

하느님의 믿음으로 양념한 빵에 대해 생각하며, 돈 까밀로는 진심으로 아쉬워했다.

---

* 그로싸가 '크다'와 '열두 다스'라는 의미를 함께 가지고 있음. 이에 착안해 사기행각이 벌어지고 있다.

보름이 지났다. 오후에 우편 차가 사제관 앞에 도착하더니 상자 12개를 내려놓았다. 그리고 물건 수령증에 돈 까밀로의 서명을 받은 뒤 가버렸다.

돈 까밀로는 상자를 전부 열어보고 나서 다 합해 1킬로짜리 원자 왁스 열두 다스, 즉 144병이 들어있는 것을 확인했다. 졸지에 약 150킬로그램의 바닥용 왁스를 갖게 된 돈 까밀로는 다음 날 원자 왁스 제조업체의 편지 한 통을 받았다.

돈 까밀로 신부님 귀하
모일에 하신 주문에 따라, 보여주신 후의에 감사하는 뜻으로 부가가치세와 포장에 대한 기타 가격을 할인하여, 병당 450리라짜리 원자 왁스 열두 다스를 운임선불로 보내드렸습니다. 신부님께서 만족하실 것을 확신하며 향후 주문을 기대합니다. 대단히 감사합니다.
추신: 실수로 미지급된 6만4천 리라를 30일까지 지불하시기 바라며 그에 대한 설명서를 동봉합니다.

돈 까밀로는 사람 좋아 보이는 인상을 가진 영업사원에게 단단히 속아넘어간 셈이었다. 큰 걸로 달라고 했는데 열두 개의 상자 – 상자당 열두 병의 원자 왁스가 들어 있는 – 를 보내올 줄을 누가 알았겠는가! 원자 왁스 제조회사는 청구서가 아니라 마땅히 다음과 같은 해명서를 동봉해야 했다.

신부님께서는 저희 직원의 말재간에 속아 150킬로그램이나 되는 원자 왁스를 받게 되셨습니다. 다음부터는 '그로싸' 는 말이 상업적인 용어로 '큰 것' 이 아니고 '열두 다스' 를 의미한다는 사실을 잊지 마시기 바랍니다.

돈 까밀로는 이의를 제기하고 환불을 받아내야겠다는 생각은 꿈에도 하지 못했다. 당장 그에게 중요한 것은 원자 왁스 144병의 처리 문제였다. 자신이 영업사원에게 속아 터무니없이 물건을 샀다는 것을 사람들이 눈치채지 못하도록 하는 게 급선무였다. 그는 이 사건이 사람들에게 소문난 뒤에 벌어질 사태를 상상만 해도 머리가 지끈거렸다.

게다가 원자 왁스 제조업체에 보낼 6만4천 리라는 또 어떻게 구한단 말인가? 구하는 것도 큰 문제이기는 마찬가지였다. 돈 까밀로 같이 가난한 신부가 그만한 돈을 마련하기란, 마치 머리를 향해 날아오는 망치를 정통으로 얻어맞는 것에 버금갈 정도로 큰 재난이었기 때문이다. 그는 할 수 있는 한 허리띠를 졸라매고 성당 살림에 들어가는 비용까지 아끼며 돈을 모으려고 했지만 누군가의 도움 없이는 도저히 문제를 해결할 수 없었다. 기일이 다가옴에 따라 돈 까밀로가 받는 스트레스는 점점 더 커졌고, 그는 할 수 없이 뻬뽀네를 찾아갔다.

뻬뽀네는 작업장에서 트랙터의 바퀴를 수리하고 있었다.

"이보게, 뻬뽀네 동지."

돈 까밀로가 태연함을 가장하며 입을 열기 시작했다.

"읍사무소와 인민의 집에 바닥 닦는 왁스 몇 통 필요하지 않으신가? 좋은 기회일 텐데 마련하시게. 어려움에 빠진 친구가 나를 찾아왔었네."

뻬뽀네는 일을 멈추고 돈 까밀로를 곱지 않은 시선으로 쳐다보았다. 질문을 던지는 그의 목소리에서 찬 바람이 일었다.

"그런 말을 한 비겁한 놈이 누구요? 낮말은 새가 듣고 밤말은 쥐가 듣는다는데, 말조심하시오. 만일 소문이 돌게 되면 뜨거운 맛을 볼 거요. 난 미리 경고했소."

돈 까밀로는 한숨을 내쉬었다.

"그로싸에 대한 농담이 어리석기만 한 건 아니잖나, 읍장 동지."

뻬뽀네는 주먹을 불끈 쥐고 돈 까밀로에게 따지기 시작했다.

"퍽이나 그렇겠소! 간신히 읽고 쓸 줄 아는 변변치 않은 사람이 그런 말에 대해 알고 있기를 원하시오? 난 라틴어 공부라곤 한 적이 없소."

"라틴어 공부가 무슨 상관인가? 난 라틴어를 공부했네만, 그래도 내 집 창고엔 원자 왁스 144병이 들어있기는 자네와 마찬가지야."

"상관있소!"

"상관없네."

"있소!"

"없네!"

돈 까밀로는 고개를 절레절레 저었다.

"좋아. 자네 말이 맞는 셈 치세. 그걸로 자네가 얻는 게 뭔가?"

"나요? 아무것도 없소. 중요한 건 신부님도 손해 본다는 거요!"

돈 까밀로는 한숨을 내쉬었다.

"그게 바로 인간의 어리석음이지! 자네 머리통이 기왓장에 얻어맞았다고 해서, 자네 뒤에 선 사람도 기왓장에 얻어맞아야 하는 건 아니지 않나?"

"신부님은 내 편이 아니잖소."

빼뽀네가 확신을 담아 말했다.

"신부님은 인민의 적 아니오? 인민의 적이 손해를 보는 건 인민에게는 좋은 일이오."

"그건 그렇지."

돈 까밀로가 수긍하는 척하며 빼뽀네를 비꼬았다.

"반대로 인민의 친구가 손해를 보는 건 인민에게 나쁜 일이지. 왜냐하면 원자 왁스 144병에 대한 값을, 빼뽀네 동지가 아니라 읍사무소가 지불해야 할 테니까."

빼뽀네는 돈 까밀로 앞에 버티고 서서 말했다.

"성직자 나리, 난 그런 짓은 안 한다오. 내가 주문한 거니까, 이놈의 왁스 값은 내가 개인적으로 지불할 거요. 게다가 내가 6만4천 리라를 읍에다 청구할라치면, 당신네 반대파들이 나를 예수처럼 십자가에 매달아 버릴 게 아니오."

"바라바처럼 매달겠지."

돈 까밀로가 빼뽀네의 말을 정정했다.

빼뽀네는 트럭으로 돌아가 한참을 뚝딱거리다가, 갑자기 보닛 너머로 머리를 내밀고 물었다.

"신부님, 궁금증 좀 해결해주슈. 그 작자가 어떻게 접근해 오던가요?"

"위원회에서 보내서 왔다고 하더군. 내게 소책자를 가져왔네."

"똑같은 수법이군. 나한테도 위원회 어쩌고 저쩌고 하며 비둘기 그림이 그려진 봉투를 가져왔었는데…. 정말 악독한 인간이야. 하지만 다시 한 번 내 눈에 띄면 목을 비틀어 죽여 버리겠소!"

빼뽀네는 다시 화가 치밀어 오르기라도 하는지 벽에다 대고 가래침을 탁 뱉었다. 그리고 다시 말했다.

"내 눈에 띄면 멱살을 붙잡고 귀 방망이를 한 대 먹인 다음에 말할 거요. '이거 어때? 좋다고? 그럼 열두 다스만큼 때려주지.' 라고."

돈 까밀로는 아무런 말도 하지 않았다. 왜냐하면 빼뽀네의 눈이 화등잔만 해지는 것을 보았기 때문이다.

"그놈이다."

작업장 앞에 예의 그 낡은 소형 자동차 한 대가 멈추어 섰고 이를 본 빼뽀네가 숨 막히는 듯한 목소리로 말했다.

"이리로 오는 것 같군. 저기 숨었다가 문을 가로막으시오. 읍사무소에서 나랑 만났으니까 여기가 내 작업장인지는 모를 거요."

정말로 자투리 천으로 만든 옷을 걸치고 손에는 가죽 가방을 든, 그 사기꾼이 들어왔다. 빼뽀네가 뒤돌아 얼굴을 보이자 그는 문 쪽으로 달아나기 시작했다. 그러나 문에는 돈 까밀로가 다리를 벌리고 서 있었다.

빼뽀네가 물었다.

"여기엔 어쩐 일이신가?"

그는 시체처럼 얼굴이 하얗게 질렸다.

"기, 기, 기름 좀 사, 사려고…."

"경유? 아니면 휘발유?"

삐뽀네가 펌프가 달린 통에 계량컵을 가지고 다가서며 묻자, 그는 덜덜 떨며 대답했다.

"경유로 주…."

삐뽀네는 계량컵을 채워서 남자에게 내밀었다.

"여기서 마시겠나? 아니면 네놈 차 안에 앉아서 마시겠나?"

사기꾼은 삐뽀네를, 이어 돈 까밀로를 바라보았다. 그리고 두려움으로 인해 눈에 눈물이 맺혔다. 빠져나갈 수 없음을 알아차린 것이다.

"여기서 마시겠습니다."

그가 어쩔 수 없다는 듯 말했다.

"차 안엔 아내가 있어서…."

그는 계량컵을 들고 입으로 가져갔다.

그러자 삐뽀네가 그의 손에서 컵을 빼앗아 작업장 밖으로 나갔다. 삐뽀네는 아직도 분이 덜 풀린 듯 연신 씨근대면서도 자동차의 주유구에 기름을 붓기 시작했고, 다리가 풀린 남자는 작업대에 몸을 기댔다.

삐뽀네가 기름을 다 넣고 작업장으로 들어오며 말했다.

"가도 좋아."

"얼마입니까?"

그 남자가 헐떡거리며 물었다.

"됐네, 이 사람아. 제품 소개 차원의 공짜 서비스니 그냥 가라고."

"가겠습니다. 그런데 속이 울렁거려서요."

문 앞에서 계속 그를 노려보던 돈 까밀로가 말했다.

"한 방울도 안 마셨잖아!"

"하지만 너무 긴장해서 전부 마신 것 같은 기분이 듭니다."

뻬뽀네는 작은 서랍에서 코냑을 꺼내, 남자에게 따라주었다. 그는 단숨에 잔을 비워버렸다.

돈 까밀로는 반쯤 남은 시가를 그의 입에 물려주고 긴 집게로 가마에서 불씨를 집어 불을 붙였다. 그 남자가 몇 모금 빼끔거리다가 천천히 몸을 일으키자 뻬뽀네가 물었다.

"가겠나?"

"속도 조절을 못 해 일정에서 조금 벗어났어요."

천천히 발걸음을 떼며 그 남자가 대답했다.

"다시 길을 가야죠."

문 앞에 이르자 그는 몸을 돌려 평정심을 되찾은 목소리로 말했다.

"안녕히 계십시오. 왁스가 더 필요하시면 제게 연락하세요."

돈 까밀로가 이를 악물며 대답했다.

"고맙네. 하지만 당분간은 필요 없을 것 같아."

그는 차를 타고 출발했다. 잠시 후 뻬뽀네는 이렇게 일이 끝난 것이 만족스럽지 않았는지 입을 열었다.

"애쓰는 사람은 항상 나로군. 신부님은 반쪽짜리 시가만 줬는데 나는 경유에 코냑까지 주었으니까."

"게다가 자넨 8천 리라를 내게 빌려 주어야 하네. 난 왁스값을 내기가 힘들다네."

"공짜로는 안 되오! 8천 리라를 원하시면 왁스 스무 병을 주시오."

"신부를 등쳐먹으려는 겐가? 내가 천 리라 손해일세!"

"하시든지 말든지…. 장사는 장사일 뿐이오."

돈 까밀로는 남들 눈에 띄지 않도록 조심조심 왁스 스무 병을 가지고 돌아왔다. 뻬뽀네는 창고 뒤에 있는 작은 방문을 열고 말했다.

"저기 다른 상자 옆에 두시오."

그리고 문을 열쇠로 잠근 뒤 물었다.

"그런데 말이오. 내가 제지하지 않았다면 저자가 기름을 마셨을 것 같소?"

"아니, 자네가 제지하지 않았다면 내가 못 마시게 했을걸."

"이제 저 왁스를 가지고 무얼 하죠?"

"난 이제 관심 없네. 천국에 갈 때, 원자 왁스를 가져가야 하는 건 아니니까."

돈 까밀로의 말에 뻬뽀네 마음이 가벼워졌다.

두 바보와 그 반쪽

이쯤에서 스미르초에 대해 설명할 필요가 있을 것 같다. 우선 그가 '열성당원' 이며 '프롤레타리아 행동대장' 으로서 품행이 바르지 못하다는 점을 밝혀두어야겠다. 그는 이 작은 시골 마을에서 남들의 시선에도 아랑곳없이 결혼식을 올리지 않은 채 애인과 함께 동거하고 있었다.

사람들은 모레타를 흔히 '스미르초의 애인' 이라고 불렀다. 그렇지만 실제 그녀는 혼자서 열심히 살아가는 생활인에 가까웠다. 모레타는 장정 하나 몫의 일을 거뜬히 해내는 여자였다. 그녀는 경작 트랙터를 도맡아 운전했고 빼뽀네의 커다란 화물 트럭까지도 손쉽게 다뤘다. 다만, 그녀의 행실에 대해선 의문을 제기하는 사람들이 몇몇 있었다. 그리고 그녀를 유혹하려고 수작을 부리다가, 집 주소를 잊어먹을 만큼 얼이 빠지도록 손바닥으로 주둥이를 얻어맞은 남자들이 부지기수로 많다는 소문도 파다했다. 소문 때문인지 아니면 스미르초와의 관계 때문인지는 분명하지 않지만, 그녀가 사랑하는 스미르초 동지와 함께, 그녀 역시 마을의 수치로 여겨진 것만은 틀림없었다.

스미르초는 그녀를 자전거에 태우고 돌아다녔다. 그가 곁에 없을 때면, 모레타는 허벅지가 다 드러날 정도로 짧은 치마를 입은 채 비틀거리며 자전거를 타고 돌아다녔다. 마을의 '정숙한 아낙네들'로부터 부추김을 받은 돈 까밀로가 강론시간에 '치마를 입은 채 자전거를 타고 마을을 돌아다니는 몇몇 여자'에 대해 비난하자, 모레타는 작업복을 입고 돌아다니기 시작했다. 하지만 목에는 붉은 스카프를 꽁꽁 두르고 푸른색 작업복을 입고 돌아다니는 그녀에 대한 마을 여자들의 험담은 그치지 않았고, 그녀의 작업복은 결국 뻔뻔함의 상징으로 굳어졌다.

언젠가 돈 까밀로가 스미르초를 붙잡고 제발 결혼식을 올리라고 충고하자, 그는 비웃으며 말했다.

"결혼식이오? 웃기지 마세요. 우린 결혼식 같은 바보짓은 안 합니다. 그런 짓은 멍청한 놈들한테나 하라고 하십시오."

"어째서 결혼식을 올리는 게 바보짓인가?"

"두 사람 사이에 싸움꾼 읍장과 골초 신부를 세우고 식이란 걸 올려서 천생배필의 아름다운 결합을 망가뜨리는 게, 바보짓이 아니면 뭡니까?"

돈 까밀로는 골초라는 말에 벌컥 화가 치밀었지만 꾹 참고 설득을 계속했다.

스미르초는 다시 한 번 빈정거렸다.

"게다가 만일 하느님이 남녀가 결혼을 통해 함께 살게끔 하신 거라면 천국의 아담과 이브는 말할 것도 없고, 신부님도 당장 결혼해야 하는 거 아닙니까? 결혼도 하지 않는 분이 결혼을 권하다니 뭔가 앞뒤가 안 맞는 것 같습니다그려. 전 사랑은 자유롭게 생겨나 자유롭게 남아 있어야 하는 거라고 믿습니다. 결혼이 사랑의 감옥인 것을 깨닫게 되면, 사람들은 성당에서 결혼식을 올리는 대신 댄스파티를 크게 벌릴 겁니다."

돈 까밀로는 대꾸하는 대신 벽돌을 집어던졌다. 하지만 기관총으로 연발 사격을 해도 그 사이를 빠져나갈 수 있다는, 재빠르기로 유명한 스미르초를 맞추기에는 턱없이 느렸다.

그 뒤, 돈 까밀로는 벼르고 별러 모레타를 성당으로 데려오는 데 성공했다. 푸른색 작업복에 붉은 스카프를 두른 모레타는 사제관에 와서도 거리낌이 없었다. 그녀는 돈 까밀로 앞에 다리를 꼬고 앉아 담뱃불을 붙였다.

돈 까밀로는 그녀의 무례함을 꾸짖는 대신 조용히 입을 열어 설득하기 시작했다.

"자네는 부지런한 여자일세. 집을 깨끗이 유지하고 돈도 아껴 쓰네. 남의 험담을 뒤에서 하지 않을뿐더러 남편도 사랑하지."

"내겐 남편이 없어요. 동지가 있을 뿐이죠."

모레타가 돈 까밀로의 말을 끊었다.

"누가 뭐래도 나는 자네가 스미르초를 사랑한다는 것을 알고 있네."

돈 까밀로가 참을성 있게 말을 계속했다.

"그래서 자네가 비록 고해성사를 받으러 온 적이 없어도, 난 자네가 진실한 사람이라고 믿네. 그런데 어째서 사람들이 부도덕한 여자라고 여기게끔 행동하는가?"

"사람들의 말 따위는 여기에 집어넣고 신경 안 써요."

모레타가 작업복 앞주머니를 오른손으로 툭툭 치며 태연히 말했다.

돈 까밀로는 상기된 얼굴로 결혼의 성스러움에 대해 말하기 시작했다. 그러자 모레타가 바로 그의 말을 잘랐다.

"만일 하느님께서 남자와 여자가 결혼하고 함께 살아야 한다고 정하셨다면…."

"고맙지만, 그 얘긴 벌써 알고 있네."

돈 까밀로가 그녀의 말을 막았지만, 모레타는 엄숙하게 마저 말했다.

"사랑은 자유롭게 생겨나 자유롭게 남아있어야 하는데…. 결혼은 사랑을 마비시키거든요."

하루는 마을의 '정숙한 아낙네들'이 빼뽀네를 찾아가 마을 전체를 모욕하는 사람들에게 읍장이 앞장서서 윤리와 도덕을 가르쳐줄 의무가 있지 않냐고 따졌다.

"난 결혼했잖소. 나는 내게 읍민들의 결혼을 성사시킬 권리가 있다 해도 결혼을 원하지 않는 사람에게 강요할 수는 없소. 요즘 법이 그렇단 말이오. 교황님은 달리 생각하시는지 모르겠소만…."

빼뽀네의 대답에도 아낙네들은 고집을 피웠다.

"읍장으로서 어쩔 수 없다면 당의 책임자로서는 어때요? 두 사람 모두 당신네 당원이잖아요. 당신네 당에도 부끄러운 일이 아닌가요?"

"노력해 보지."

빼뽀네가 약속했다. 그리고 정말로 노력도 했다.

하지만 읍장에게 돌아온 스미르초의 대답은 이랬다.

"결혼하느니 차라리 기독교민주당에 가입할 거요."

이렇게 해서 더 이상 누구도 결혼을 강요하지 않게 되었다. 시간이 지남에 따라 소문은 저절로 잠잠해졌다. 그런데 어느 날 다시 그 문제가 되살아나 마을을 떠들썩하게 만들었다.

사람들 입을 통해 묘한 소문이 새롭게 떠돌기 시작한 것이다. 두 사람 사이에서 아주 예쁜 여자아이가 생겼는데 그들은 아이를 세 번째 동지라고 부른다는 소문이었다.

아낙네들은 여기저기서 수군대기 시작했다. 기독교민주당원들은 '하느님을 무시하고 아이의 세례도 못 받게 할 것' 이라며, 두 공산주의자의 부도덕함을 비난했고 급기야 아이의 세례를 놓고 내기까지 걸기에 이르렀다. 이처럼 사건이 일파만파로 퍼져나가자 뻬뽀네는 사태의 수습을 위해 그들의 집으로 달려갔다.

*

스미르초가 들어섰을 때 돈 까밀로는 서재에서 책을 읽고 있는 중이었다.

"세례가 필요해요."

"반가운 일이군."

돈 까밀로가 시큰둥하게 말을 받았다.

"뭐가 문제입니까? 아이가 세례받는데 대통령의 승인이라도 필요한가요?"

"아니, 그저 자네들의 구차스런 양심이 필요하다네. 어쨌든 자네들이 결정할 문제니까…. 20분 뒤 다시 들리게. 그렇지만 자네 안사람이 작업복 차림으로 나타나면 내 손으로 쫓아낼 테니 알아서 하게!"

잠시 후 모레타가 팔에 아이를 안고 도착했다. 뻬뽀네와 그의 아내도 함께 갔다.

돈 까밀로는 성당 문 앞에 버티고 서서, 그들을 쳐다보지도 않은 채 외쳤다.

"그 붉은색 스카프는 벗어 버리게! 여긴 주님의 집이야, 인민의 집이 아니고."

"붉은 스카프가 어디 있다고 이 난리요? 붉은 거라곤 속을 파낸 호박같이 텅 빈 신부님 머리통밖에 없소."

뻬뽀네가 투덜거렸다.

아기를 안은 스미르초와 모레타가 성당에 들어서자, 돈 까밀로는 세례반을 열고 세례식을 시작했다.

"아기 이름은?"

돈 까밀로가 퉁명스러운 목소리로 물었다.

"리타 파밀라 발레리아."

아이 엄마가 속삭였다. 돈 까밀로는 모레타를 힐끗 쳐다보며 말했다.

"근사한 이름을 하나 더 붙이지그래?"

"리타는 내 어머니 이름이고, 파밀라는 스미르초 어머니, 그리고 발레리아는 내 할머니 이름이에요."

돈 까밀로는 모레타의 대답을 듣고 이렇게 말했다.

"그분들을 욕되게 해선 곤란해. 에밀리아 로사 안토니아라고 하게. 다른 이름으로는 안 돼."

뻬뽀네가 화가 나서 발을 굴러댔다. 하지만 스미르초는 어쩔 수 없다는 듯이 고개를 살짝 가로저었다.

세례식이 끝나자, 돈 까밀로는 아기의 이름을 교적에 기록하기 위해 발걸음을 옮겼다.

"언제부터 신부가 세례명을 짓게 되었소?"

삐뽀네가 따라나서며 물었다. 하지만 돈 까밀로는 삐뽀네의 말을 무시하고 돌아가라고 손짓했다. 돈 까밀로 곁에는 스미르초와 아이를 안은 모레타만 남았다. 돈 까밀로가 사제관 문을 닫자, 스미르초가 맥빠진 목소리로 물었다.

"아이가 받은 세례는 교회법으로 인정받는 거지요?"

"거기에 문제는 없지만 내 딱 한마디만 하지. 자네들은 그저 교회를 편한 대로 이용해먹기만 하는 몹쓸 사람들이야. 그래서 나는 자네들의 '작품'에 조금의 관심도 없네."

그 순간 포대기 안에서 잠자고 있던 '작품'이 갑작스레 눈을 뜨더니 돈 까밀로를 향해 활짝 웃었다. 너무나 아름답고 해맑은 모습이었다. 돈 까밀로는 순간적으로 머리에 피가 확 쏠리며 화가 치밀어올랐다.

"이런 한심한 사람들아!"

돈 까밀로가 소리쳤다.

"이 고귀한 피조물에 어리석은 자네들의 죗값을 지울 이유가 어디 있나! 자네들은 이렇게 순수하고 순결한 아이를 더럽혀서는 안 돼. 암, 안 되고말고. 제대로라면 이 아이는 아름답게 자라나 모든 사람이 부러워할 만한 멋진 아가씨가 될 거야. 그런데 사람들이 이 귀여운 아이를 두고 사생아라고 부르며 손가락질을 하게 될 거라니…. 내가 부모라면 다른 사람의 아름다움을 시샘하는 위선자들이 딸아이를 두고 욕하게 내버려두지 않을 걸세. 그래, 사람들이 자네들을 놓고 수군거리는 것쯤은 코웃음 치며 무시할 수 있겠지. 하지만 자네 딸이 상처받는 걸 해결할 방법이 있을까?"

돈 까밀로는 꼿꼿이 서서 주먹을 움켜쥐고 힘껏 숨을 들이마셨다. 두 사람은 한층 크고 위압적이 된 그의 모습에 놀라 구석으로 몸을 피했다. 돈 까밀로는 더 이상 참지 못하고 소리를 질렀다.

"당장 결혼식을 올리게! 아기를 사랑하는 마음이 조금이라도 남아있다면 말이야."

스미르초는 고개를 가로저었다.

"아니오. 못합니다. 그러면 우리의 사랑은 끝장이라고요!"

아기가 방긋 웃으며 손을 내밀었다. 그 모습을 보자 돈 까밀로는 넋이 빠져나갈 것만 같았다.

"부탁이네. 아기가 너무 예쁘질 않나."

순간 뜻밖의 일이 벌어졌다. 굳게 닫힌 강철 문 같았던 로레따의 마음에 변화의 파문이 일어난 것이다. 그녀는 "신부님 아이가 너무 예쁘죠."라고 가냘픈 목소리로 말하며 의자에 털썩 주저앉아 흐느끼기 시작했다.

"안 돼! 그럴 수 없어요."

그녀는 목멘 소리로 고백했다.

"우리가 결혼한 지도 벌써 3년이 됐어요. 여기서 멀리 떨어진 성당에서 식을 올렸기 때문에 아무도 몰랐을 뿐이에요. 우린 항상 자유로운 사랑을 원했어요. 그래서 아무 말도 하지 않았던 거예요."

스미르초가 그렇다고 고개를 끄덕였다. 그들은 이미 결혼했던 것이다. 그가 장황한 변명을 늘어놓기 시작했다.

"결혼은 사랑을 구속시키죠. 제 생각엔 말입니다, 사랑은 자유로울 때 생겨나는 것이거든요. 만일 하느님께서…."

돈 까밀로는 잠시 얼굴을 식히러 자리를 떠났다. 다시 돌아왔을 때는 스미르초와 그 아내 동지가 어느 정도 진정을 되찾은 뒤였다. 모레타는 돈 까밀로에게 종잇조각을 내밀었다. 혼인증서였다.

"고해성사의 비밀로 지켜주세요."

모레타가 속삭이듯 던진 말에 돈 까밀로는 알았다는 표시로 고갯짓을 해보였다.

"자네는 결혼하고도 독신을 주장하며 가족 수당도 받지 않았던 게로군."

돈 까밀로가 스미르초에게 말했다.

"그래요. 사상의 승리를 위해서라면 그 정도 희생쯤이야 각오해야죠."

돈 까밀로는 종이를 되돌려 주었다.

"자네들 두 사람은 바보야."

돈 까밀로는 아주 찬찬히 그들을 바라보았다. 아이가 그를 향해 미소 짓자 돈 까밀로는 피식 웃으며 고쳐 말했다.

"아니, 두 바보와 그 반쪽이로군."

그 말에 무뚝뚝한 스미르초도 싫지 않은지 멋쩍게 머리를 긁적거렸고 모레타는 한결 밝은 미소를 지었다.

돈 까밀로가 타이르듯 부드럽게 덧붙였다.

"그 반쪽이 온전하게 아름다운 한쪽이 되는 것은 순전히 자네들 책임이란 걸 잊지 말게."

스미르초와 모레타는 어느새 성당을 빠져나갔다. 그들의 뒷모습을 물끄러미 지켜보던 돈 까밀로는 이렇게 읊조렸다.

"주님, 저 반쪽에게 축복을 주소서!"

변장한 돈 까밀로

밀라노행 직행 열차를 타기 위해서는 마을에서 약 40킬로미터 떨어진 P역으로 가야 한다. 9시 전에 밀라노에 도착할 생각이라면 느릿느릿한 정기노선 버스를 타지 않는 것이 좋다. 제시간 안에는 절대로 도착할 수 없기 때문이다.

뻬뽀네는 직행 열차를 탈 셈으로, 이른 아침부터 춥고 안개가 잔뜩 낀 도로를 오토바이로 급하게 달렸다. 몸이 꽁꽁 얼어붙은 그가 P역 광장에 오토바이를 주차하자마자, 기다렸다는 듯 열차의 출발을 알리는 경적이 울렸다. 표를 끊을 시간 여유 따위는 전혀 없었다. 그래서 뻬뽀네는 서둘러 아무 객차에나 올라탔다. 잡아탄 객차가 2등 칸이라는 것을 깨달은 뻬뽀네는 텅 빈 객실 앞에서 잠시 멈칫했다.

'트랙터 부품 값을 좀 아끼고 2등 칸에 앉을까? 복잡한 데다 냄새까지 지독한 3등 칸에 가고 싶진 않단 말이지….'

그는 결국 차장을 불러세워 2등 칸 표를 끊고 객실 안으로 들어가 문을 닫고 커튼을 쳤다. 그리고 아무도 들어오지 않기를 바라며 편안한 자세로 앉아 꾸벅꾸벅 졸기 시작했다.

차장이 표를 점검하는 소리에 뻬뽀네는 잠에서 깨어났다. 검표를 마친 차장이 나가면서 객실의 문을 제대로 닫지 않지 않았는지 복도에서 시끄러운 소리가 들려왔다. 그는 열려있는 문을 닫으려다 흠칫 놀랐다.

"차액을 내겠소."

돈 까밀로의 목소리였다! 커튼을 살짝 들추어 밖을 내다본 뻬뽀네는 어리둥절해졌다. 차장과 말을 섞고 있는 사람은 목소리뿐 아니라 체격과 얼굴까지 돈 까밀로와 똑같았으나 검은 사제복 대신 사복을 걸치고 있었다.

뻬뽀네는 객실 문을 닫고 편안한 자세로 의자에 기대어 공산당 기관지인 〈우니타〉로 얼굴을 덮으며 혼자 투덜거렸다.

"망할 신부, 돈도 많군. 거참, 희한한 일일세? 무슨 바람이 불어 밀라노엘 간담?"

돈 까밀로는 사제복 차림으로 P역에서 3등 칸 첫 번째 객실에 올라탔었다. 객실 안에 자신을 아는 사람이 하나도 없음을 확인한 돈 까밀로는 기차가 움직이기 시작하자마자, 화장실로 들어가 문을 잠그고 가방 안에서 사복을 꺼내 갈아입었다. 그래도 3등 칸으로 돌아가면 옷차림이 달라진 것을 혹시나 누군가 발견할까 싶어, 마을 사람이라면 비싸서 절대로 타지 않을 2등칸으로 옮겨온 것이었다.

차액을 낸 돈 까밀로는 뻬뽀네가 앉은 객실의 문을 열고 고개를 디밀다가 깜짝 놀라 문을 닫았다. 〈우니타〉 지를 얼굴에 덮고 자는 사람이라면 성직자의 동행으로 전혀 달갑지 않은 인물일 게 뻔했기 때문이다. 결국 그는 다른 객실을 찾아 나서기 시작했다.

한편, 신문 아래 얼굴을 감춘 뻬뽀네는 연신 머리통을 굴려대고 있었다.

"대체 그 음흉한 신부가 왜 밀라노엘 가는 거지? 게다가 옷까지 사복으로 갈아입고 말이야."

뻬뽀네는 돈 까밀로가 밀라노에서 무슨 꿍꿍이를 꾸미는지 확실하게 알려면 미행할 수밖에 없다는 결론을 내렸다. 그는 자신이 밀라노에 부품 사러 가던 길이라는 것을 까맣게 잊어버린 것이다.

고개를 내밀어 복도에 개미 새끼 한 마리도 지나가지 않는다는 것을 확인한 뻬뽀네는 재빨리 3등 칸으로 옮겨갔다. 그리고 3등 칸 객실 끝에 선 채 고개를 푹 숙이고 사람들 눈에 띄지 않으려 노력했다. 그렇게 꽤 시간이 흐른 뒤에 기차는 마침내 밀라노 플랫폼에 천천히 정지했고, 그는 외투 깃을 올리고 서둘러 출구로 향했다.

개찰대를 지나 출구가 보이는 신문 가판대 옆에 몸을 숨긴 빼뽀네는 여행객들 사이에 섞여 있는 돈 까밀로의 모습을 확인하고 나서 1층 출입구 쪽으로 자리를 옮겼다.

한참을 기다려도 돈 까밀로가 도통 보이지를 않자, 다른 층계로 내려간 것은 아닌지 슬슬 걱정되기 시작했다.

사실 돈 까밀로는 옷 가방을 맡기러 수화물 보관소에 들렀을 뿐이었다. 어쨌든 영원처럼 긴 10여 분이 흐른 뒤, 1층 출입구에 돈 까밀로가 모습을 드러냈다.

'전차, 택시, 버스? 아니, 어쩌면 개인 승용차가 그를 기다리고 있는지도 모르겠군.'

빼뽀네는 돈 까밀로를 놓칠까 싶어 무척 긴장했지만 걱정거리는 의외로 쉽게 해결되었다. 돈 까밀로가 다른 교통수단을 이용하지 않고 걷기 시작했기 때문이다. 길을 걷는 사람들 사이에 몸을 숨기고 미행하는 일은 식은 죽 먹기나 다름없었다.

그 순간, 사진을 주렁주렁 매단 이동 사진사가 돈 까밀로를 놓치지 않으려고 조바심이 난 빼뽀네의 앞을 가로막았다.

"즉석 사진 한 장 찍으시죠?"

"아니, 됐소."

빼뽀네는 퉁명스레 대답하다가 갑자기 멋진 생각이 떠올랐다. 그는 사진사를 다시 불러 세웠다.

"이봐요, 저 앞에 회색 모자에 밤색 외투를 입은 사람 보이죠? 그 사람이 못 알아채게 사진 한 장 찍어주시오. 사진값은 두둑이 내겠소."

"알겠습니다."

젊은 사진사는 대답하기가 무섭게 돈 까밀로를 향해 달려갔다. 뻬뽀네는 두 사람의 뒤를 따랐다. 사진사는 무척 영리했다. 그는 재빨리 돈 까밀로를 지나쳐 가로수 뒤에 몸을 숨기고 몰래 셔터를 눌러댔다.

돈 까밀로는 전혀 눈치채지 못했다. 어쩌면 복잡한 거리를 걷느라 넋이 빠진 건지도 몰랐다. 뻬뽀네는 마음속으로 기뻐 날뛰었다. 이 사진은 선거 기간에 아주 유용하게 쓰일 것이 틀림 없었다. 확대한 사진 아래 다음과 같은 글귀가 적힌 선전 벽보가 벌써 눈에 선했다.

'밀라노 거리를 걷는 이 신사는 누구인가?' 또는 '망신스러운 사제복을 벗어라!' 와 같은 문구가 담긴 벽보 말이다.

사진사가 돌아왔다.

"다 찍었습니다. 사진당 여섯 장씩 뽑아드리면 되죠?"

"여섯 장씩 확대해서 지금 당장 받을 순 없겠소?"

그러자 사진사는 손사래를 치며 저녁까지도 어렵다고 대답했다.

"오후까지 시간을 주지."

사진사는 메모지철을 꺼내 뭐라고 휘갈겨 쓰고는 그것을 찢어 내밀었다.

"그럼 2시에 이 주소로 사진을 찾으러 오세요. 가격은 6천 리랍니다. 3천 리라를 먼저 주시고 나머지는 찾으러 오실 때 주세요."

빼뽀네는 천 리라짜리 지폐 석 장을 꺼내 건네주었다.

"잘 뽑아놓으슈."

"걱정하지 마세요. '사진찰칵' 은 밀라노에서 제일 유명한 사진관이랍니다."

"그럼 거래 성립이요."

빼뽀네는 말하는 중에도 눈으로는 계속 돈 까밀로를 뒤쫓았다. 하지만 돈 까밀로는 별로 급한 일이 없는 것처럼 행동하고 있었다. 걸음도 아주 느렸고 쇼윈도 앞에 멈춰 서서 한참을 구경하는 경우도 많았다.

'이크, 미행당하고 있다는 걸 눈치채고, 이리저리 배회하는 척하는군.'

빼뽀네는 찔끔했다.

'아니야, 어쩌면 약속 시각이 남아서 시간을 죽이고 있는 건지도 몰라.'

두 번째 추측이 정답에 가까웠던 것 같다. 돈 까밀로가 주머니에서 시계를 꺼내 스윽 살펴보더니 걸음을 재촉한 것을 보면….

스칼라 광장에 도착하기 전만 해도 돈 까밀로의 뒤를 쫓는 일은 그다지 어렵지 않았다. 하지만 갑자기 늘어난 인파 때문에 미행이 조금씩 꼬여나가기 시작했다.

돈 까밀로가 복잡한 상점가에 들어서자 뻬뽀네는 식은땀이 났다.

'이크, 이번엔 진짜로 미행당하는 걸 눈치챘나 보군. 이렇게 정신없이 복잡한 데로 나를 끌고 오다니…. 그런데 대체 어디로 가려는 거지?'

뻬뽀네가 허둥지둥 발걸음을 서둘렀지만 돈 까밀로는 두오모 광장 근처에 이르러 인파 속에 묻혀 사라져버렸다. 그는 망연자실한 얼굴로 한숨을 내쉴 수밖에 없었다.

그러나 아직 낙심하기에는 일렀다. 방황하던 뻬뽀네는 〈리나센테 백화점〉 앞에서 무언가에 열중한 돈 까밀로를 발견할 수 있었다. 이것은 그냥 우연이라기보다는 뻬뽀네를 측은히 여기신 하느님의 도우심 덕분이리라.

돈 까밀로는 에스컬레이터가 너무 신기한지, 꼭대기 층까지 타고 올라갔다가 내려오기를 몇 번씩 반복하고 있었다. 시간 가는 줄 모르고 오르락내리락하던 돈 까밀로는 이번에도 갑자기 할 일이 생각났다는 듯 에스컬레이터에서 내려 서둘러 스칼라 광장을 향해 움직였다.

광장에 이르자 돈 까밀로는 택시를 불러 세웠다.

'이번엔 또 어디야?'

뻬뽀네는 다른 택시를 잡아타고 그를 뒤쫓았다.

"여기 세워주슈."

빼뽀네가 돈 까밀로가 내리는 것을 확인하고 택시기사에게 말했다.

"아차차, 아직 친구랑 약속한 시간이 안 됐는데 여기서 조금만 기다립시다."

"그러시죠."

택시기사는 신문을 꺼내 들었다. 빼뽀네는 몸을 숨기고 돈 까밀로의 행동을 주시했다. 택시에서 내린 돈 까밀로는 보도에 한참을 서 있다가, 활짝 열린 큰 출입문 앞에서 왔다 갔다 배회하기 시작했다. 그 건물로 들어갈지 말지를 고민하는 것 같았다. 한참을 왔다 갔다 하던 돈 까밀로는 출입문 안으로 사라졌다.

빼뽀네는 택시 안에 앉아 출입문 옆에 붙은, 건물의 이름을 알아보려 애를 썼다. 〈몬테카티니 비료회사〉라니! 바싸 같은 촌동네의 본당 신부가 변복하고 밀라노의 비료회사에 무슨 목적으로 왔을까? 화학 비료를 사러?

이제 모든 것이 분명해 보였다. 바티칸 소속 미국 추종 성직자와 대기업이 프롤레타리아를 골탕먹일 음모를 꾸미는 중인게 틀림없었다. 돈 까밀로는 곧 있을 선거기간에 무슨 공작을 벌일지 의논하기 위해서 이곳을 찾아온 것이다.

"친구가 늦나 보네…."

빼뽀네가 택시 기사에게 그렇게 말하고 내리려는 찰나, 돈 까밀로가 다시 모습을 나타냈다.

"몇 분만 더 기다립시다."

뻬뽀네가 택시기사에게 말했다.

돈 까밀로는 건물에서 나와 몇 발자국 걷다가는, 뒤로 돌아 다시 출입문 안으로 들어갔다. 그리고 들어가자마자 다시 나왔다가는 들어가고, 들어갔다가는 또다시 나왔다.

이를 지켜보던 택시기사가 비웃으며 말했다.

"나이도 먹을 만큼 먹은 양반이 애들처럼 장난치다니…. 손님도 보셨소?"

"그렇소. 하지만 왜 저러는 건지 이해가 잘 안 되는구먼."

"손님은 밀라노 사람이 아니시오?"

"오래간만에 들른 참이오."

"아, 그랬군! 저기 커다란 유리문 보입니까? 저기 저 문은 전기로 움직이는데 사람이 근처로 다가가면 저절로 열립니다. 나올 때도 마찬가지로 자동으로 열리고. 한번 잘 보시오."

막 한 사람이 문으로 다가가고 있었다.

뻬뽀네는 사람이 다가가자 문이 저절로 스르륵 열리는 것을 주의 깊게 지켜본 뒤 말했다.

"알려 줘서 고맙소. 그런데 친구는 안 오려나 봅니다. 요금이나 받으슈."

뻬뽀네는 운행요금에 대기 요금까지 내고 택시에서 내렸다. 돈 까밀로는 겨우 몇 발자국 남짓이나 될까 싶은 거리를 왔다 갔다 하며 경이로운 듯 자동으로 열렸다 닫혔다 하는 문을 연신 넘나들었다. 자동문이 신기한 건 뻬뽀네도 마찬가지였다.

돈 까밀로가 다시 어슬렁거리며 발걸음을 옮겼다. 이제까지의 행동으로 봐서는 당최 그에게는 특별한 목적지가 없는 것 같았다. 그래도 뻬뽀네는 공산당원이라면 마땅히, 성직자가 평범한 옷으로 갈아입었을지라도 의심의 끈을 늦춰서는 안 된다고 생각했기 때문에 돈 까밀로에게서 눈을 떼지 않았다.

광장 쪽으로 난 좁은 길에 그들이 들어섰을 때 갑자기 사방에서 고함이 들려오기 시작했다. 금세 한 무리의 사람들이 정부정책을 비판하는 피켓을 들고 구호를 외치며 그들 쪽으로 달려오는 것이었다. 내용을 보아하니 시위대는 '법률 사기'의 진상을 폭로하려는 것 같았다.

뻬뽀네는 가까운 건물의 현관문 뒤로 몸을 숨겼다. 시위대에 휩쓸리지 않기 위해서였다. 그러나 돈 까밀로는 아차 하는 사이에 군중에 휘말려 근처 광장으로 향하는 성난 시위대의 선두에 서게 되었다.

문제는 총동원된 기동 경찰이 광장에 배치되어 있었다는 것이다. 시위대 선두 그룹에서도 제일 앞에 선 데다 덩치까지 큰, 돈 까밀로에게 경찰의 시선이 쏠리는 건 당연한 일이었다. 시위대의 머리 위로 경찰의 몽둥이찜질이 쏟아지자 돈 까밀로의 눈앞에는 별이 오락가락하기 시작했다.

비좁은 길에서 벗어나려는 나머지 시위대원들이 맹렬하게 밀쳐대는 상황인지라, 경찰의 저지를 받는 선두에 선 이들은 뒤로 물러설 수도 없었다. 그리고 시위대를 향한 경찰의 무차별적인 방망이질은 점점 거세져만 갔다.

돈 까밀로는 몸을 엎드려 봤지만, 침대처럼 크고 널따란 등짝이 어디로 가겠는가. 그는 꼼짝없이 몽둥이세례를 감수할 수밖에 없었다. 아무리 몸부림쳐도 더 이상 앞으로 나아갈 수 없었던 돈 까밀로는 결국 방향을 돌려 성난 시위대를 향해 몸을 던졌다. 시위 진압 차량이 광장으로 밀고 들어오는 틈을 타, 천신만고 끝에 대열에서 몸을 빼낸 그는 근처 골목의 작은 바 안으로 숨어들었다.

돈 까밀로가 몽둥이세례를 받는 것을 본 뻬뽀네의 가슴은 기쁨으로 터질 것만 같았다. 마을에 가서 돈 까밀로가 당한 일을 들려주면 당원들이 얼마나 즐거워할지, 뻬뽀네는 생각만으로도 다리가 후들후들 떨릴 지경이었다.

뻬뽀네는 마음을 진정시키고 돈 까밀로가 숨은 바 안으로 당당한 발걸음을 옮겼다. 넓은 홀은 사람들로 발 디딜 틈이 없었고 돈 까밀로는 구석에 앉아 조심스레 상처를 살피고 있었다.

뻬뽀네는 미행놀이를 집어치우고 돈 까밀로 바로 옆에 앉아 웃으며 말했다.

"주인장, 내가 술 한잔 사겠소."

바의 주인은 이상하다는 듯 뻬뽀네를 쳐다보았다.

"무슨 일이오? 복권이라도 당첨된 겁니까?"

"그런 거보다 훨씬 더 멋진 일이라오!"

빼뽀네가 고소하다는 듯이 말했다.

"내가 때려주었으면 싶던 사람이 경찰의 몽둥이찜질을 받는 걸 구경했소. 어찌나 인정사정없이 맞았는지, 코레죠*의 그림처럼 얼룩덜룩하더군. 기동대원들 진압 솜씨는 정말 기가 막히더구먼!"

돈 까밀로는 그 말을 듣고 꿈쩍도 하지 않았다. 하지만 빼뽀네의 빈정거림은 엉뚱한 데서 시비를 불러왔다. 돈 까밀로와 마찬가지로 경찰의 진압을 피해 바 안으로 숨은 30여 명의 시위대원들이 빼뽀네를 에워싼 것이다.

"망할 파시스트 놈!"

빼뽀네가 뒤집어쓴 모자를 손바닥으로 쳐서 날리는 것을 신호로, 미처 입을 열 틈도 없이, 30명이 한꺼번에 달려들어 그를 짓밟기 시작했다. 눈치 빠른 바의 주인은 상황이 심상치 않음을 느끼고 종업원 아이에게 신호를 보냈다. 그러자 아이는 경찰을 부르러 광장을 향해 잽싸게 달려나갔다.

경찰이 들이닥치자, 날뛰던 시위대원들은 일사불란하게 모두 뒷문으로 도망쳤다. 간신히 위기를 모면한 빼뽀네는 힘겹게 자리에서 일어나 의자에 앉았다. 바 주인은 그에게 코냑 한 잔을 내민 다음 급히 달려온 경찰에게 말했다.

"다 도망치고 말았소. 한 5분 정도 기물을 때려 부수며 난리

---

* 코레죠(1489~1534)는 15세기 이탈리아의 화가.

를 쳤소."

경찰이 뻬뽀네에게 물었다.

"아는 사람들이오?"

"전혀 모르는 사람들이었소. 난 그저 길거리에서 난동부리는 시위대를 피해 이 안으로 들어왔을 뿐이오."

뻬뽀네는 어디서 왔는지, 무얼 사러 왔는지를 설명했다. 신분증을 제시하고 밀라노에 있는 부품 회사가 보낸 편지도 보여주었다.

경찰은 바 주인에게 물었다.

"아는 얼굴이 있던가요?"

"일면식도 없는 사람들이었소. 보나 마나 이리로 잠깐 피신한 사람들일 거요. 하나같이 범죄자 얼굴에, 흉악범이나 공산주의자들처럼 보이더라고. 세상에, 다른 사상을 갖고 있다는 이유만으로 사람을 잡나그래?"

경찰이 구석에 앉아 있던 돈 까밀로를 보고 의심스럽다는 듯이 물었다.

"그 사람들 일행 아니오? 낯이 익은데."

바 주인이 양팔을 벌리며 말했다.

"글쎄, 공산당 같은 얼굴을 하고 있긴 한데…. 하지만 계속 탁자에서 꼼짝 않고 앉아 있습니다."

경찰이 수첩을 꺼내 들고 돈 까밀로에게 다가가려 하자, 뻬뽀네가 말했다.

"그냥 내버려 두슈. 안 그래도 지금 바쁠 거 아뇨. 나는 멀쩡하니 곧 집으로 돌아갈 거요. 없었던 일로 합시다."

마침 거리에서 시위대의 구호가 들려왔다. 그러자 경찰은 '젠장!' 이라고 투덜거리며 밖으로 뛰쳐나갔다.

바 주인이 뻬뽀네에게 코냑을 한 잔 더 따라주었다.

구겨진 옷의 주름을 펴고 머리에 묻은 먼지를 털어낸 뻬뽀네가 자리에서 일어서며 물었다.

"얼마요?"

바 주인이 입가에 미소를 띄우더니 고개를 가로저었다. 그리고 뻬뽀네에게 손을 내밀었다.

"됐소. 같은 생각을 하는 사람들끼린 돕고 사는 법이오. 잘 가시오, 동지."

뻬뽀네는 바 주인과 힘주어 악수하고 밖으로 나섰다.

잠시 뒤, 시위대 신부와 파시스트 읍장은 공원 벤치에 나란히 앉았다.

뻬뽀네가 빈정댔다.

"성직자를 패는 경찰이라…."

"이 동네 공산주의자들은 당에 충실하기로는 둘째가라면 서러울 읍장 동지조차 존중하지 않지."

뻬뽀네가 방금 전의 사건을 떠올리며 피식거렸다.

"그건 별개의 문제요. 돈 까밀로, 그건 다른 문제란 말이오."

"몰매 맞았다는 점에서는 똑같지 않나. 아무튼 경찰들의 몽둥이찜질은 별 게 아니었네. 그냥 어쩌다 휩쓸려 맞은 정도로 내가 끄떡이나 할까."

돈 까밀로가 대수롭지 않게 말했다.

"그렇게 만만하게 생각할 일이 아니오, 돈 까밀로. 아마 내일쯤이나 되어야 몸 상태가 어떤지 확실히 알게 될 거요."

뻬뽀네는 시가에 불을 붙이면서 돈 까밀로에게 물었다.

"그 옷은 바티칸의 하사품이오?"

"아닐세. 내 동생이 어쩌다 벗어 놓고 간 옷일세. 분위기 좀 바꿔 보려고 걸쳐입었지."

"잘 생각하셨수. 묵힌 먼지 한 번 흠씬 잘 털었으니, 옷한테도 좋은 일이지, 거럼."

돈 까밀로는 외투 속에서 진압봉을 꺼냈다.

"소동 중에 내 손에 걸린 걸세."

뻬뽀네도 주머니에서 헝겊 조각을 꺼내며 대꾸했다.

"나도 하나 얻었소. 그 난리통에 바 안에서 말이오."

단추 구멍에 공산당 배지가 달린 외투 깃이었다.

"우리 전리품을 서로 바꾸는 게 나을 것 같네."

돈 까밀로와 뻬뽀네는 전리품을 교환했다. 그러나 뻬뽀네는 진압봉을 잠시 만지작거리다가 멀리 던져버렸다.

"쓸모라곤 눈 씻고 봐도 찾을 수 없는 물건들이오. 나야 즐거웠지만 신부님은 불쾌할 테니까…."

돈 까밀로는 진압봉을 하나 더 꺼내며 말했다.

"자네가 옳아, 뻬뽀네. 하지만 그 난리 중에 진압봉 두 개가 내 손아귀에 들어왔으니, 흠, 이를 어쩐다. 내가 하나만 간직함세. 어딘가에 쓸모가 있을지 또 모르지 않나?"

뻬뽀네는 진압봉을 들고 있는 돈 까밀로를 경멸스런 눈초리로 바라보다가 한마디를 더 내뱉었다.

"정말 당신은 치사한 영혼의 소유자요."

"이를 말인가, 읍장 동지."

미소를 지은 돈 까밀로의 대답에 뻬뽀네는 짜증이 밀려와 아무 대꾸 없이 자리를 떴다.

공원을 벗어난 뻬뽀네는 아침에 찍은 사진을 기억해냈다. 그는 서둘러 택시를 타고 영수증에 쓰인 주소로 향했다. 하지만 거기엔 아무것도 없었다. 단지 폭격 맞은 집의 폐허만 있을 뿐이었다.

3천 리라를 지불한 세 장의 사진은 영리한 사기꾼이 필름도 들어있지 않은 사진기로 찍은 것이다. 제대로만 나와 줬다면 100만 리라짜리는 되었겠지만….

돌아오는 길에도 뻬뽀네는 2등 칸을 탔다. 상처투성이인 몸을 끌고 3등 칸에 앉아 가고 싶은 생각은 조금도 없었다. 그가 자리에 앉자마자 사제복으로 갈아입은 돈 까밀로가 객실로 들어왔다.

"성지 순례는 무사히 끝내셨소?"

"잘 끝났네."

"밀라노가 사람들이 말하는 것처럼 대단하진 않지요, 돈 까밀로?"

"어디나 좋은 것과 나쁜 것은 동시에 존재하기 마련일세. 바싸 마을에는 자네와 내가 함께 있지 않나."

돈 까밀로가 〈리나센테 백화점〉의 에스컬레이터와 〈몬테카티니 비료회사〉의 자동문을 떠올리며 대답했다.

성당에 도착한 돈 까밀로는 제대 위의 예수님 앞에 무릎을 꿇고 인사드렸다.

"벌써 돌아왔느냐, 돈 까밀로? 그다지 재미가 없었는가 보구나."

"아뇨. 아주 즐거웠습니다. 하지만 너무 즐거움에 빠져선 곤란한 것 같습니다, 예수님."

돈 까밀로가 멋쩍은 웃음을 지으며 대답했다.

먹구름

그것은 장식이 없는 투박한 골격에다 작은 옆 바퀴와 크고 단출한 수레를 단 세발자전거였다. 진홍색이 칠해진 쇠파이프 프레임은 꽤나 단단해 보이는 게 많은 짐을 실어 나를 수 있을 것 같았다. 마을 사람들에게 익히 알려진 뻬뽀네의 솜씨를 생각했을 때, 그것을 그저 단순한 세발자전거라고 볼 수만은 없었다.

스미르초가 핸들을 잡은 이래 이 세발자전거는 '먹구름' 이란 이름으로 불리기 시작했다. 그는 인민의 집에 있는 작달막하고 무겁고 느릿느릿한 그 자전거에 올라타기만 하면, 땀까지 뻘뻘 흘려가며 속도를 내려 했다.

빼뽀네가 이 세발자전거를 완성했을 때, 그는 부하들에게 이렇게 말했었다.

"아무리 페달을 밟아도 그렇게 기어가지 밖에 못하느냐고 반동분자들이 비웃어도 신경 쓰지 마라. 뭘 타고 가건 가고자 하는 목적지에 도착하는 게 중요한 거니까 말이야. 프롤레타리아 혁명의 핵심은 이 세발자전거처럼 속도는 느리지만 꾸준히 달리는 힘이 있다는 것이다."

빼뽀네의 일장연설이 끝나고 비지오, 브루스코와 룬고가 차례로 세발자전거를 시험 운전했다. 스미르초 차례가 되었을 때, 그는 다음과 같이 말하며 자전거 안장에 올랐다.

"대장, 앞으로 느린 속도 때문에 반동분자들이 웃는 일은 없을 겁니다."

사실 반동분자들은 느려터진 세발자전거의 속도 때문에 웃은 게 아니었다. 프롤레타리아 혁명의 상징인 세발자전거의 속도를 높이려고 안간힘을 쓰는 스미르초를 보고 웃어댄 것이다.

스미르초가 자전거를 타고 지나가기라도 할라치면, 반동분자들은 웃으며 빈정거렸다.

"먹구름이라도 지나가는 것 같네."

스미르초의 행동이 페달을 밟는 다리의 문제가 아니라 당에 대한 충성심의 문제라는 걸 이해하지 못하는 그들은, 먹구름이라도 몰고 올 듯한 기세로 열심히 페달을 밟아대는 모습을 보고 배꼽을 잡을 수밖에 없었다.

*

"먹구름은 별일 없나?"

"네, 대장."

빼뽀네가 낮은 소리로 묻자, 스미르초가 안심하라는 듯 대답했다. 빼뽀네는 다른 사람들을 향해 말했다.

"벌써 밤 열두 시 반이오. 집으로 돌아들 가시오. 나와 스미르초가 남아서 서류정리를 끝내겠소."

잠시 후 인민의 집에는 빼뽀네와 스미르초만 남았다. 그들은 꽤 오랜 시간 공을 들여가며 서류를 정리했다.

마침내 빼뽀네가 입을 열었다.

"은밀하고 조심스럽게 진행할 일이 있어. 안개가 잔뜩 끼고 땅이 꽁꽁 얼어붙은 걸 보니, 오늘 밤이 그 일을 하기에 딱 좋겠어."

스미르초는 무슨 소린지 영문을 모른 채, 어리둥절한 눈으로 빼뽀네를 바라보았다.

"신경 쓰지 마. 나중에 이유를 설명할 테니까. 그저 이 일을 맡을 생각이 있는지만 대답하게."

"당을 위해서라면 무슨 일을 마다하겠어요?"

스미르초는 앞마당으로 향하는 빼뽀네의 뒤를 따라 나섰다.

빼뽀네는 어둡고 조용한 앞마당을 가로질러, 차고 문 위에 드리워진 물결 모양의 차양 아래 멈추어 섰다.

차고 문을 조심스레 열고 들어선 빼뽀네는 창 안쪽 덧문이 잘 닫혀있는지를 먼저 확인했다. 그리고 휴대용 손전등을 켜더니 스미르초에게 말했다.

"준비되면 바로 움직일 수 있도록 먹구름을 문 쪽으로 옮기게."

차고 안에는 먹구름을 빼고는 아무것도 없었기 때문에 먹구름의 자리를 바꿔 놓는 것은 그다지 어려운 일이 아니었다. 스미르초는 빼뽀네가 원하는 방식대로 세발자전거를 옮겨놓았다. 그러자 빼뽀네는 두꺼운 철문을 지나 차고에서 목공 작업장으로 들어갔다. 스미르초가 서둘러 그의 뒤를 따랐다.

"저기 구석의 나뭇단 좀 치워!"

신경질적인 빼뽀네의 명령대로 스미르초가 나뭇단을 치우자 커다란 궤짝 두 개가 드러났다. 빼뽀네는 궤짝에 전등을 비추고 찬찬히 살펴보기 시작했다. 스미르초는 깜짝 놀랐다. 그 물건은 튼튼한 맹꽁이자물쇠가 달린 데다 납으로 봉인까지 되어 있는 군용 궤짝이었기 때문이다.

"이리 와, 이것 좀 같이 옮기자고."

"엄청나게 무겁네. 탄약이라도 가득 들어 있는 거 아네요, 대장?"

"쉿, 주둥이 다물어."

그들은 차고 안으로 궤짝 하나를 옮겨 먹구름에 실었다.

"두 번에 나눠서 옮길 텐가, 아니면 한 번에 두 개를 다 싣고 움직일 텐가?"

"얼마나 먼 거리인가에 따라 다르지요. 두 개를 한꺼번에 옮긴 대도 어쨌든 움직일 수는 있을 것 같은데요."

"여기서부터 우리 집 마당까지 옮기면 돼. 작은 배수도랑까지 오솔길을 따라가다가 오르티 거리로 해서 오라고."

스미르초가 깜짝 놀라며 반문했다.

"오솔길요? 대장, 오솔길을 따라가면 흙투성이가 될 거예요. 그 흙을 다 털어내려면…. 어휴, 차라리 트럭으로 가는 게 낫겠어요."

"쓸데없는 소리! 땅은 얼어서 바위처럼 단단해. 혹시 자전거가 움직이지 않거든 휘파람을 불어라. 내가 즉시 달려갈 테니까 말이야."

"땅이 얼어 있는 게 확실한 거죠? 땅만 얼어있다면, 먹구름을 타고 알프스 산에 올라가는 것도 식은 죽 먹기죠."

스미르초의 목소리에는 중요한 임무를 완수하겠다는 결의가 가득 담겨있었다.

"대장, 다른 궤짝도 마저 실읍시다."

나머지 궤짝이 먹구름의 널찍한 수레에 실리자, 뻬뽀네는 스미르초의 어깨 위에 한 손을 얹으며 신신당부했다.

"스미르초, 신중해야 한다. 알겠지?"

"일단 시동을 걸면, 아무도 나를 멈추게 할 수 없어요."

"이건 그저 여기서부터 우리 집까지 궤짝을 옮기는 문제가 아니야. 아무도 몰라야 한다고. 그렇지 않으면 왜 이 시간에 옮기겠나."

"무슨 말씀인지 알겠습니다. 도둑고양이처럼 살금살금 가죠. 그런데 혹시 누군가와 마주치기라도 하면 어쩌죠? 하늘로 날아갈 수는 없을 텐데."

삐뽀네는 스미르초의 걱정을 일축했다.

"그 시간에 누가 돌아다닌다고! 어쨌든, 난 늘 다니던 길로 집에 돌아갈 거야. 자넨 여기 남아 있다가 교회 종탑이 2시를 알리거든 그때 출발하면 돼."

"알았어요, 대장. 참고삼아 묻는 건데, 부서지기 쉽거나 깨질 염려가 있는 물건이에요? 설마 터지거나 하는 물건은 아니겠죠?"

"반드시 우리 집으로 가져와야 하는 물건이 들어있을 뿐이야. 이것만 명심하고 그 밖에는 신경 쓰지 마. 가능한 한 빨리 일을 끝내라. 이건 우리 모두를 위한 일이니까."

긴장한 스미르초는 이마의 땀을 닦았다.

"그런데 대장, 차를 움직이기 전에는 기름을 가득 채워야 합니다. 가다 말고 길 한복판에 서면 안 돼거든요."

"포도주가 필요한 건가?"

"아뇨. 슈퍼 휘발유, 코냑이 필요해요."

삐뽀네는 어둠 속으로 잠시 사라졌다가 코냑 반 병을 들고 나타났다.

"기름이 엔진을 집어삼킬 정도가 되지 않도록 주의하라."

스미르초는 코냑 병을 친구 삼아 혼자 남아있었다.

그는 2시를 알리는 종소리가 들리자 차고의 문을 열고 먹구름을 끌고 나왔다. 남들의 눈을 피해 조심조심 오솔길로 접어들었다. 그러고는 안장에 올라타서 코냑을 몇 모금 마신 뒤 페달을 밟기 시작했다.

안개가 잔뜩 끼었지만 길을 전부 기억하고 있었기 때문에 스미르초는 그다지 불편을 느끼지는 못했다. 게다가 코냑은 놀라울 정도로 그의 눈을 밝게 만들어 주었다. 오르티 거리를 향해 오솔길을 가로지르는 동안, 그는 코냑을 연료 삼아 마치 발이 두 개가 아니라 여섯 개라도 되는 듯 부지런히 페달을 밟아댔다.

얼마나 달렸을까. 짙은 안개 사이로 갈림길을 알리는 희미한 가로등이 보이기 시작했다. 거기서 100미터 남짓만 더 가서 모퉁이를 돌면 배수도랑이 나타난다. 스미르초는 그놈의 불빛이 왠지 자꾸만 거슬렸다. 그는 잠시 먹구름을 세워 놓고 남은 코냑을 꺼내 단숨에 들이마셨다. 코냑이 스미르초의 조심성을 날려버린 게 틀림없었다. 그는 먹구름의 속력을 한층 높여 재빨리 모퉁이를 돌아섰다.

그러나 모퉁이 너머에는 함정이 숨어 있었다. 두 개의 붉은 눈이 안갯속에서 빛나고 있었다. 두 개의 헤드라이트, 두 대의 자전거였다. 어두운 그림자도 보였다. 경찰 두 명도 서 있는 게 아닌가!

"멈춰라!"

먹구름은 길 가장자리에 쌓여있던 자갈 더미에 부딪혀 쓰러졌다. 스미르초는 자전거 안장에서 튕겨나 웅덩이에 빠졌다. 그는 벌떡 일어나 울타리 너머 목초지로 사라졌고 안개가 그의 자취를 흔적도 없이 집어삼켰다.

한편 뻬뽀네는 스미르초가 나타나기 1시간여 전부터 자신의 집 앞에서 먹구름을 애타게 기다리고 있었다.

스미르초가 도착하자 마음이 급한 뻬뽀네가 서둘러 물었다.

"물건은?"

스미르초는 멋쩍은 얼굴로 대답했다.

"대장, 경찰이 갈림길에서 나를 막아섰어요. 그래서 들키지 않으려고 그냥 도망쳐 왔어요."

*

돈 까밀로는 루카 노인을 병문안하고 돌아오는 길이었다. 그가 오르티 거리를 지날 때, 웬 자전거 하나가 갑자기 눈앞에 나타났다. 돈 까밀로는 서로 부딪힐까 걱정이 되어 큰 소리로 외쳤다.

"멈춰라!"

그런데 먹구름에 올라타 있던 스미르초가 갑작스러운 외침에 놀라 자갈 더미에 부딪혀 쓰러졌고, 코냑에 취했던 까닭에

한 대뿐인 자전거를 두 대로, 돈 까밀로의 검은 사제복을 경찰 제복으로 오인하고는 자전거를 버리고 잽싸게 사라져 버린 것이었다.

자전거에서 내린 돈 까밀로는 무슨 일이 생긴 건지 의아해하며 그쪽으로 다가섰다. 그는 넘어져 있는 자전거가 먹구름이라는 것을 확인하자, 안갯속으로 사라져버린 그 남자가 먹구름을 유명하게 만든 장본인이라는 것을 금방 알아챘다.

'새벽 2시에 스미르초가 오르티 거리를 지나 뭔가를 옮기는 중이었다? 누구를 위해?'

돈 까밀로는 오솔길을 따라 배수도랑을 지나면 바로 뻬뽀네 집으로 이어진다는 걸 기억해 냈다. 그는 맹꽁이자물쇠로 굳게 봉인된 군용 궤짝을 들어 무게를 가늠했다.

돈 까밀로는 자신의 자전거를 놓아두고 궤짝을 실은 먹구름의 안장에 올라 페달을 밟기 시작했다. 핸들이 어딘가 어색했지만 가로등의 불빛이 어둠을 밝히고 있었기 때문에 그리 큰 문제가 되지는 않았다. 얼마 지나지 않아 돈 까밀로는 스미르초만큼은 아니라도 제법 수월하게 먹구름을 몰게 되었다. 그렇게 20분쯤을 달려 사제관 앞에 도착한 그는 현관문을 활짝 열고 누가 볼까 먹구름을 안으로 집어넣었다.

돈 까밀로는 커다란 끌을 사용해 궤짝의 자물쇠를 떼어냈다. 첫 번째 궤짝을 열고 돈 까밀로는 자신의 눈을 의심했다. 두 번째 궤짝까지 뜯어보고 나서야, 그는 화물의 가치를 깨닫고 회심의 미소를 지었다. 궤짝 안에는 전혀 예상치 못했던 물건이 가득 들어 있었던 것이다.

새벽 4시쯤 돈 까밀로는 자고 있던 인쇄공 바르키니 영감을 침대에서 끌어 내려 서둘러 옷을 입으라고 재촉했다. 그리고 그에게 종이 한 장을 건네 일을 맡겼다.

아침 6시, 세 명의 젊은이들이 바르키니네 집에 나타나 종이 뭉치를 받아 갔다.

8시쯤 안개가 걷히자 사람들은 마을 곳곳에 붙어 있는, 다음과 같은 벽보를 발견하였다.

알림

오늘 아침 팔고 남은 공산당 신문 〈우니타〉의 재고가 가득 든 궤짝 두 개가 발견되었습니다. 신문 판매를 달성하지 못해 윗사람에게 책임 추궁을 당하고 싶지 않은 어떤 인간이 신문값을 내고 산 것이 분명합니다. 날이 갈수록 더욱 골칫거리가 되어 가는 이 신문 뭉치를 처리해야 할 순간이 오자, 그는 안개가 짙게 깔린 밤을 틈타 배수도랑 앞 오솔길을 이용하여 건너편에 있는 자기 집으로 이 물건을 옮겨가려 했습니다.

물건을 분실한 자가 누구든지 언제든지 사제관으로 와서 3, 4톤 분량에 해당하는 〈우니타〉를 찾아가기 바랍니다.

– 돈 까밀로 신부 백

사람들은 온종일 여기저기서 낄낄거렸다. 또한 벽보가 붙은 직후부터 자정까지 사제관의 현관에는 습득물의 내용을 확인코자 하는 인근 지역의 모든 반동분자가 줄을 이었다.

돈 까밀로는 아주 조심스럽게 발표를 준비한 것이 틀림없었다. 그는 팔리지 않은 신문 뭉치들이 얼마나 늘어났는지를 도표로 그려 벽에 붙이고, 그 신문을 날짜순으로 바닥에 죽 늘어놓기까지 했다.

다음 날 아침, 사람들은 아침 일찍 집을 나섰다. 왜냐하면 미지의 인물이 쓴 답장을 보고 싶어 안달이 났기 때문이다. 모두가 기대했던 대로 마을 여기저기에 돈 까밀로에게 답하는 벽보가 붙어 있었다.

경고

나치 파시스트 반동분자도 돈만 내면 신문을 관련 당국에서 사 갈 수 있습니다. 꽤 많은 돈이 들긴 하지만 무척 독창적인 선동 방법입니다. 미국의 치졸한 전쟁도발자가 이 방법을 계속 이용하기를 원한다면, 아직 신문이 충분히 있음을 밝혀둡니다.

이 벽보를 붙인 사람은 방어를 잘하는 인물이었다. 사람들은 고개를 갸우뚱하며 어리둥절해했다. 그 미지의 인물은 얼토당토않은 주장을 하는 것이 아니었다. 그래서 사람들은 그다음 벽보를 참을성 있게 기다렸다. 그리고 24시간이 지나자 세 번째 벽보가 나붙었다.

알림

〈우니타〉 신문 재고가 들어있던 궤짝과 함께, 밤중에 그 궤짝을 싣고 옮기던 탈것이 발견되었습니다. 전문가들에 따르면 '먹구름' 이라고 이름 붙여진 세발자전거라고 합니다. 그 탈것은 사제관에 보관되어 있습니다. 누구든지 이를 분실하신 분은 주세페 보타지 선생의 이름으로 발급된 공산당원증을 가지고 와서 찾아가기 바랍니다.

– 돈 까밀로 신부 백

이번 벽보가 불러일으킨 충격은 가공할 만한 것이었다. 온 마을 사람들이 성당 앞마당으로 몰려들었다. 사제관 앞에는 먹구름이란 이름이 붙은 세발자전거가 진열되어 놓여 있었다. 사람들은 구경하는데 진력이 나지도 않는지, 보고 또 보며 저마다 한 마디씩 했다.

그때, 더 기가 막힌 사건이 일어났다. 스미르초가 먹구름의 페달을 밟으며 등장한 것이다. 그는 멈추어 서더니 벽보 뭉치를 꺼냈다. 그리고 벽보 네 귀퉁이에 풀칠을 하고 사제관 벽에 붙였다. 사람들은 뭐가 어떻게 되어가는 건지 도무지 알 수 없었다.

경고

주세페 보타지 동지는 선생이 아닙니다. 그리고 사제관 앞에 있다는 먹구름이란 세발자전거는 진짜 먹구름이 아닙니다.

인민의 집에 와보면 누구나 원하는 것을 자신의 눈으로 보고 자신의 손으로 만져서 확인할 수 있을 것입니다. 그러면 돈 까밀로 신부라는 이름의 중상모략가가 어떤 사람인지를 평가하기가 쉬워질 것입니다.

– 이탈리아 공산당 바싸 지부

사람들은 이 놀라운 발표 앞에서 넋이 나가 멍해질 수밖에 없었다. 즉시 돈 까밀로와 스미르초의 세발자전거를 비교해 보았다. 똑같았다! 게다가 둘 다 표지판이 달리지 않았으므로 과연 어떤 것이 진짜인지를 판명하는 것은 불가능했다.

사람들 앞에 나선 돈 까밀로는 당혹스럽다는 듯 양팔을 벌리고 말했다.

"이 기가 막힐 일을 뭐라고 설명해야 할지 모르겠군. 일단 논의의 여지가 없음을 받아들이지. 주인을 찾아주려는 나의 선의는 분명히 드러났을 테니까. 인민의 집에서 세발자전거가 자신들의 소유가 아니라고 하니, 유치원으로 이걸 넘겨야겠군. 아주 요긴하게 쓰일 거야."

며칠 후 돈 까밀로는 뻬뽀네를 만나는 자리에서 이렇게 물었다.

"자네, 신문에 관심 있나? 아직 내가 보관하고 있는데."

"됐소. 그런데 왜 첫 번째 벽보를 붙일 때 먹구름에 대해 말하지 않은 거요?"

"싸움이 있을 때 강력한 포탄은 따로 보관해 둘 필요가 있지."

"시작부터 한 방에 날리는 게 나을 뻔했소."

"아니, 자네가 틀렸네. 내가 한 방에 날려버렸다면, 자넨 어쩔 수 없이 세발자전거를 다시 회수해 가야만 했을 거야. 세발자전거를 똑같이 다시 만들 24시간의 여유가 유치원에 필요한 자전거를 선물한 셈이지. 어쨌든 자네가 정말 훌륭한 대장장이란 점을 부인하진 않겠네."

뻬뽀네는 비딱한 웃음을 입가에 띠며 물었다.

"예수님 앞에서도 똑같이 말할 수 있겠소?"

"벌써 말씀드렸다네. 이렇게 야단치시더군. '반성하거라, 돈 까밀로. 불쌍한 뻬뽀네가 얼마나 망신스러웠을지 생각해보았느냐? 만일 네가 그 진짜 세발자전거를 사람들에게 공개하기 전에 등록된 표지판을 떼지 않았다면, 뻬뽀네는 무척 난감했을 게다.' 라고 말이야."

주머니를 뒤져, 금속 표지판을 건네는 돈 까밀로에게는 반성의 빛이라고는 전혀 보이지 않았다.

"자네 걸세. 유치원에 기증한 자전거는 내 이름으로 등록해서 표지판을 새로 붙였네."

뻬뽀네는 이를 악물었다.

"그토록 몹쓸 짓을 저질러 내게 피해를 주고서도, 내가 감사해 하기를 바라는 거요?"

"감사랄 것까지야 있나. 읍장 동지, 난 그저 세발자전거를 갖게 된 것에 만족하니까 …."

잡초 동지

얼마 전부터 뻬뽀네는 피로감을 느끼기 시작했다. 겉으로 드러난 상처도 없었고 딱히 어디가 아프다고 콕 집어 말할 수 있는 것도 아니었기 때문에, 그는 애써 무시하려 했다.

의사를 찾아가는 것은 건강한 척하기를 좋아하는 남자들이 가장 꺼리는 일 중에 하나다. 까딱 잘못하면 병에 걸렸을까 신경 쓰는 겁쟁이로 낙인찍히게 마련이니까. 게다가 남자 중의 남자임을 자부해온 뻬뽀네이기에 더욱 그랬다.

결국 뻬뽀네는 아내의 등쌀에 못 이겨 병원을 찾았다. 의사는 그의 건강에 무슨 문제가 있는지 알아내려고 무던히도 애를 썼지만 특별한 이상을 발견하지는 못했다.

"폐에 이상이 있는 것 같긴 한데…. 도시의 큰 병원에 가서 엑스레이 촬영을 합시다. 그러고 나서 다시 경과를 살펴보기로 하죠."

빼뽀네는 씩씩거리며 집으로 돌아와서 의사는 엉터리이고 엑스레이는 환자들한테서 돈을 갈취하려는 속임수라고 고래고래 소리를 질러댔다.

"전부 도둑놈들이야! 의사는 환자한테 엑스레이 찍으러 가라, 엑스레이 찍는 데서는 심장 전문의에게 가라, 심장 전문의는 간 전문의에게 가라, 간 전문의는 암 전문의에게, 암 전문의는 외과의한테 가라고 그러지. 수술한다고 배를 갈랐다가 꿰매고 다시 가르고 수없이 주삿바늘을 찔러대고 환자용 특별식이라고 먹여대고 입원비가 비싼 병실에 여러 달 동안 처박아 놓지. 그러다가 환자가 반쯤 죽을 때가 되면 집으로 보내버린다고. 엑스레이 따위는 의사들이나 찍으라그래."

아내는 그가 하고 싶은 말을 전부 토해내도록 잠자코 입을 다물고 기다렸다. 그녀는 빼뽀네의 푸념 아닌 푸념을 한마디도 빼놓지 않고 몽땅 들어준 뒤 딱 잘라 말했다.

"그래서, 언제 엑스레이 찍으러 갈 거예요? 죽고 싶지 않으면 어서 찍으러 가세요."

빼뽀네는 대엿새 정도 버티다가, 조건을 걸었다.

"당신이 함께 가주면 가겠어."

결국 아내는 빼뽀네와 함께 병원에 갈 수밖에 없었다.

엑스레이를 찍기 위해 병원을 찾았을 때, 빼뽀네는 자신 말고도 수많은 환자가 있다는 데 위안을 받았다. 대기실에서 곁눈질로 자리에 앉은 환자들의 숫자를 세어보고서 용기를 되찾은 빼뽀네는 아내에게 기다리라는 말을 남기고 혼자 엑스레이실로 걸어 들어갔다.

촬영기사는 말이 별로 없는 사람이었다. 그는 의사의 소견서를 읽고, 간호사를 시켜 이름을 기록한 뒤 촬영을 시작했다.

"나한테 병이 있는 건 아니겠지?"

엑스레이 촬영이 끝났을 때 빼뽀네가 물었다.

"엑스레이 사진을 검토해봐야 결과를 알 수 있습니다. 엑스레이 사진과 진단서 받으러 모레쯤 사람을 보내세요."

기사는 심드렁하게 대답했다. 옷을 챙겨 입은 빼뽀네는 수심에 잠겨 대기실로 돌아왔다.

'심각한 문제가 있으려나? 뭔가 심각한 상태라면, 바로 그 자리에서 얘기했겠지. 사진을 보고 검토할 정도라면, 걱정할 필요가 없을 거야.'

이렇게 생각하며 빼뽀네는 애써 마음을 추슬렀다. 그러나 집에 도착하자 또 다른 고민이 생겨났다.

"여보, 왜 '엑스레이 사진과 진단서 받으러 모레쯤 사람을 보내세요' 라고 했을까? 나를 직접 오라고 하지 않고?"

"쓸데없는 것에 집착하지 마세요!"

아내가 짜증 섞인 목소리로 핀잔을 주었다.

"쓸데없긴 뭐가? 중병에 걸린 환자에게 알릴 때, 의사들은 환자한테 솔직한 얘기를 안 하고 가족에게 먼저 통보하잖아."

아내가 진정시키려 애를 썼지만, 그는 계속 걱정하다가 열이 나기 시작해 결국 머리를 싸매고 드러누워 버렸다.

뻬뽀네는 하루 종일 자리에 누워 있다가 저녁이 되자 의사를 불렀다.

"내 감으로 미루어 볼 때, 난 큰 병에 걸린 게 틀림없소."

"지나친 걱정을 하십니다."

"아니, 잘 들어두시오. 보시다시피 난 아파서 병원에 직접 갈 수 없소. 하지만 아내가 가는 것은 더 싫소. 병이 얼마나 심각한지, 아내와 자식들에게 알리고 싶지 않단 말이오. 그러니 선생은 나의 소개장을 갖고 온 사람한테만 사진을 건네주라고 연락하시오. 그리고 진짜 결과는 둘이만 있는 자리에서 알려주시오."

다음 날 아침 일찍 스미르초는 오토바이를 타고 가서, 엑스레이 값을 지불하고 밀봉된 서류봉투를 들고 돌아왔다.

뻬뽀네는 의사가 올 때까지 계속 안절부절못했다.

의사가 문을 열고 들어서는 소리가 들렸다. 뻬뽀네의 아내가 의사에게 남편의 병에 관해 묻자 의사는 별일 아니라고 대답했다. 뻬뽀네는 침대에 누워 그 소리를 모두 들었다. 하지만 좋은 소식이 아닐 거라는 생각만 점점 강해질 뿐이었다.

의사가 방안에 들어섰을 때, 의심은 확신으로 바뀌었다. 뻬뽀네는 의사의 표정에서 이상한 낌새를 읽었다. 태연함을 가장하며 의사가 물었다.

"어떠십니까?"

"어떠냐니? 내가 어떤지는 의사 선생이 말해 주실 일 아뇨?"

"걱정하실 필요는 없을 것 같습니다. 사진과 진단서를 봤는데, 별것 아닙니다. 그저 마음 편하게 잡숫고 치료만 받으면 며칠 내로 쾌차하실 겁니다. 자세한 치료에 대해서는 부인과 말씀을 나누도록 하지요."

빼뽀네는 침대에서 일어나 앉았다.

"의사 선생, 솔직하게 털어놓아 보시오. 결과가 어떻든 내 암말 않겠소. 남자 대 남자로 솔직히, 가슴을 터놓고 말씀해 주시오."

의사는 손등으로 땀을 닦았다.

"흥분하면 이 병에 아주 안 좋습니다. 그저 마음을 편하게 먹으…."

빼뽀네가 재촉했다.

"그런 말장난을 듣고 싶은 생각은 눈곱만큼도 없으니 어서 봉투나 꺼내시오."

젊은 의사는 마지못해 가죽 왕진 가방을 뒤져 필름과 서류를 끄집어냈다. 검은색과 회색이 얼룩덜룩한 촬영 필름과 글자들이 잔뜩 적혀 있는 서류를 뚫어지게 응시하던 빼뽀네는 화가 나서 소리쳤다.

"도대체 하나도 이해가 안 가는군! 이게 다 뭐요?"

젊은 의사가 뭐라고 병명과 증세를 설명했지만, 그는 조금도 알아들을 수가 없었다.

"관두슈. 당신 우리나라 사람 맞소? 우리말로 하시오, 우리말로 말이오!"

젊은 의사는 병에 관련된 의학용어들이 원래 어려운 단어들로 구성되어 있으며, 평소 쓰는 말로는 제대로 표현할 수 없다고 둘러댔다. 뻬뽀네는 흥! 하고 콧방귀를 뀌더니, 비명에 가까운 큰 소리를 질렀다.

"사람 살려! 돌팔이가 사람 잡네!"

"읍장님! 괜한 소란 피우지 마시고 잠자코 계세요. 다 말씀드릴 테니까요. 읍장님은 급성 폐결핵입니다."

"그게 다요?"

"그게 다냐니, 무슨 뜻입니까?"

"병 이름만 알려주고 내가 전부 이해하기를 바라는 거냐는 말이오."

젊은 의사는 이말 저말 섞어가며 다시 설명을 했지만, 중요한 문제에 이르면 말을 빙빙 돌렸다.

그때 뻬뽀네가 끼어들었다.

"내가 보기엔 말이오. 선생이 여자들을 대할 때처럼 설명을 해줘야 할지 말아야 할지 고민하는 것 같소. 이봐요, 의사 선생. 나도 마을에서는 둘째가라면 서러운 진짜 남자요. 겁쟁이처럼 문제를 피해 숨을 생각은 없소. 계속 숨길 생각이면 그냥 돌아가시오. 도시의 다른 의사를 부를 테니까. 자, 어쩌시겠소?"

"휴우, 그토록 원하시니 사실대로 말씀드리죠. 필름과 진단서에 따르면 읍장님은 심각한 상태입니다. 요양소에 지금 당장 입원해야 할 지경입니다."

빼뽀네는 의사를 빤히 쳐다보았다.

"요양소에 꼭 가야 되오?"

젊은 의사는 양팔을 벌렸다.

"읍장님이야 원체 강골이시니 공기 맑은 곳에서 좀 쉬시면 다시 회복할 수 있을 겁니다. 하지만 여기 남으신다면…, 글쎄요."

젊은 의사가 다가오더니, 필름의 검은 점과 회색 점이 의미하는 바를 정확하게 설명했다.

"이제 알겠소."

얘기를 다 듣고 난 빼뽀네가 말했다.

"망가진 엔진이나 다름없군."

"꼭 그런 건 아닙니다."

젊은 의사가 빼뽀네의 표현을 정정했다.

"망가지기 직전의 엔진인 셈이죠."

"그게 그거지!"

"연료와 윤활유를 바꾸고 운전 습관을 바꾸면 엔진은 아직 한참 더 사용할 수 있습니다. 몇 년씩도 가능하죠."

빼뽀네는 젊은 의사의 팔을 붙잡으며 말했다.

"당신은 썩 괜찮은 의사요. 내 그건 인정하지. 마지막으로 이것만 솔직히 말해 주시오. 기적이 일어나지 않는다면, 몇 년이나 더 살 수 있겠소?"

"두 달입니다. 읍장님."

고개를 떨구며 의사가 말했다.

"솔직히 말해 줘서 고맙소. 부탁 좀 합시다. 내 병세에 대해서는 입을 꼭 다물어주시오. 남한테 자랑할 일은 아니잖소? 요양소에 가는 문제는 지금 당장은 어려우니, 열이 내리자마자 출발하는 걸로 해둡시다. 주변 정리도 좀 해야 하겠지…. 아내에겐 대충 둘러대시오."

그러나 젊은 의사가 입을 다물어 봐야 아무런 소용이 없는 일이었다. 빼뽀네의 아내가 이미 방문 뒤에서 모든 말을 엿들은 후였기 때문이다. 방에서 나온 의사는 당황해서 어쩔 줄 모르는 그녀와 마주쳤다.

"쉿! 어떤 사람에게도 이 이야기를 하시면 안 돼요!"

의사가 엄격하게 당부했다.

"독감에 걸린 거라고만 말하세요."

불쌍한 빼뽀네의 아내는 누구에게도 말하지 않겠다고 의사에게 맹세했다. 하지만 마음을 진정시킬 수 없었기 때문에, 그녀는 친정엄마에게 이 이야기를 털어놓았다. 다음 날 마을에 온통 소문이 퍼진 것은 말할 나위도 없다. 여자들의 입소문보다 빠르고 무서운 게 또 어디 있으랴.

빼뽀네는 이틀 밤을 꼬박 자리에 누워 있다가 열이 내리자 자리를 털고 일어났다. 얼굴에는 아무렇게나 자란 수염이 만져졌지만 그는 차마 거울을 바라볼 용기가 나지 않았다.

빼뽀네는 몰래 집을 나서 인민의 집을 향해 걷기 시작했다. 그날은 일요일이었고, 일요일은 공산당원들의 정례 모임이 열리는 날이었다.

"대장, 오셨어요? 괜찮은 거죠?"

빼뽀네의 갑작스러운 출현에 놀란 스미르초가 물었다.

"응, 난 괜찮아. 독감 같은 걸로 아픈 티를 내서야 어디 남자 체면이 서겠나?"

빼뽀네는 주머니에서 시가를 꺼내 입에 물었다. 불을 붙였으나, 미처 한 모금 넘기기도 전에 목이 졸리는 고통이 시작됐다. 마치 누군가 목구멍으로 팔을 집어넣고 위장을 뒤집는 것 같았다. 그의 두 눈에 눈물이 맺혔고, 사레가 들렸는지 숨을 고르는 데 약간의 시간이 걸렸다.

"대장, 담배 피우지 마세요."

스미르초가 걱정스러운 눈빛으로 말렸다.

빼뽀네는 어깨를 으쓱해 보였다. 그러고는 물을 한 잔 마신 뒤 입을 열었다.

"새로운 소식이 있나?"

정례 모임을 하던 부하들은 서로의 얼굴을 쳐다보았다.

"없습니다."

룬고가 대답했다.

"우편물이 몇 통 왔는데 벌써 다 처리됐어요."

"누가 결재했는데?"

"제가요. 뻔한 행정 업무에 관한 거였어요, 대장."

"여러 소리 말고, 어서 서류를 보여드려."

성미 급한 스미르초가 끼어들자 룬고가 별일 아니라는 투로 빈정거렸다.

"그런 사소한 일까지 시시콜콜히 보고해야 합니까? 당원 등록, 선전물 인쇄 따위의 일상적인 행정 업무들일 뿐인데."

스미르초가 불끈 주먹을 쥐었다.

"룬고, 자꾸 느물거릴 건가? 어서 서류를 보여드리라니까!"

룬고는 냉랭한 미소를 지었다.

"스미르초, 자네 일이나 신경 쓰게. 나랑 한 번 붙어보기라도 하겠다는 건가?"

뻬뽀네가 탁자를 주먹으로 내리치며 화를 냈다.

"룬고, 어서 서류를 내놔!"

"진정하시오, 읍장 동지."

룬고가 멀찍이 물러선 채, 뺨이라도 한 대 날려주었으면 싶은 얄미운 표정을 지으며 말했다. 돌변한 그의 태도에 뻬뽀네는 찬물을 뒤집어쓴 느낌마저 들었다. 뻬뽀네는 단숨에 룬고를 날려버리려 했지만 옆에서 만류하는 손길이 느껴졌다.

뻬뽀네는 몸을 돌려 스미르초와 비지오, 브루스코가 보내는 변함없는 신뢰를 확인했다. 그렇지만 룬고, 팔게토, 로시노와 룬고를 둘러싼 다른 부하들의 태도는 달랐다.

느릿느릿 서랍으로 다가간 룬고는 서류를 꺼내 뻬뽀네에게 내밀자마자 재빨리 뒤로 물러섰다. 되도록이면 뻬뽀네와 떨어져 있으려는 눈치였다.

뻬뽀네가 서류철을 샅샅이 살펴보고는 분을 참지 못해 집어 던졌다.

"이건 말도 안 돼."

룬고는 어쩔 거냐는 듯 팔을 건들거렸다.

"모두의 의견을 모아서 결정한 것이오."

"우리 셋은 빼라!"

스미르초가 벌컥 화를 냈다.

"어쩔 수 없잖아? 자네들은 제자리에 없었으니까. 상부에서는 빨리 보고서를 보내라지…. 우리끼리 처리할 수밖에 없었단 말이야. 당은 무리 없이 돌아가야 하고 투쟁은 쉼 없이 계속되어야 해. 뒤처진 사람을 기다리느라 손을 놓고 있을 수야 없지 않겠나?"

뻬뽀네는 대답 대신 서류철을 들어 꽉 움켜쥐고 반으로 쫙 찢으려고 했다. 하지만 찢기는커녕 구길 수도 없었다. 지금의 뻬뽀네는 마치 머리카락을 잃은 삼손 같았다.

룬고는 웅변하듯 양팔을 벌리고 한숨을 내쉬며 말했다.

"옛날처럼 좋은 건 없지, 암! 푹 쉬시오, 동지."

빼뽀네는 장부를 내려놓았다. 그는 누구와도 눈길을 마주치지 않고 인민의 집을 나서 고개를 숙이고 걷기 시작했다.

들판으로 접어들었을 때, 빼뽀네는 자신이 혼자가 아님을 깨달았다. 뒤를 돌아보니 스미르초와 비지오, 브루스코가 그를 따르고 있었다.

빼뽀네가 그들을 향해 외쳤다.

"돌아가! 자네들의 자리는 인민의 집에 마련되어 있으니까."

"우리 자리는 대장 옆이에요."

브루스코가 대답했다.

"아직 나를 대장으로 생각한다면, 저쪽으로 돌아가. 마지막 명령이야. 이제 날 만나러 올 필요도 없어."

그 셋은 얼굴을 서로 마주 보고는, 빼뽀네와 굳은 악수를 나누고 돌아갔다. 혼자 남은 빼뽀네는 집을 향해 외로운 발걸음을 떼었다.

집에 도착하니 의사가 기다리고 있었다.

"출발할 준비를 하시죠. 적당한 결핵 요양원을 찾아냈습니다."

"왜 약속을 지키지 않았나? 내 병에 대해서는 입도 뻥끗하지 말라고 했잖나!"

빼뽀네가 꾸짖었다.

당황한 의사가 대답했다.

"하느님께 맹세코 내 입에서 새어나간 게 아닙니다. 읍장님 부인께서 문 뒤에서 엿들으신 겁니다."

"난 친정엄마한테만 말했을 뿐이에요."

빼뽀네의 아내는 자기 잘못이 아니라고 항변했다.

씁쓸한 미소를 얼굴에 띄우며 빼뽀네가 말했다.

"장모님이 아셨다면, 모든 게 설명되는군. 오늘 저녁 출발하지. 자동차를 타면 멀미할 것 같으니까 기차를 타겠어."

오후 4시에 의사가 올 때까지 빼뽀네는 침실에 틀어박혀 있었다. 의사가 체온과 맥박, 혈압을 재고 나서 말했다.

"여행하셔도 좋습니다. 요양원에 출발한다고 전화해두죠. 따로 신경 쓰실 일은 하나도 없을 겁니다. 밤 11시에 S시에 도착하면 차가 기다리고 있을 겁니다. 그다음엔 부인께서 알아서 처리하실 거고요."

"좋소. 걱정하지 말고 이제 그만 가보시오. 난 브루차티노까지 지름길로 가서 토리첼라 역에서 기차를 타겠소. 내 아내는 아이들하고 먼저 가서 나를 기다리는 거요. 그게 아니라면 심장이 멈출 때까지 여기서 꼼짝도 않을 셈이오."

집에 혼자 남은 빼뽀네는 옷을 차려입고 밖으로 나왔다. 그는 떠나기 전에 마지막으로 작업장에 들렀다. 작업장은 아무런 문제도 없이 한가해 보였다. 여기저기를 둘러보던 빼뽀네의 눈에 구석에 처박힌 망치가 들어왔다. 그가 무쇠를 단련하기 위해 사용하던 망치였다.

빼뽀네는 망치를 들어보려다 그 무게에 깜짝 놀랐다. 불과 얼마 전까지만 해도, 그는 망치를 장난감처럼 휘두를 수 있었다. 이제 두 달 정도밖에 남지 않았다는 젊은 의사의 말이 생각났다. 빼뽀네는 마음속의 불안을 지우려고 애쓰며 작업장을 나섰다.

들판을 가로질러 오솔길을 따라 어느새 성당 뒤쪽에 이르렀다. 빼뽀네는 성당 벽을 따라 종탑 현관으로 들어섰다.

성 안토니오 아빠스의 동상을 손질하던 돈 까밀로는 예상치 않은 빼뽀네의 출현에 흠칫했다.

"이크, 놀라라!"

돈 까밀로가 중얼거렸다.

"귀신도 아닌데, 뭘 그리 놀라시오?"

빼뽀네가 퉁명스럽게 불평하자 돈 까밀로는 놀라움을 떨치려는 듯 고개를 흔들었다.

"나는 떠납니다, 신부님. 읍장이 바뀌니 기쁘시겠소."

"공산당은 다 마찬가지지. 다 탐탁지 않은 일이네."

"내가 세상을 뜨면 기뻐하는 사람이 분명히 있을 게요. 그 왜, 기억 안 나시오? 스탈린이 죽었을 때 기뻐 날뛰던 작자들 말이오."

"어리석은 소리 작작하게. 자넨 스탈린하고는 달라."

빼뽀네가 냉소적인 목소리로 비웃었다.

"두 달이랍디다. 아주 딱 맞춰 죽게 생겼소. 선거에 말이오. 내 영구차 앞에서 승리의 행진을 하실 수 있을 테니, 신부님은 참 좋겠소!"

그 순간 돈 까밀로의 심장이 쿵 하고 내려앉았다.

"어…. 정말…."

"내 장례식을 놓고 비겁하게 굴지는 않을 거라고 믿소. 신부님, 장례식 때 붉은 깃발을 달도록 해 주시오. 평생 그 깃발을 위해 투쟁했으니, 마지막 가는 길에도 그게 꼭 달려있었으면 좋겠소."

"깃발 말인가, 그래…. 한데 자네 가족들이 내가 장례미사 집전하는 걸 반대하면 어째야 하나?"

"다들 내 뜻을 따를 거요."

돈 까밀로에게 봉인된 봉투를 건네며 뻬뽀네가 무뚝뚝하게 말했다.

"이 안에 내 장례를 어떻게 치르기를 바라는지를 적었소. 겉봉에 적힌 대로, 내가 죽어서 여기 실려 왔을 때 열어보시오."

돈 까밀로는 뭐라 대꾸해야 할지 몰랐다.

"자네, 아예 죽기로 작정이라도 한 건가?"

"그게 어디 내 맘대로 되는 일이오? 저기 위에 계신 양반이 정하신 거요."

돈 까밀로는 고개를 저었다.

"난 저 위에 계신 분께서 뭔가 정하셨다고 생각하지 않네. 자네를 진단한 사람은 의사잖나. 생명은 의사의 손이 아니라 주님의 손에 달린 걸세."

뻬뽀네는 미소를 지었다.

"신부님처럼 건강한 폐를 가지고 있다면 나도 그렇게 말했을지도 모르오."

"자네가 조금이라도 믿음을 가지고 있다면 그걸로 충분한 일일세."

"내게 신앙심이 있건 없건, 그건 신부님이 관여할 일이 아니오."

"뻬뽀네, 예까지 왔으니까 예수님 앞에 무릎을 꿇고 도와달라고 청해 보게."

"싫소. 그분이 날 구원하실 생각이라면 내가 기도하지 않아도 그렇게 해 주시겠지. 내가 그분을 두려워하고 있다는 착각을 심어드리고 싶진 않소."

"주님의 집에서 그런 불경한 말을 하다니!"

"그 양반은 내가 불경한 말을 하지 않았다는 걸 아실 거요. 그분은 당신보다 더 내 마음을 잘 이해하실 테니까 말이오. 진단 결과를 알았을 때도, 난 그분을 조금도 원망하지 않았소. 난 그저 하느님이 적당하다고 생각하실 때 생명을 주셨으니 적당한 때에 날 데려가실 거라고 믿소."

돈 까밀로는 한숨을 쉬었다.

"고해성사를 보겠나?"

"때가 되면."

"자네를 도울 만한 일이 있을까?"

"내게는 더 이상 필요한 게 없소. 우리 아이들이나 가끔 들여다봐 주시구려."

"자네를 위해 기도함세."

"그럴 필요도 없소. 내 보기에 하느님은 당신의 섭리를 잘 알고 계시오. 그러니 신부님의 기도로 바뀔 일은 없소. 하느님은 옳은 분이니, 정의에 따라서 행동하실 게요."

"자네 생각엔 기도가 아무런 소용이 없을 거란 말인가?"

"기도는 몸뚱이가 아니고 영혼을 구하는 데 필요한 거요."

빼뽀네는 출구를 향해 걷다가 멈추었다.

"잠시만 딴 데 좀 봐주시오. 성호를 긋고 싶은데 신부님이 보는 건 싫소. 내가 기쁨을 드리고 싶은 대상은 하느님이지, 반동 신부는 아니니까."

돈 까밀로는 뒤로 돌아 무릎을 꿇고 속으로 빼뽀네를 위해 기도를 드리기 시작했다. 그가 고개를 들었을 때 이미 빼뽀네의 모습은 사라지고 없었다. 돈 까밀로는 제대 위의 예수님에게 자신의 섭섭함을 토로했다.

"예수님, 그 인간은 저한테 인사도 않고 가버렸습니다!"

"돈 까밀로, 빼뽀네는 내게 인사했느니라. 그럼 충분하지 않느냐."

돈 까밀로는 숨이 턱 막혀왔다. 마치 심장의 일부가 빼뽀네와 함께 떨어져 나가기라도 한 것 같았다.

비지오와 브루스코, 스미르초는 인민의 집에서 고통스러운 나날을 보내야 했다. 룬고와 그의 일당들은 실질적으로 읍사무소를 장악했고 빼뽀네의 충성스런 심복 세 사람만이 빼뽀네의 원칙과 방식을 고수하느라 필사적으로 싸우고 있었다.

이 지루하고 치열한 논쟁이 시작된 지도 벌써 이틀이 지났다. 룬고는 젊은 당원들의 입맛에 맞는 주장을 펼쳐 호응을 얻고 있었다. 하지만 읍장 자리를 공식적으로 계승하는 문제에 대해서까지 완벽한 지지를 얻지는 못했다. 결국 그들은 아침 8시에 다시 모여 최종 결론을 내리기로 했다.

다음 날 모두 한자리에 모였다. 사람들은 기나긴 논쟁에 지쳐 잔뜩 예민해져 있었다. 처음 토론이 시작될 때부터 평지풍파의 조짐은 있었다. 그런데 지금 거친 주먹다짐이라도 일어난다면? 스미르초, 비지오, 브루스코의 운명은 아마 경각에 달할 것이리라.

룬고 일당은 기어코 빼뽀네의 잔당을 쓸어버리기로 결정했다. 시계가 9시에서 10초쯤 지났을 때 팔게토가 스미르초의 콧잔등에 주먹을 한 방 날렸다. 그로부터 딱 3초가 흐른 뒤, 팔게토에게는 하느님의 응징이 내려졌다. 어디선가 튀어나온 팔 하나가 팔게토를 아무렇게나 구석에 내팽개쳤던 것이다. 그 팔의 주인은 물론 돌아온 빼뽀네였다.

빼뽀네는 탁자 위 서류철을 집어 반으로 찢어버렸다. 둘로 찢어진 서류철은 룬고의 얼굴을 향해 날아갔다.

"문으로 나갈 생각이 아니라면 가까이들 와. 내가 발로 차서 창문으로 내보내 줄 테니까."

스미르초, 비지오, 브루스코는 놀라 뻬뽀네를 바라볼 뿐 아무 말도 할 수 없었다.

"기적이 생긴 게 아니야."

뻬뽀네가 설명했다.

"요양원에서 엑스레이를 다시 찍었는데, 내 폐는 아주 건강하다는 거야. 병원에 확인해보니, 예전 사진은 내 것이 아니래. 나와 동갑인 주세페 보타지라는 사람이 나보다 하루 먼저 엑스레이를 찍었다는군. 원체 병원에서 일하는 사람들이 많다 보니 잠시 착오가 있었던 거라더군. 오늘 저녁에 다시 만나세. 지금은 먼저 해결할 일이 있으니까."

돈 까밀로는 사제관에서 뻬뽀네를 맞이했다.

"신부님, 난 다 나았소. 편지를 찾으러 왔으니 돌려주시오."

"주님께 감사드릴 생각은 하지도 않는 사람이…. 편지가 그리 소중한가?"

"하느님은 이미 다 알고 계셨을 거요. 그분은 봉투 따위를 가지고 실수하실 분이 아니란 말이오. 그건 그렇고 안됐습니다, 신부님. 선거 때 한 방 크게 먹일 건수를 잡았다가 놓쳤으니 말이오."

"흥, 그래도 우리 당이 이길 걸세."

십자가를 가리키며 돈 까밀로가 대답했다.

"어디 두고 보면 알겠지요."

뻬뽀네는 그렇게 응수하고는 다시 편지를 돌려 달라고 재촉하기 시작했다.

"자네는 앞으로 영원히 살 생각인가?"

"그게 생각만으로 되는 일이랍디까? 나도 때가 되면 죽게 될 거요."

"그렇다면 편지는 여기 보관하지 그러나? 자네가 죽을 때까지는 누구도 건드리지 못하도록 교구의 다른 서류들과 함께 밀봉해서 보관하겠네. 나는 물론이고 아무도 내용을 미리 살펴볼 수는 없을 거야."

"혹시 나보다 신부님이 먼저 가면 어쩝니까?"

"그래도 걱정할 일은 없을 걸세. 편지는 내 후임 신부에게 봉인된 그대로 전달될 테니까 말이야."

"신부님 후임자라…. 하긴, 신부님이 나보다 먼저 가진 않을 것 같으니…. 신부님은 워낙 뽑아버리기 힘든 잡초 같은 사람이니까."

"그러니 안심하고 돌아가시게나, 잡초 동지!"

돈 까밀로가 활짝 웃으며 대답했다.

뻬뽀네의 재치

살해된 행정관과 미미 마님의 시체를 묘지로 옮겨가기 위해 밖으로 끄집어냈을 때, 한동안 잊고 있었던 늙은 하녀 마틸데의 운명이 세상에 밝혀졌다. 마틸데는 집주인의 시신 밑에 숨겨져 있었다. 비올키 부부는 살인 사건을 감추기 위해 유일한 증인이었던 그녀마저 살해했던 것이다.

디모테오 집안사람들은 돈 까밀로의 소관이므로 알아서 처리해도 좋지만 이기적인 집주인 때문에 희생된 마틸데는 인민의 딸이라, 당이 장례를 맡아야 한다며 뻬뽀네가 나섰다.

"난 그렇게 생각하지 않네."

돈 까밀로는 어깨를 으쓱이며 대답했다.

"부지런한 마틸데가 인민의 딸인지는 잘 모르겠네. 하지만 인민의 일꾼을 자처하던 소작인 비올키에 의해 희생된 것만은 분명하지. 그가 마틸데를 살해했으니까 말이네."

빼뽀네가 반박했다.

"정의가 제대로 실현되는 사회에서라면 마틸데는 디모테오 집안의 하녀로 일할 필요가 없었을 거요. 당연히 비올키 부부한테 살해될 이유도 없었겠지. 그러니까 마틸데의 장례식은 인민들이 치러야 하오."

"그녀의 장례식은 내가 치를 거네. 디모테오 집안사람들의 장례식과 함께 말이야. 이유가 뭔지 궁금한가? 셋 다 신앙인으로 살았고 신앙인으로 묻힐 권리를 가졌기 때문이야. 짐승처럼 살다가 간 다른 두 사람은 자네에게 넘겨줄 테니, 자네가 그들의 장례를 맡게. 그들이 경찰을 살해했으니까 정부와 경찰을 한 방 먹일 수 있는 꽤 쓸모있는 화젯거리가 되지 않겠나."

빼뽀네는 음흉하게 돈 까밀로를 바라보았다.

"그렇게 합시다. 하지만 장례식은 돕고 싶소. 공산당원들이 추모 행렬을 따르는 건 어떻습니까?"

"아니, 사양하겠네."

그들은 한참 동안 으르렁거렸다. 빼뽀네는 공산당원들과 함께 마틸데의 영구마차를 따르게 해달라고 계속 졸랐고, 돈 까밀로는 한 치도 물러서지 않았다. 한참을 그러다가 빼뽀네는 '이렇게 끝나지는 않을 것' 이라는 말을 남긴 채 집으로 돌아갔다. 그날 저녁, 인민의 집에서는 아주 중요한 모임이 열렸다.

다음 날 아침 일찍, 장례 미사를 마친 돈 까밀로가 장례 행렬을 인도하기 위해 성당 밖으로 나오자 빼뽀네와 그 일당 50명이 스미르초를 필두로 성당 앞에 쭈욱 정렬해 있었다.

돈 까밀로는 그들을 향해 의심스러운 눈길을 던졌지만 공산당 깃발이나 붉은 스카프 따위는 전혀 눈에 띄지 않았다.

"이제 맘에 드슈? 신부님. 이런 모습으로라면 마틸데의 영구차를 따라가도 되지 않느냐 말이오. 바티칸에서 찍어주는 도장이라도 얼굴에 받아와야 장례식에 참여할 수 있는 건 아닐 테니까…."

빼뽀네가 퉁명스럽게 말했다.

"따라와도 좋네. 운구 행렬 중에 붉은 스카프나 깃발, 선전 포스터를 내놓는 장난을 칠 생각이라면 접어두게나. 뜨거운 맛을 보게 될 테니까."

돈 까밀로가 행렬에 나서기 전에 단단히 못 박았다.

장례 행렬이 움직이기 시작하자 마틸데의 영구마차 뒤에 선 빼뽀네 일당 50명은 모자를 벗어젖혔다. 그러자 눈이 휘둥그레지도록 놀랍고 우스꽝스러운 모습이 적나라하게 펼쳐졌다.

50명이나 되는 인원의 머리카락이 하나같이 똑같은 길이로 잘린 채 해괴한 문양을 그리고 있었다. 머리통에 하얗게, 그렇게나 많이 파인 낫과 망치 모양은 웬만한 인내심을 요구하는 가위질이 아니면 이룰 수 없는 대단한 일이었다. 그렇다. 하루라는 짧은 시간에 뻬뽀네와 그 일당들 머리통 위에는 작은 정원이 쉰 개나 생겨난 것이다.

잠시 동안 모두들 할 말을 잊었다. 그것은 마치 큰 소동을 예고하는 폭풍 전야의 고요와도 같았다. 묘한 느낌 때문에 뒤를 돌아본 돈 까밀로는 행렬을 멈추고 공산당원들에게 다가갔다.

"똥통에 빠져봐야 정신을 차릴 빨갱이 놈들! 장례식을 저속한 사육제로 바꿔버릴 셈이냐!"

공산당원들은 하나같이 다부지고 험상궂은 모습이었다. 돈 까밀로가 솥뚜껑만 한 손으로 한 놈을 집어던지자, 그들이 일제히 달려들었다. 그들은 이런 돈 까밀로의 반응을 예상한 게 틀림없었다. 인민의 집에는 미어터질 정도로 많은 숫자의 사람들이 대기하고 있었던 것이다. 싸움이 벌어지자 새롭게 투입된 당원들이 아수라장의 복판으로 번개처럼 뛰어들었다. 수적으로 우위에 선 공산당원들은 맹렬히 사람들을 두들겨 팼다. 주님의 도우심으로 돈 까밀로의 손에 무거운 의자가 쥐어졌을 때는 벌써 많은 이들이 얻어맞은 뒤였다.

떡갈나무 벤치를 집어 든 돈 까밀로는 더 이상 성직자가 아니라 흉포한 괴물이었다. 그는 마치 굶주린 야수처럼 벤치를 휘둘러댔다. 휘몰아치는 공격에 공산당원들이 한 발짝씩 물러나기 시작했다. 그러다 문득, 돈 까밀로는 더 이상 자신의 손짓에 걸리는 게 없음을 깨달았다.

사람들이 모두 광장 가장자리로 피한 것이다.

곧이어 삐뽀네가 인파를 가르며 나타났다. 그도 돈 까밀로처럼 떡갈나무 의자를 들고 있었다.

삐뽀네와 돈 까밀로가 벌이는 '의자 싸움'은 전율마저 감돌게 하는 흥미로운 구경거리였다. 두 거한이 서로를 노려보고 있는 동안 사람들은 숨을 죽이며 조용히 격돌의 순간을 기다렸다. 그러나 그들 중 누구도 선불리 상대방을 공격하려 들지 않았다. 상대의 허점을 쉽사리 찾을 수가 없었기 때문이다. 잠시 후, 떡갈나무 의자 두 개가 동시에 허공을 날았고 요란한 소리를 내며 부딪혔다.

돈 까밀로와 삐뽀네는 의자를 들고 싸우는 데 고수였다. 그들은 서로를 잘 아는 최고의 검객들 같이, 결정적인 타격을 입지 않도록 조심스레, 하지만 용감히 싸웠다.

돈 까밀로의 머리 위로 삐뽀네의 의자가 날아왔다. 돈 까밀로는 그걸 받아넘기는 대신 재빨리 몸을 피했다. 공격에 담긴 강한 힘을 감당하지 못하고 삐뽀네의 의자가 두 동강이 나자 경악한 구경꾼들이 탄성을 질렀다.

사람들의 갑작스러운 탄성에 맨 앞에 서 있던 마차의 말들이 날뛰기 시작했다. 다른 말들도 겁을 집어먹고 덩달아 발을 굴러댔다. 넋을 놓고 두 사람의 싸움을 구경하던 마부들이 그 서슬에 깜짝 놀라 고삐를 놓고 마차에서 뛰어내렸다.

그러자 마차 세 대가 동시에, 돈 까밀로와 삐뽀네가 서 있는 곳으로 쏜살같이 튀어 나갔다.

그 모든 일은 동시에 일어났다. 싸우던 두 사람은 그 세 대의 마차를 가까스로 피하긴 했으나, 그 놀라움의 여파 탓인지 더 이상 다툴 기분이 들지 않았다.

돈 까밀로가 먼저 의자를 내던지며 말했다.

"쯧쯧, 불쌍한 사람들 같으니…. 죽어서도 편히 쉬지 못하고 산 사람들 간의 다툼에 이용되는구먼."

돈 까밀로의 말에 뻬뽀네 역시 부러진 의자 뭉치를 내던지며 한숨을 쉬었다.

흥분한 말들은 요동치는 영구마차를 뒤에 매단 채 넓게 펼쳐진 보르게토 들판을 향해 달려갔다. 사람들이 급히 마차를 쫓았지만 말 세 마리를 붙잡아 마을로 몰고 왔을 때는 이미 캄캄한 밤이 된 뒤였다.

할 수 없이 사람들은 각자 가진 횃불과 등불 그리고 촛불을 밝혀들고, 여태껏 해 본 적이 없는 아주 독특한 장례식을 치르게 되었다. 뻬뽀네의 행동대원들도 참석했는데 이번에는 모두들 머리에 모자를 쓴 채였다. 사람들은 각자의 취향과 정치적 견해에 따라, 세 무리로 나뉘어 각각 늙은 마틸데, 미미 마님 그리고 행정관의 관 뒤에 섰다. 돈 까밀로는 상황이 이렇게 정리된 데 대해 아주 만족스러워하는 기색이었다.

장례를 마치고 묘지를 벗어나며 뻬뽀네가 말했다.

"인생을 살면서, 맘에 들지 않는다고 함부로 포기해서는 안 될 것 같소. 대화와 타협을 통해 합의점에 도달할 수 있으니까 말이오."

돈 까밀로도 그 말에 동의했다.

"당연하지. 왜 주님께서 우리에게 머리를 주셨겠나? 의논하라고 주신 걸세."

*

며칠이 지나 또 다른 사건이 벌어졌다. 소통이 모든 것의 기본, 특히 평화롭게 살아가는 데 기본이 된다는 점을 잘 보여주는 사건이었다.

이 사건을 제대로 이해하려면 먼저 지형에 관해 알아둘 필요가 있다. 먼저, 유유히 흐르는 뽀 강, 여기 대해서는 별다른 설명이 필요 없을 것 같다. 강둑 양쪽에, 이 강으로 흘러드는 작은 지천들이 있는데 그중에 틴코네라는 이름의 하천이 있다. 강을 따라 나란히 뻗어 있는 몰리네토 길은 바로 이 틴코네 하천을 가로질러 피에베 마을에서 로카 마을로 이어지며 몰리네토 길이 하천과 마주치는 지점에는 다리가 하나 놓여 있다. 틴꼬네 하천이 뽀 강 하류에서 2~3킬로미터 남짓밖에 떨어져 있지 않은 까닭에, 두 마을 사이를 잇는 이 다리는 상당히 길다. 피에베와 로카는 다리를 사이에 두고 틴코네 하천으로부터 각각 5킬로미터 거리에 있으니 틴코네 하천이 두 마을의 중간에 떡하니 버티고 있는 형국이다.

사건은 두 마을 아이들이 같이 다니는 학교에서 터져나왔다. 학교는 원래 로카 마을에 세워져 있었다. 그러다 보니 피에베에 사는 아이들은 평지라곤 해도 매일 10킬로미터 이상을 걸어야 했다. 몰리네토 길이 완벽할 정도로 직선도로인 까닭에, 어느 길을 선택해도 몰리네토 길보다는 더 오래 걸렸다. 딴에는 아이들도 지름길로 다닌 셈이지만 그래도 등하굣길이 꽤 멀다는 사실에는 변함이 없었던 것이다.

어느 날 피에베의 부녀회원들이 뻬뽀네 읍장을 찾아가면서 사건은 본격화되기 시작했다. 학부모들은 피에베에 학교를 세우지 않으면 더 이상 아이들을 학교에 보내지 않겠다고 뻬뽀네에게 으름장을 놓았다.

일이 꼬이려면 이유를 불문하고 무엇을 해봐도 잘 안되는 경우도 있다. 바로 이 문제처럼….

읍사무소에서는 얼마 전 도로포장 공사를 위해 대규모 지출을 한 뒤였기 때문에 쥐꼬리만큼 남은 예산을 가지고 올 한 해의 살림을 꾸려가야 할 형편이었다. 그러니 학교를 하나 더 세울 수도 없는 형편이었다. 그래서 뻬뽀네는 로카 마을에 있는 학교를 폐쇄하고 거리상 두 마을의 정중앙이 되는 틴코네 하천 다리 옆에다 새 학교를 세우기로 마음먹었다.

그러자 또 다른 문제가 발생했다.

로카 사람들이 '다리 옆에 학교를 세우는 건 좋소. 단 우리 쪽에 세우시오'라고 주장하자, 피에베 사람들은 '다리 옆에 학교를 세우는 건 좋소. 하지만 우리 쪽에 세우시오.' 라고 버텼다.

기실 정확히 따진다면 두 마을 사람들의 주장은 모두 억지였다. 왜냐면 피에베와 로카의 중간 지점은 강둑 위도 아니고 틴꼬네 하천 건너편도 아니며 정확하게 다리 한가운데였기 때문이다.

"다리 한복판에 학교를 세워달라는 건 아니잖소!"

두 마을의 대표자와 오랜 시간 논의를 한 끝에 지친 뻬뽀네가 소리쳤다.

"읍장은 당신이오. 사람들 간의 이견이 좁혀지지 않으면 공평하게 처리할 방안을 찾아내는 게 읍장의 의무 아니오?"

마을 대표들은 불만에 가득한 얼굴로 따지고 들었다.

"공평하게라…. 당신들의 목에 맷돌을 매달아 몰리네토 다리 한가운데서 강에 내던져버리면 쉽게 해결되겠구먼."

뻬뽀네가 맞받아쳤다. 그러나 양측의 대표들은 한 치도 양보하려 들지 않았다. 그들은 결코 말싸움에서 지려고 하지 않았다.

"이건 100미터 더하거나 덜 하는 문제가 아니오. 이건 사회정의에 관한 문제란 말이오."

이 말에 뻬뽀네는 입을 굳게 다물었다. 사회정의에 대해 말하는 것을 들을 때면, 그는 천지 창조의 기적이라도 지켜보듯이 숙연해지곤 했다.

결국 티격태격하는 다툼이 시작될 수밖에 없었다.

어느 날 저녁 로카 아이 몇 명이 몰리네토 다리로 몰려가서 다리 한가운데 바닥에 빨간 페인트로 크게 줄을 그은 다음, 절대 넘어오지 말라고 피에베 쪽에 경고했다.

다음 날 저녁이 되자 피에베 아이 몇 명이 그 빨간 줄에 나란히 녹색 줄을 긋고는 로카 놈들은 그 줄을 넘지 말라고 맞받아쳤다.

사흘째 되던 날 저녁, 양측의 아이들이 몰리네토 다리 한가운데서 동시에 마주쳤다. 로카 아이 하나가 녹색 줄 너머로 가래침을 탁하고 뱉었다. 그러자 피에베 마을 아이 중 하나도 빨간색 줄 너머로 가래침을 뱉었다. 그로부터 15분 후에 세 명이 강에 처박혔고 다섯 명이 머리가 깨졌다. 문제는 강에 처박힌 셋 중 둘이 피에베 출신이고 로카 출신은 하나뿐이라는 것이었다. 양측이 공평해지기 위해서 틴코네 하천 안으로 로카 아이 하나를 더 처박아야 할 상황이었다. 게다가 머리가 깨진 다섯 명 중 로카 쪽이 셋, 피에베 쪽이 둘이어서 피에베 마을의 아이가 한 명 더 머리가 깨질 필요가 있었다. 사회정의는 항상 이런 식으로 성립된다.

머리통이 깨지고 강에 처박히는 아이들이 날마다 늘어났고 아이들 싸움에 젊은이들이, 그다음에는 어른들이 끼어들었다.

어느 날, 다리 부근을 지나다 무언가를 발견한 스미르초가 뻬뽀네에게 달려가 대재앙의 징조를 알렸다.

"대장, 피에베와 로카의 아낙네들이 몰리네토 다리에서 서로 싸움이 붙었어요."

이런 사건에 여자가 끼어들면 끝장이다. 여자의 남편, 형제, 남자친구들은 물론이거니와 심지어 아들, 아버지까지 참지 못하고 폭발하게 된다. 이런 면에선 여자가 정치적으로 위험 요소인 것이다. 그리고 애석하게도 세상의 95퍼센트는 정치로 구성되어 있다.

모두가 우려했던 대로, 얼마 지나지 않아 칼부림과 총격전이 이어졌다.

"즉시 결단을 내려야겠군."

빼뽀네가 심각하게 말했다.

"그렇지 않으면 학교 대신 공동묘지를 새로 만들어야 할지도 몰라."

무덤 안에 묻혀있는 것보다는 살아가면서 훨씬 더 많이 배울 수 있는 법이다.

빼뽀네는 한참을 고민한 끝에 제법 그럴듯한 해결책을 내놓았다. 뽀 강 유역에는 두 채의 나무집을 연결하여 크게 만든 수상 방앗간이 여러 해 동안 정박해 있었다.

그는 부하들을 시켜 몰리네토 다리 한가운데의 아치 아래로 수상 방앗간을 끌어오게 했다. 그리고 다리 기둥에 큰 쇠사슬로 배를 고정하고 다리와 갑판을 잇는 계단을 설치하게 함으로써 지루한 소모전에 종지부를 찍었다.

그렇게 해서 강 위에 떠 있는 학교의 엄숙한 개교식이 거행되었다. 먹잇감을 찾아낸 하이에나처럼, 신문 기자들은 물론 이루

말할 수 없을 정도로 많은 도시 사람들이 몰리네토 다리 아래 떠 있는 이 수상 학교를 구경하러 올 정도로 대단한 화젯거리가 됐다.

비록 뒤늦긴 했지만 이 일을 계기로 두 마을 사이에는 평화가 찾아왔다. 평화는 때때로, 이렇게 갈등과 반목 그리고 수많은 상처 속에서 피어나는 법이다.

잘못된 명령

빼뽀네는 벌써 몇 시간째 작업장에서 망치를 두들기고 있었다. 그러나 아무리 두들겨대도 머리 아픈 게 멈추지 않았다. 그는 혼자 투덜거렸다.

"멍청한 자식! 골치 꽤나 썩게 됐는데, 도대체 어쩔 작정이지?"

바로 그 때, 그 멍청한 자식이 눈앞에 나타났다.

"내 아들 녀석, 밤새도록 한숨도 못 자더니 지금은 열이 나서 자리에 누웠소."

스트라지아미가 걱정 섞인 우울한 어조로 말했다.

빼뽀네는 그를 쳐다볼 면목이 없어 고개를 숙이고 다시 망치질을 시작했다.

"다 자네 탓이야."

"가난 탓이겠죠."

스트라지아미가 대꾸했다.

"내가 미리 주의를 줬잖나. 당에서 내리는 명령에는 군소리 없이 따랐어야지."

"배고픈 아이의 배를 채우는 게 당의 명령보다 더 급했소."

"그건 분명히 자네가 잘못 생각한 거야. 당이야말로 무엇보다 중요하다는 걸 자네도 잘 알잖나."

스트라지아미가 호주머니에서 종잇조각을 꺼내 모루 위에 놓자, 뻬뽀네는 망치질을 멈추었다.

"당원증, 아니 특별감시대상 확인증을 반환하겠소."

"말을 함부로 하는군, 스트라지아미."

"나는 사실을 말했을 뿐이오. 자유를 위해 목숨을 걸고 싸웠으니, 내게도 그 자유를 포기하지 않을 권리 정도는 있다고 생각합니다."

뻬뽀네는 망치를 내려놓고 손등으로 이마의 땀을 닦았다. 스트라지아미는 뻬뽀네가 기억하는 한, 누구보다 당에 대한 충성심이 깊었다. 그는 언제나 뻬뽀네와 함께 싸우고 굶주리고 절망했으며, 희망을 나눌 때도 항상 함께였다.

"이제 당을 배신하겠다는 건가?"

뻬뽀네가 말했다.

"탈당조차 마음대로 선택할 수 없는 거요?"

"신중하게, 스트라지아미. 자네도 알다시피 그만두고 말고는 당에서 결정할 문제야. 그게 얼마나 큰일인지 자네도 잘 알지 않나."

"그래요. 잘 압니다. 하지만 구호물자를 받아왔다는 이유만으로도 사람을 쫓아내고 위선자라고 손가락질하는 당에 남고 싶은 생각은 추호도 없습니다. 잘 있으시오, 대장. 안타깝군요. 내가 대장을 친구라고 여긴대도 대장은 이제 나를 적으로 생각할 테니 말입니다."

뻬뽀네는 멀어져가는 스트라지아미를 보며 고개를 젓더니, 욕설과 함께 망치를 구석으로 던졌다. 그리고 밖으로 나가 채소밭에 털썩 주저앉았다. 그는 스트라지아미가 이 정도로 극단적인 결정을 내리리라고는 생각도 못 했다. 뻬뽀네는 그게 '전부 그 저주받을 신부 탓'이라고 결론짓고는 벌떡 일어서며 외쳤다.

"뜨거운 맛을 보여주겠어!"

뻬뽀네가 사제관에 모습을 드러냈을 때, 저주받을 돈 까밀로는 강론 원고를 정리하고 있었다.

"이제 만족했소?"

화가 난 뻬뽀네가 소리 질렀다.

"기어코 우리 당원 하나를 박살 냈으니 얼마나 속이 시원하시오!"

돈 까밀로는 영문을 알 수 없었다.

"선거 때문에 정신이 나가기라도 했나?"

돈 까밀로가 물었다.

"정말 대단하오! 아무리 당신네 종교를 안 믿는다고는 해도, 그렇게 착한 사람의 신세를 망쳐놓다니."

"읍장 동지, 그게 무슨 말인가?"

"이제는 시치미까지 뗄 작정이오? 당신 때문에 스트라지아미가 곧 당에서 쫓겨나게 생겼소. 가난한 녀석에게 미끼 삼아 그 더러운 미국놈들의 구호물자 하나를 적선하듯 준 사람이 신부님 아니오? 엊저녁에 최고위원이 그 사실을 알고 그의 집으로 한달음에 달려가, 음식을 창밖으로 모두 내던지고 그를 두들겨 팼단 말이오."

뻬뽀네는 무척이나 흥분했다.

"진정하게, 뻬뽀네."

돈 까밀로가 차분하게 말했다.

"진정하긴 뭘! 먹을 걸 빼앗기고, 최고위원한테 지 아비가 맞는 걸 눈앞에서 본 아이 심정이 어떻겠소. 당신도 그 눈망울에 고인 눈물을 봤어야 해. 이 피도 눈물도 없는 철면피 신부야!"

돈 까밀로의 얼굴이 하얗게 질렸다. 최고위원이 스트라지아미의 집에서 무슨 만행을 저질렀는지 깨달은 것이다. 그는 뻬뽀네의 가슴팍을 손가락으로 마구 찌르며 소리쳤다.

"망할 자식!"

빼뽀네는 화가 머리끝까지 치밀었다.

"내가? 선거에 이기려고 가난한 사람의 굶주림을 악용한 당신이 망할 자식이지!"

돈 까밀로는 벽난로 구석에 있던 쇠 부지깽이를 집어들었다.

"한 마디만 더 뻥긋해봐! 이걸로 죽을 때까지 패줄 테니까. 나더러 굶주리는 사람들을 보고 가만히 있으라는 건가? 그 물자는 가난한 사람들에게 마땅히 돌아가야 할 선물일 뿐이야. 나는 가난한 사람들의 굶주림에 관심이 있을 뿐 그 사람들이 찍는 표에는 관심 없어. 그쪽에 관심이 있는 건 자네야. 창고 안에다 거짓말투성이 전단을 쌓아놓고 선거 운동에만 정신이 팔린 협잡꾼 같으니! 도움을 줄 능력이 없으면 다른 사람의 도움을 방해하지는 말아야지. 굶주린 사람에게 음식을 나눠주려는 선한 마음씨를 가진 사람을 두고 돈으로 표를 사들인다고 모함하는, 그런 치졸한 행동 말고 할 줄 아는 게 대체 뭐야?"

돈 까밀로는 그래도 도통 분이 풀리질 않았다.

"당원들의 가난한 처지는 이해하지 못한 채 겨우 구호물자 하나 받았다고 비난하다니! 아이들의 소중한 음식을 빼앗아 버린 자네야말로 인민의 배신자야! 뭐 정치? 선전? 그 불쌍한 아이가 뭘 알아? 걔는 미국이란 나라가 어디 붙어있는지도 몰라. 이봐, 빼뽀네. 언젠가 자네가 그랬지? 자식이 굶주릴 때 아이에게 먹일 빵을 훔치는 것은 죄가 되지 않는다고. 그렇다면 미국에서 준 빵은 좀 받으면 안 되나? 자네가 그토록 신봉하고 소중하게 여기는 러시아는 전혀 도움이 되어주질 못하는데도 말이야. 게다가 어쩌다 한번 배불리 먹을 기회를 만난 배고픈 아이 입에서 음식을 빼앗은 것은 자네야. 그래 이래도 내가 망할 자식인가? 망할 자식은 자넬세, 내가 아니고!"

빼뽀네는 머리를 가로저었다.

"난 아무 짓도 안 했소."

"아무 짓도 안 해? 그 최고위원이란 작자가 그런 짓을 하도록 내버려 두었지! 아이에게 있어 아버지는 세상 그 누구보다도 강하고 미더운 존재야. 그런 아버지가 창피를 당하는데도 자넨 지켜보고만 있었단 말이지? 그래 놓고도 아무 짓을 안 했다고? 오늘 저녁 내가 자네 아이 앞에서 자네의 뺨을 후려친다면 어떻겠나?"

빼뽀네는 어깨를 움츠릴 뿐 말이 없었다.

"더한 짓도 할 수 있지. 할 수 있어!"

잔뜩 화가 난 돈 까밀로가 악을 썼다. 그는 두 손에 쥐고 있던 굵직한 부지깽이의 양쪽 끝을 움켜잡고 이를 악물었다. 그리고 사자처럼 으르렁대며 그것을 U자 형태로 구부렸다.

"이걸로 자네와 스탈린을 함께 묶어 교수대에 매달아 버리겠어!"

돈 까밀로의 행동은 차라리 발악에 가까웠다. 그러나 빼뽀네는 아무 말도 하지 못하고 묵묵히 돈 까밀로를 바라보고 있었다. 그러자 돈 까밀로는 찬장을 열고 상자 하나를 꺼내 빼뽀네에게 내밀었다.

“자네가 그 멍청이 중의 하나가 아니라면 이걸 스트라지아미에게 갖다 줘! 이건 어떤 나라에서 온 구호 물자가 아니야. 이 세상의 일그러진 이념과 상관 없이 주님께서 주시는 선물이지. 다른 사람들한테도 받으러 오라고 하게. 아니면 자네가 직접 나누어 주든가.”

“좋소. 스미르초를 시켜 물건을 실어 나를 차를 보내겠소.”

두툼한 외투 밑에 상자를 감추며 빼뽀네가 중얼거렸다.

빼뽀네는 문으로 나가려다가 상자를 의자 위에 내려놓고 U자로 휘어진 부지깽이를 집었다. 그러고는 그것을 똑바로 펴보려 안간힘을 썼다.

“자네가 그걸 다시 펼 수 있다면, 내 공산당에 투표하지.”

돈 까밀로가 비아냥거렸다.

빼뽀네는 칠면조처럼 얼굴이 새빨개질 정도로 용을 써보았지만 부지깽이는 꿈쩍도 하지 않았다. 그는 그걸 바닥에 내던졌다.

“신부님 표가 없어도 우리는 선거에서 승리할 거요.”

빼뽀네는 퉁명스럽게 내뱉고는 상자를 들고 밖으로 나갔다.

*

빼뽀네가 스트라지아미의 집에 갔을 때 그는 벽난로 앞에 앉아 신문을 읽는 중이었고, 아이는 그 옆에 웅크리고 앉아 있었다. 뻬뽀네는 탁자 위에 상자를 내려놓은 다음, 끈을 풀어 포장지를 벗겼다.

"자, 선물이다."

뻬뽀네는 아이에게 말했다.

"네 거다. 하느님이 주신 선물이다."

그리고 스트라지아미에게 뭔가를 내밀었다.

"이건 자네 걸세. 모루 위에 놓고는 깜박했더군."

스트라지아미는 당원증을 받아 지갑 안에 다시 넣었다.

"이것도 하느님이 직접 주시는 거요?"

스트라지아미가 물었다.

"모든 것은 하느님에게로부터 온다네."

뻬뽀네가 중얼거리듯 말했다.

"좋은 일이든 나쁜 일이든 모든 건 하느님으로부터 오지. 사람에게는 좋은 일이 생길 때도 있고 나쁜 일이 생길 때도 있지만, 모든 것은 그분의 뜻에 따라 이루어지네."

아이가 벌떡 일어나 탁자 위에 펼쳐진 선물을 기쁘게 바라보았다.

"걱정하지 마라. 이번에는 아무도 네게서 선물을 빼앗아 가지 못할 테니까."

뻬뽀네가 아이를 안심시켰다.

*

스미르초가 짐을 실어갈 트럭을 몰고 오후에 도착했다.

"물건을 실어오라고 대장이 보냈습니다."

돈 까밀로는 말없이 현관에 쌓여있는 상자 꾸러미를 가리켰다.

스미르초가 마지막 상자를 들고 비틀거리며 현관 입구를 지날 때, 돈 까밀로는 그를 아주 세게 걷어찼다. 그는 상자와 함께 짐칸 한가운데로 날아갔다.

"이 발길질도 적어둬."

돈 까밀로가 말했다.

"자네가 어제 적어간 이름하고 같이 말이야."

"신부님과의 이 일은 선거 다음 날 정산하는 걸로 해두지요."

짐칸에서 빠져나오며 스미르초가 대답했다.

"안 그래도 신부님 이름은 특별관리 대상목록 첫 줄에 적혀있으니까 말입니다."

"좋아, 더 필요한 건?"

"아니, 됐습니다. 그런데 왜들 이러시는지 모르겠군요. 뻬뽀네 대장과 스트라지아미도 전부 내 궁둥이를 걷어차더란 말입니다. 내가 무슨 잘못이라도 저질렀습니까? 명령을 받아 시킨대로 했을 뿐인데!"

"잘못된 명령은 거절할 줄도 알아야지."

돈 까밀로가 나무랐다.

"옳은 말씀입니다. 그렇지만 명령이 잘된 건지 잘못된 건지 어떻게 알아낸단 말입니까…?"

스미르초가 한숨을 내쉬며 항변했다.

해묵은 감정

스미르초, 비지오, 브루스코 그리고 룬고를 이끌고 뻬뽀네가 갑작스럽게 돈 까밀로 앞에 모습을 나타냈다. 그들은 누군가를 응징하겠다는 비장한 분위기를 풍기고 있었다. 돈 까밀로는 순간 팔게토를 떠올렸다. 그는 로키의 딸과 결혼하기 위해 얼마 전에 공산당을 탈당한 자였다.

"그 문제를 나한테 따지러 오다니, 정신 나간 놈들 아닌가."

돈 까밀로는 혼자 중얼거렸다.

그런데 이 과격파 행동대는 팔게토에 대해서는 조금도 관심을 보이지 않았다.

"지금부터 하는 이야기는 하느님이나 다른 모든 정치적인 문제와는 전혀 상관없는 거요."

막 급경사 길을 달려온 빼뽀네는 증기기관차처럼 숨을 헐떡이며 말했다.

"이건 마을의 명예가 걸린 문제요. 난 읍장으로서 그리고 읍민의 한 사람으로서 이야기하겠소."

돈 까밀로는 양팔을 벌리며 말했다.

"말씀하게나, 읍장 동무. 신부 동무는 경청하겠네."

돈 까밀로가 앉아있는 탁자 앞에 빼뽀네가 자리를 잡았다.

함께 온 부하들은 빼뽀네의 뒤에 다리를 척 벌리고 팔짱을 낀 채 서 있었다.

"이에는 이, 눈에는 눈인 법이오!"

빼뽀네가 엄숙한 목소리로 말했다.

"역사적 인과관계만이 아니라, 지형적인 인과관계까지! 그걸로도 부족하다면…."

"거기까지만 하게."

지형적인 인과관계라는 말에 평정심을 되찾은 돈 까밀로가 빼뽀네의 일장연설을 중지시켰다.

"일단 무슨 일인지 설명부터 해보게나."

빼뽀네는 하늘을 향해 분노와 조롱의 미소를 지었다.

"그러고도 사람들을 다스리기를 기대하고 계십니까, 주님의 집에서 50미터 떨어진 곳에서 무슨 일이 생기는지도 모르시다니요."

삐뽀네가 허공에 대고 소리치자, 스미르초도 아주 건방진 태도로 거들었다.

"그분은 아직도 중세식의 고리타분한 생각에 빠져서 자기 집 일에만 신경을 쓰느라 그런 겁니다. 인민들은 죽으라 고생하는 걸 모르시는 게지요."

돈 까밀로는 스미르초를 올려다보았다.

"주님을 욕되게 하지 말게."

"내 말이 잘못됐습니까? 대체 그분이 제대로 하시는 일이 뭡니까?"

스미르초가 따지고 들자, 삐뽀네가 말싸움을 잘랐다.

"그만둬! 그만둡시다, 신부님. 하느님이 이랬네 저랬네 하는 건 지금 상황에서 별로 도움이 될 것 같지 않소. 지금 우리 발등에 떨어진 불똥은 폰타닐레 마을 놈들의 음모요. 놈들은 지금 우리 읍으로부터 독립하려고 시도하고 있소. 우리에게 읍 소재에 관한 행정적 권한이 있으니, 폰타닐레는 그저 읍에 소속된 마을일 뿐이라는 지형적이고 역사적인 인과관계에 대한 설명을 처음부터 끝까지 적은 성명서를 당장 내야겠소."

며칠 전부터 다시 불거지기 시작한 이 해묵은 감정싸움은 폰타닐레 사람들이 바싸 마을에 대한 경쟁심으로 인해 읍을 반으로 나누려는 데서 비롯되었다. 첫 번째 시도는 1902년에 있었다. 세 개의 마을을 하나로 묶어 읍을 새로 건설하자는 협정이 사람들 사이에 맺어졌다. 그리고 쉬쉬하며 돈을 모아, 광장에다 회랑, 큰 계단, 시계탑과 수많은 문장으로 장식된 근사한 건물을 지었다. 읍사무소로 쓰기 위해서였다. 그러자 읍사무소에서는 경찰을 투입해 몇몇 사람들을 감옥에다 처박아 버렸다. 건물은 남았지만 신경 쓸만한 사람이 하나도 남지 않은 꼴이 되었고, 폰타닐레의 자치 독립 시도는 무위로 돌아갔다. 그 후 1920년에도 유사한 사건이 발생했지만 비슷한 양상으로 마무리되었다. 그런데 지금 해묵은 감정이 세 번째로 다시 터져나오려고 꿈틀대는 것이다.

돈 까밀로는 신중하게 물었다.

"대화는 시도해 보았나?"

"그들과 대화를? 그 겁쟁이 놈들에게 할 수 있는 말은 '갈 데까지 가보자' 고 했을 뿐이오."

"그런 식으로 저들을 상대한다면 담판 짓기가 어려워 보이는군."

돈 까밀로의 지적에 뻬뽀네가 열을 올려가며 대답했다.

"우리는 완벽하게 민주적으로 행동하고 있소. 역사적이고 지형적인 인과관계를 명확히 밝히는 성명서를 내고 그들이 잘 이해하지 못한다면…."

뻬뽀네가 잠시 숨을 고르는 사이, 그들 중에서 가장 진지하고 논리적인 비지오가 희미한 목소리로 말했다.

"만일 이해하지 못하면 밟아버립시다, 대장!"

비지오가 그렇게 말할 정도라면 이 사건은 이미 갈 데까지

간 상황임에 분명한 일이었다. 돈 까밀로는 그들을 진정시킬 필요를 느꼈다.

"만일 그들이 떨어져 나가기를 원한다면 분리해서 자치를 하는 거지. 그게 무슨 상관이 있다고 이 난리들인가?"

빼뽀네가 소리쳤다.

"그것은 인민의 권리에 대한 중대한 침해요! 우리 마을이 읍이면 됐지! 읍에서 폰타닐레 마을과 로케타 거리 너머 세 마을을 떼어내면 뭐가 남소? 읍이 우리만의 소유요? 고향이 어찌되든 상관없단 말이오?"

돈 까밀로는 한숨을 쉬었다.

"자넨 어째서 일이 잘못될 거라고 단정부터 해버리나? 중앙 정부는 폰타닐레의 독립을 계속 거부해 오지 않았나? 지금도 마찬가지야. 실질적으로 변한 건 아무것도 없잖나."

빼뽀네는 탁자를 주먹으로 치며 벌떡 일어섰다.

"그건 신부님의 생각일 뿐이오! 이건 정치 문제란 말이오. 힘싸움에서 한 번 밀리면 끝장이오. 그러니 새로운 자치지구를 만들자고 사람들을 꼬드기는 그 마을의 반동들을 손봐줄 필요가 있는 거요."

돈 까밀로는 빼뽀네를 바라보며 한탄했다.

"정치에 대해서 아무것도 모르는 신부가 무슨 말을 할 수 있겠나?"

스미르초가 한 발짝 앞으로 나서서 돈 까밀로에게 삿대질하며 또렷한 목소리로 말했다.

"미국의 앞잡이!"

돈 까밀로가 어깨를 으쓱하며 물었다.

"그럼 내가 어쩌길 바라나?"

뻬뽀네의 목소리는 잔뜩 격앙되어 있었다.

"먼저 역사적, 지형적 그리고 경제적 이유를 담은 성명서가 필요하오."

"어떻게 써야 좋겠나?"

"알아서 준비하시오! 신학교에서는 그런 건 안 가르쳐 주고 그저 미국에 대해 선전만 합디까? 두고 보시오. 그놈들이 우리 읍을 망치려는 행동을 그만두지 않으면 비밀결사대가 나설 테니! 그들이 단념하지 않으면 우리는 반드시 인민의 이름으로 응징할 거요!"

"그저 주님께서 원하시는 바대로 이루어지길 바라네."

"흥, 이건 그 양반이 개입할 문제가 아니오. 그리고 비밀결사대 건에 대해서는 내가 알아서 하겠소."

폰타닐레 마을이 새로운 읍으로 분리되기를 포기하는 게 나은 이유를 알리는 성명서를 작성하며 돈 까밀로는 저녁 시간을 보냈다. 이해가 서로 다른 사람들을 만족시키면서 아무도 자극하지 않도록 작성하는 것은 정말 쉽지 않은 일이었다. 성명서는 한밤중에 륜고가 이끄는 젊은 행동대원들의 손에 의해 폰타닐레 곳곳에 붙여졌다.

정오 무렵 빼뽀네는 폰타닐레에서 보내온 작은 상자 하나를 받았다. 그 상자를 열자 밤중에 붙인 성명서 하나가 들어있는 게 아닌가. 성명서 안에는 아주 더러운 것이 들어 있었다.

빼뽀네는 종이를 말아들고 사제관으로 달려갔다. 그는 돈 까밀로 앞에 종이 뭉치를 내려놓고 조심스레 펼치며 말했다.

"보시요. 이게 폰타닐레의 답장이오."

"내게 보낸 거로군. 성명서는 내가 썼으니까 말이야. 여기 두고 자네는 더 이상 신경 쓰지 말게나."

돈 까밀로의 말에도 불구하고 그는 고개를 흔들며 더럽혀진 성명서를 조심스레 집어 들고는 말없이 돌아섰다. 빼뽀네는 문가에 이르자 돈 까밀로를 돌아보며 말했다.

"곧 일거리가 많아질 거요, 신부 동무."

돈 까밀로는 아무런 대꾸도 하지 못한 채 가만히 서 있을 뿐이었다.

빼뽀네가 돌아간 뒤 돈 까밀로는 제대 위의 예수님에게 물었다.

"싸움은 할 만큼 하지 않았나요? 정치가 마음속의 미움을 없애기에 충분하지 않은 걸까요?"

"사람의 마음 안에는 새로운 증오를 위한 자리가 항상 준비되어 있단다."

예수님이 한숨을 내쉬며 대답하셨다.

세상에서 가장 아름다운 것

그날 아침 빼뽀네가 침대에서 튀어나온 시간은 새벽 4시였다. 그는 못을 단단히 박아넣듯 머릿속에 일찍 일어나야 한다는 생각을 꼭꼭 담아놓고 잠이 들었기 때문에, 평소처럼 자명종을 맞추어놓을 필요가 없었다.

어제 자정쯤, 일을 마치고 귀가하려는 빼뽀네에게 광장 근처 필로티의 집에서 열린 기독교민주당 패거리들의 비밀 회합이 막 끝났다는 소식이 날아왔다. 잠복해 있던 소식통은 덩치 큰 성직자가 좌중을 향해 큰 소리로 '내일 다시 웃읍시다!' 라고 말했다고 전했다.

'무슨 음모가 있는 걸까?'

빼뽀네는 아무리 궁리를 해봐도 이 의문스런 질문에 대한 답이 떠오르지 않았다. 그가 할 수 있는 일이라곤 그저 동이 트기 전에 일어날 수 있도록 바로 잠자리에 드는 것뿐이었다.

새벽 4시 15분, 빼뽀네는 집에서 나와 개미 한 마리 보이지 않는 썰렁한 거리를 돌아보기 시작했다.

겉으로 보기에 수상한 점은 하나도 없었다. 선전 벽보는 전날 저녁과 같이 붙어 있었고 현수막과 대형 게시판도 아무런 문제가 없어보였다.

빼뽀네는 한편으로는 안도하면서도, 다른 한편으로는 의구심을 떨칠 수 없었다. 벽보를 이용한 선전 공격이 아니라면 과연 돈 까밀로를 비롯한 기독교민주당 패거리와 무엇을 작당한 것일까?

어쩌면 신문을 이용한 공격일지도 모른다는 걱정에 사로잡힌 빼뽀네는 편안히 앉아 신문이 도착하기만을 손 놓고 기다릴 수가 없었다.

그는 깊은 상념에 잠긴 채 광장을 가로질러 인민의 집을 향해 달려갔다. 빼뽀네는 인민의 집 문을 열기 위해 열쇠를 꺼내려다 깜짝 놀라 뒤로 자빠질 뻔했다.

대문 앞마당에 단단히 여며진 큰 보따리가 있었다. 빼뽀네가 가장 먼저 떠올린 생각은 '그놈들이 폭탄테러를?' 이었다. 얼마 지나지 않아 빼뽀네의 짐작은 틀렸음이 드러났다. 그 보따리에서 작은 손 하나가 삐져나와 꼼지락거리는 게 아닌가.

삐뽀네는 의심을 버리지 못하고, 가능한 한 멀찍이 떨어져서 손을 뻗어 검은 누더기 자락을 살짝 걷어 올렸다. 그가 이제까지 본 중에 가장 예쁜 아기가 강보에 싸여있었다. 아기는 마치 날개 없는 천사와도 같이 사랑스러웠다. 아기의 옷깃에는 종이 쪽지 하나가 핀으로 꽂혀 있었고 그 쪽지에는 급히 흘려 쓴 글씨로 다음과 같이 적혀 있었다.

만약 당신네 당이 진정으로 가난한 사람을 위한 당이라면 우리 아기를 잘 돌보아 주시기를 부탁합니다. 이 아기는 세상에서 가장 가난한 아기입니다. 심지어 이름조차 갖고 있지 못하니까요. 눈물을 흘리며 이 아기를 당신들에게 맡깁니다.

– 한 불쌍한 어미가

삐뽀네는 도무지 눈앞의 일이 믿기지 않아 쪽지를 읽고 또 읽었다. 그는 한동안 멍한 채로 서 있다가 갑자기 커다란 탄성을 터뜨렸다.

그 서슬에 놀란 사람들이 잠옷 차림에 졸린 눈으로 사방에서 몰려들었다. 몰려든 사람들은 죄다 그 쪽지를 읽고서는 어안이 벙벙해졌다.

"요즘 시대에 이런 일이 생기다니! 지금이 중세도 아니고…."

삐뽀네가 외쳤다.

"대장, 다른 게 하나 있습니다. 중세에는 교회 계단에 아이들이 버려졌으니까요."

그 자리에 막 도착한 스미르초가 말했다.

삐뽀네는 몸을 돌려 난처한 표정으로 그를 바라보았다.

"말하고 싶은 게 뭐야?"

"그건 말이죠, 시대가 많이 바뀌었다는 겁니다."

스미르초가 설명했다.

"아이를 버릴 수밖에 없는 불쌍한 미혼모들이 더 이상 성직자를 신뢰하지 않는다는 점입니다. 예전에는…."

삐뽀네는 그가 말을 끝내기도 전에 멱살을 움켜쥐며 거칠게 명령했다.

"아기를 데리고 안으로 들어와!"

스미르초는 바구니를 들고 삐뽀네의 뒤를 따랐다.

"대장!"

삐뽀네의 개인 집무실에 들어서자 스미르초가 더듬거리며 물었다.

"왜 그러십니까? 제가 뭘 잘못 말했나요?"

"이봐, 스미르초!"

삐뽀네가 희희낙락한 목소리로 말했다.

"내가 부르는 대로 종이에다 받아 적어라. 어서! 인민이 우리 손을 들어준 날이다, 오늘은."

급히 불려 온 룬고의 아내가 아이를 돌보았고, 스미르초는 종이와 연필을 들고 받아적기 시작했다. 그걸 다 받아적는 데 1

시간 정도가 걸렸다.

빼뽀네는 글을 주욱 읽기 시작했다.

알림

읍민 여러분!

오늘 아침, 어둠을 틈타 불행한 어머니가 놓고 간 아기를 주세페 보타지 동무가 인민의 집 앞에서 발견했습니다. 버려진 아기의 옷에 달려있던 쪽지에는 다음과 같은 글이 적혀 있었습니다.

만약 당신네 당이 진정으로 가난한 사람을 위한 당이라면 우리 아기를 잘 돌보아 주시기를 부탁합니다. 이 아기는 세상에서 가장 가난한 아기입니다. 심지어 이름조차 갖고 있지 못하니까요. 눈물을 흘리며 이 아기를 당신들에게 맡깁니다.

– 한 불쌍한 어미가

읍민 여러분!

우리는 이 어머니의 비정함을 비난하기에 앞서, 가난한 사람들이 아이를 먹여 살릴 수조차 없는 사회의 불공평함을 고발하고자 합니다.

진짜 죄인은 부자들입니다! 만일 부자들이 인민의 먹을 것을 빼앗지 않는다면 인민들은 빵을 훔치지 않을 것입니다!

갓 태어난 아기를 버리는 행위는 중세 사회에서나 볼 수 있는 사건입니다. 하지만 인민의 의식은 더 이상 중세에 머물러 있지 않습니다. 왜냐하면 교회 앞에 버려지던 아이들이 오늘날, 인민의 집 앞에 버려지고 있기 때문입니다. 이는 인민들의 성직자에 대한 신뢰가 바닥났고 모든 사람의 평등한 권리를 주장하는 공산당에 인민들이 희망을 품고 있다는 것을 의미합니다.

읍민 여러분, 버려진 아이의 양육을 기꺼이 받아들이는 우리 당에 단결된 여러분의 지지를 호소합니다.

– 이탈리아 공산당 바싸 지부

빼뽀네는 공고문을 두세 차례 다시 읽으며 글을 다듬었다. 그러고 나서 스미르초를 바르키니에게 보내 500장의 벽보를 인쇄하도록 시켰다.

선전 벽보는 인쇄가 끝나자마자 마을 곳곳에 나붙었다.

벽보를 본 경찰서장이 빼뽀네를 찾아가면서부터 일은 점차 복잡한 양상을 보이기 시작했다.

"읍장님, 공산당에서 붙인 벽보의 내용이 사실입니까?"

"서장, 내가 허튼 얘기나 지어낼 한가한 사람으로 보이시오? 아기는 내가 직접 발견했소."

"왜 신고하지 않으셨습니까?"

빼뽀네는 어이없다는 듯 그를 쏘아보았다.

"벽보로 신고된 셈 아니오?"

"읍장님을 의심하는 건 아닙니다. 하지만 저희에게도 따라야 하는 절차가 있습니다. 신고를 받으면 저희가 조서를 작성해야 하지요. 아이를 버리는 건 범죄 행위니까요. 그 갓난아기가 그 쪽지를 남긴 여자의 아기라는 걸 증명할 수가 있습니까? 그 아기가 유괴당한 후 버려진 거라면 어떻게 하시겠습니까?"

따지고 드는 서장에게 뻬뽀네는 결국 정식으로 신고하고, 조서 작성을 협조할 수밖에 없었다.

"아기는 지금 어디 있습니까?"

마지막으로 서장이 물었다.

"자기 집에 있소."

뻬뽀네가 자부심에 가득 찬 목소리로 대답했다.

"인민의 집 말이오."

"누가 거기에 맡겼죠?"

"공산당이오. 아이는 우리가 입양할 예정이오."

"정당은 아기의 입양과 양육에 관여할 수 없습니다. 아이는 정부공인기관에 위탁되어야 하니까요. 임시로 읍장님을 아기의 개인적인 보호자로 인정하겠습니다만, 내일 아침 공인기관의 통보를 받는 대로 아기를 담당자에게 넘기시기 바랍니다."

뻬뽀네는 우울한 표정으로 서장을 바라보았다.

"그렇게는 못하겠소. 필요하다면 내가 아기를 개인적으로 입양하겠소."

경찰서장은 안 된다는 듯이 고개를 가로저었다.

"읍장님이 정이 많으신 분이라는 건 저도 잘 알고 있습니다.

하지만 이 사건에 대한 모든 조사가 끝날 때까지는 그것도 허용되지 않습니다."

"사건 조사를 하는 동안 아기는 나와 내 아내가 보살피겠소. 우리 부부는 애들을 넷이나 키운 경험도 있고, 나 개인적으로는 넷 다 잘 키웠다고 자부하오. 믿어주시오. 읍장의 명예를 걸고 아기를 잘 돌볼 테니까."

서장은 더 이상 반론을 제기하지 못했다.

"아기를 직접 봐두어야 할 테니, 같이 갑시다."

서장이 웅얼거리는 목소리로 말했다.

"번거롭게 그럴 필요 없소. 아기를 이리 데려오라 하겠소."

잠시 후 룬고의 아내가 아기를 팔에 안고 나타났다. 서장은 탄식했다.

"이렇게 귀여울 수가! 이렇게 예쁜 아기를 어떻게 버릴 수 있었는지 도무지 모르겠군!"

이를 지켜보던 뻬뽀네가 한숨을 쉬며 말했다.

"예쁜 아기라도 저절로 크지는 못하는 법이라오."

*

서장은 또 다른 사건에 시달려야 했다. 그날 저녁, 마을에서 3킬로미터 떨어진 토리첼라 근처 기찻길에서 가엾은 한 여인의 시신이 발견되었기 때문이다.

그녀의 가방 안에서 신분증과 편지가 발견되었다. 편지는 다음과 같은 말로 시작되었다.

'저는 세상에 아무도 없는 혈혈단신으로 사랑하던 남자로부터 배신당하고 버려진 기구한 운명의 여자입니다….'

신분증으로 신원이 밝혀졌기 때문에, 서장은 그녀가 살던 도시의 경찰에게 사실관계 확인을 위한 질문서를 보냈다.

그러자 곧 답장이 와서 그녀가 일가친척 하나 없는 외톨이이고, 아기는 그녀의 아들이 틀림없다는 사실을 확인할 수 있었다.

서장은 뻬뽀네에게 이 소식을 전했다.

"이제 입양 절차를 밟으셔도 좋습니다. 하지만 생각이 바뀌셨다면…."

"난 이랬다저랬다 하는 사람이 아니오, 서장 동무."

아기는 정말 예술품만큼이나 곱고 사랑스러웠다. 한번 보기만 하면 모두 아기의 귀여움에 푹 빠져버렸다. 비치와 그의 아내는 아기를 보고 홀딱 반했다.

비치 부부는 굉장한 부자였고 그들의 인생은 한 가지만 제외하고는 완벽했다. 그 한 가지는 바로 아이였다. 부부는 아이를 입양해야 할지도 모른다고 생각했었지만 차마 실행에 옮기지는 못했다.

버려진 아기를 처음 보았을 때 마침내 그들은 말했다.

"주님께서 점지해주신 아이야! 세상에 일가붙이 하나 없는 외톨이라니. 우리 아이가 틀림없어!"

그래서 그들은 돈 까밀로를 찾아가 뻬뽀네를 설득해 달라고 졸랐다.

"신부님이 도와주셔야만 해요. 다른 사람이라면 모르지만, 신부님 말씀은 듣잖아요."

돈 까밀로는 서장과 함께 뻬뽀네의 집을 찾아갔다.

뻬뽀네는 거만하게 그들을 맞이하며 물었다.

"정치에 관계된 문제로 온 거요?"

"아닐세, 좀 더 중요한 일이야. 아이에 대한 얘길세."

돈 까밀로의 입을 통해 비치 부부의 얘기를 듣고 난 뒤, 뻬뽀네는 한 마디로 '안 된다' 고 딱 잘라 말했다.

"그 불행한 여자가 기차에 몸을 던지기 전에 쓴 편지를 가지고 있소. 소인을 보니 토리첼라에서 부쳤더군. 서장님이 가방 안에서 찾아낸 것과 똑같은 편지요. 수신인은 다르지만 내용은 똑같소."

"읍장님한테만 개인적으로 편지를 보냈단 말입니까? 혹시 그녀를 개인적으로 알고 있었던 건 아닙니까?"

"아니, 편지는 '인민의 집' 앞으로 보내졌소. 인민의 집 대장은 나니까, 결국 편지는 내게 개인적으로 보내진 거나 다름없다고 보오만."

서장은 믿기지 않는다는 듯, 어색한 미소를 지었다.

"그녀가 인민의 집 앞으로 편지를 보내고 그 앞에 아기를 두고 갔다는 걸 십분 인정한다고 합시다. 하지만 경찰 앞으로 쓴, 가방 안에 들어있던 편지와 같은 내용이란 걸 어떻게 알 수 있습니까?"

"간단하지. 내게 보낸 편지에 '내용이 같은 편지를 경찰 앞으로도 남겼어요.' 라고 쓰여 있었거든."

뻬뽀네는 타이핑된 종이쪽지를 주머니에서 꺼냈다.

"원본과 똑같은 내용이오."

인민의 집 관계자께

저는 세상에 아무도 없는 혈혈단신으로 사랑하던 남자로부터 배신당하고 버려진 기구한 운명을 가진 여자입니다. 나를 배신한 남자는 부자이긴 하지만 이기적이고 부정한 사람입니다. 나는 죽기 전에 부자들의 이기심과 부정직함에 맞서 싸우는 이들에게 내 아들을 맡기고자 합니다. 내 아들을 부자의 적으로 키워주시기를 바랍니다. 이것은 복수심 때문이 아니라 아들이 정의롭게 자라기를 바라기 때문입니다.

서장은 뭐라고 대답해야 좋을지 몰랐다.

"이미 그 편지는 윗분들에게 넘겼습니다. 윗분들만이 답변할 수 있는 문제 같군요."

"서장. 난 아이 엄마가 자필로 쓰고 서명한, '인민의 집' 앞으로 보낸 편지를 가지고 있소. 하려고만 든다면 그 편지를 가지고 선거운동을 연출하는 걸 막을 수는 없을 거요. 하지만 내가 그 아이를 선거운동에 이용하면 천벌을 받게 될 거라고 생각합니다. 서장 동무의 생각은 어떻소?"

"그건 하느님만이 아실 일이죠. 이제 제 일은 다 끝난 것 같군요."

서장은 떠났고 돈 까밀로와 뻬뽀네는 잠시 말없이 앉아 있었다. 드디어 뻬뽀네가 입을 열었다.

"신부님, 당신 머리통을 망치로 후려갈겨도 될 충분한 권리가 내게 있음을 이제 아시겠소?"

"아니, 자네에겐 그런 권리가 없네. 오직 주님만이 인간의 목숨을 거두어 가시는 권한을 행사하실 수가 있는 거야."

"좋소, 그렇지만 그분에게는 적어도 이렇게 촐랑거리며 아무 일에나 끼어드는 본당 신부에게 뜨거운 맛을 보여주실 의무가 있는 것 아니오?"

"주님께 의무를 부과할 수 있는 이는 없네. 그분께서는 권능만을 가지시지. 주님 앞에 선 우리 인간이 의무를 가지고 있을 뿐이야."

"좋소!"

뻬뽀네가 소리쳤다.

"신부님 말대로 하면, 이기적이고 부정직한 비치 부부에게 아기를 맡기는 게 하느님이 지금 내게 주신 의무란 말이오?"

"그게 아니면, 아이가 자네처럼 증오심을 마음에 품고 자라도록 해야 하겠나?"

돈 까밀로가 되물었다.

요람은 넓은 식당에 있었다. 그리고 그 요람 안에는 아기가 잠들어 있었다. 돈 까밀로와 뻬뽀네는 아기 곁으로 다가갔다. 그러자 아기가 눈을 뜨고 미소를 지었다.

돈 까밀로가 아이를 달랬다.

"예쁘지, 예쁘지."

뻬뽀네는 이마에 흐르는 땀을 닦으며 편지를 들어 그에게 건넸다.

"애 엄마가 쓴 편지 원본이오."

뻬뽀네가 편지를 보이며 말했다.

"내 말이 맞는지 틀리는지 확인해 보시구려."

"그 편지를 넘기지 말게."

돈 까밀로가 경고했다.

"그걸 내게 주면…. 주님께 맹세코 그걸 갈기갈기 찢어버릴 테니까 말이야."

"마음대로 하슈."

뻬뽀네가 요람 너머로 다시 편지를 내밀었다.

"직접 두 눈으로 봐야 믿을 테지…."

요람에서 튀어나온 작은 손이 편지를 낚아챘다. 뻬뽀네가 손을 급하게 뻗어 막으려고 했지만, 아기는 그 작은 손으로 편지를 조각내 버린 뒤였다.

"예수님…."

돈 까밀로는 눈이 휘둥그레져 말을 잇지 못했다.

그 순간 뻬뽀네의 아내가 들어왔다.

"저 종이를 아기한테 줬어요?"

그녀는 무섭게 화를 내며 소리치기 시작했다.

"먹지를 대고 쓴 거잖아요! 애 입에라도 들어가면 큰일 난단 말예욧!"

그녀는 잘게 찢어진 종잇조각을 모아 난롯불 속에 던지고 아기를 안아 들었다.

"신부님, 우리 예쁜 작품을 보셨어요? 이렇게 귀여운 아기는 처음 보시죠?"

그녀의 눈은 마치 '내가 배 아파 낳은 아이랑 하나도 다르지 않아요.' 라고 말하는 듯했다.

돈 까밀로는 더 이상 뻬뽀네에게 시비를 걸고 싶은 생각이 들지 않았다. 그래서 아주 정중하게 공산당 일가족한테 인사를 한 뒤 길을 나섰다.

"안녕히 계시오, 보타지 부인. 잘 있게나, 보타지 동지. 안녕, 보타지 군."

그러자 보타지 군은 돈 까밀로의 마음에 위로와 희망을 주기라도 하겠다는 듯, 작고 떨리는 소리로 옹알거리기 시작했다.

로마를 향해

시끄러웠던 선거일 이후 빼뽀네는 더 이상 성당에 모습을 보이지 않았다. 다른 당원들도 나타나지 않기는 마찬가지였다. 공산당 동지들은 대장이 하는 일이라면 무엇이든 따라 하니까 말이다. 그래서 돈 까밀로는 자신이 인민의 집으로 찾아가기로 마음먹었다.

빼뽀네는 작업장 문가에 갑작스레 나타난 돈 까밀로의 모습에 깜짝 놀랐지만 재빨리 정신을 추슬렀다.

그가 스미르초에게 물었다.

"저 양반이 누구시더라? 처음 보는 얼굴은 아닌데 말이야."

망가진 공구상자 위에 앉아 신문을 읽던 스미르초는 신문을 접고 돈 까밀로가 맞는지 다가가 확인하고는 다시 상자 위에 털썩 주저 앉으며 심드렁한 목소리로 대답했다.

"광장 뾰족탑 밑에 '가게'를 열고 있는 사람 같은데요."

돈 까밀로는 그 말에 개의치 않고 정중하게 입을 열었다.

"말 좀 묻겠네, 착한 양반. 성당 건너편 광장에 '가게'를 가진 뻬뽀네라는 사람이 여기 사는가?"

돈 까밀로가 인민의 집을 가게에 빗대자 뻬뽀네는 망치로 애꿎은 쇳조각을 마구 두들겨댔다. 하지만 스미르초가 먼저 성당을 가게라 불렀기 때문에 차마 화를 낼 수는 없었다.

"굉장히 오랜만이오, 신부님. 가게는 잘 됩니까?"

"물론일세. 주변 청소를 했더니 더 잘 되는 것 같네."

"그렇다면 공간이 넓어졌을 테니, 괜찮다면 가게를 우리한테 세놓는 건 어떻겠소? 요즘 우리 가게는 몰려드는 사람들을 어디에다 앉혀야 할지도 모를 정도로 붐벼서…."

뻬뽀네가 빈정거렸다.

"이를 어쩐담? 난 별로 그럴 생각이 없는데 말이야. 하느님의 도우심 없이도 자네들이 남겨둔 공간을 아주 잘 채우고 있거든."

돈 까밀로가 미소를 지으며 말을 받았다.

뻬뽀네는 스미르초와 눈을 마주쳤다.

"하느님이라, 그분이 누구시지?"

"글쎄요, 그리 낯선 이름 같진 않은데…. 아, 그래. 우리가 말한 그 가게의 옛날 주인임에 틀림없습니다."

스미르초가 신이 나서 맞장구쳤다.

"그래, 기억난다."

뻬뽀네가 중얼거렸다.

"하얀 수염의 노인네 말이지?"

"예. 근데 지금은 죽었다죠, 아마."

"안됐군, 죽은 줄은 몰랐어. 정말 유감이야. 사람들을 그렇게도 귀찮게 괴롭히던 걸로 봐서는, 질기게 사실 것만 같더니…."

두 사람이 주고받는 대화를 묵묵히 듣던 돈 까밀로는 끓어오르는 화를 참기 위해 머릿속으로 주님의 기도를 드리고 나서 담담한 목소리로 대꾸했다.

"천만에, 주님께서는 아직도 살아계신다네. 성당에서 더 이상 자네들을 보지 못해 마음 아파하시긴 하지만…. 그래도 지금은 마음을 추스르고 꽤 잘 지내신다네."

뻬뽀네가 낄낄거리며 물었다.

"아, 그래요? 요즘은 무얼 하고 지내신답니까?"

"자네들을 기다리시지."

"꽤 오래 기다리셔야 할 텐데…, 좀 송구스럽구만요."

"그분께서는 하나도 바쁘지 않으시다네. 자네들 편한 대로 하게나. 천 년이 지난 뒤에라도 자네들을 기다리시는 마음엔 변함이 없을 거라는 걸, 내 장담하지."

뻬뽀네가 정색하며 받아쳤다.

"그런 말은 교황에게나 가서 하시오."

돈 까밀로가 확신을 하고 말했다.

"교황님에게는 주님께 벌써 말씀해 두셨다네. 자네들을 기다린다고 말이야."

당당한 돈 까밀로의 말에 뻬뽀네는 비위가 뒤틀려서 소리쳤다.

"신부님 강론이 듣고 싶으면 내가 성당으로 가겠소. 여기는 성당이 아니고 인민의 집이라는 점을 잊지 마시오. 난 여기서 강론해 달라고 부탁한 기억이 없소."

그러자 돈 까밀로는 웃음을 터뜨렸다.

"장소가 무슨 상관인가? 게다가 난 강론한 게 아니라네. 자네들이 주님께서 돌아가셨다고 오해하기에, 난 그저 그분께서 살아 계시며 여전히 자네들이 돌아오기를 기다리신다고 대답했을 따름이지."

뻬뽀네는 모루에 망치를 내던지고 돈 까밀로 앞에 척 버티고 서며 물었다.

"우리한테 원하는 게 도대체 뭡니까? 혹시 우리가 다시 성당에 나가길 바라는 게요?"

"뭔가 단단히 오해하고 있군. 다시 말하지만, 난 자네들이 성당에 오지 않아도 주님께서는 항상 자네들을 기다리신다고 말했을 뿐이네."

스미르초가 끼어들었다.

"신부님은 교회가 우리를 파문했다는 걸 벌써 잊으셨나 봅니다그려?"

"그건 별로 중요한 문제가 아닐세. 자네들이 파문됐다고 해서 주님께서 사라지시는 건 아니잖나? 오히려 그분은 당신의 집에서 계속 자네들을 기다리고 계시지. 자네 당의 적인 내가 인민의 집을 드나들 수 있다면, 파문된 이가 성당에 오는 게 무슨 문제가 되겠나. 안 그런가?"

"그만둡시다!"

빼뽀네가 고함쳤다.

"닭이 먼저인지 달걀이 먼저인지, 답이 안 나올 이야기는 그만 둡시다. 하지만 이건 분명히 해두고 싶소. 나는 파문됐으니 더는 성당에 안 갈 거요. 그리고 난 내 가게에서, 신부님은 신부님 가게에서 장사하는 거요. 설교가 필요하면 내가 성당으로 갈 테니까, 대장장이가 필요할 때는 신부님이 인민의 집으로 오시오."

그제야 돈 까밀로가 자신의 용건을 말했다.

"실은 종탑 문에 쓸 맹꽁이자물쇠가 필요하다네."

빼뽀네는 분필 조각을 집어 들고 벽에 적힌 다른 메모들 밑에 '종탑 쇠사슬'이라고 서투르게 썼다. 그리고 다시 망치질을 시작했다.

"준비되는 대로 사제관으로 가져가겠소. 그럼 안녕히 가시오."

"고맙네. 그런데 자네, 아직도 그 큰 트럭을 가지고 있나?"

"그렇소."

"여전히 개인 사업으로 사람과 물건을 실어 나르나?"

"…."

"20명을 로마에 데려다주는 데 얼마면 되겠나?"

뻬뽀네의 운송 사업은 상황이 그다지 좋은 편은 못되어서, 여섯 달째 손님이 한 명도 없었다. 그런 상황에서 뻬뽀네가 돈 까밀로의 제안에 끌리는 건 당연한 일이었다.

뻬뽀네는 유혹에 저항하듯 이를 악물며 질문했다.

"누가 타고 갈 거요?"

돈 까밀로가 대답했다.

"성년*을 기념하기 위한 순례단이 타고 갈 걸세."

"그거라면 좀 곤란한데. 나는 당의 정신에 반대되는 일을 할 수는 없소."

뻬뽀네는 다시 망치로 쇳조각을 두들기며 목소리를 높였지만 거기에는 확신이 담겨 있지 않았다.

돈 까밀로가 그의 기색을 살피며 물었다.

"거참, 이상하군. 작년에 많은 신부들과 함께 로마에 갈 때는 기관사부터 차장까지 기차 안에 온통 공산당들로 채워져 있어도 아무런 문제가 없었는데. 자네 당에는 올해부터 새로운 규칙이라도 생겼나?"

뻬뽀네는 스미르초 쪽을 흘끗 바라보았다. 스미르초는 나더

* 가톨릭에서 특별히 기념하는 해.

러 묻지 말라는 듯 어깨를 으쓱할 뿐이었다.

돈 까밀로가 말했다.

"듣기로 도시에서는 공산당 소속 의사의 치료를 받는 신부들도 있다던데? 대체 뭐가 문젠지 통 이해가 안 되는구먼."

뻬뽀네는 입을 굳게 다물고 묵묵히 망치질을 하다가 갑자기 뭔가 생각났다는 듯이 물었다.

"순례단을 로마로 데려가서 테베레 강에 처넣기라도 하는 거요? 그런 일이라면 얼마든지 공짜로 해 줄 수도 있소. 하지만 무사히 돌아오는 것까지 원한다면 내게도 생각할 시간이 필요하오."

"왕복이라네. 어쨌든 천천히 생각해 보게나."

"자물쇠 보낼 때 답해 드리겠소."

뻬뽀네가 이렇게 결론을 내리자 돈 까밀로는 인민의 집을 나섰다, 뻬뽀네가 중얼거렸다.

"아무래도 속이 시꺼먼 신부의 꿍꿍이가 숨어있는 것 같은데."

스미르초가 맞장구쳤다.

"경계는 당 운동의 첫 번째 항목이지요. 그래도 대장이 가겠다면 나도 따라갈 겁니다. 혼자보다 둘이서 경계하는 게 더 낫겠지요?"

로마에 가본 적이 없는 뻬뽀네는 부푼 기대감에 잔뜩 흥분한 채로 아내에게 달려가 자초지종을 설명했다.

"음모가 있건 없건, 나도 따라갈래요."

뻬뽀네의 아내도 흥분을 감추지 못하고 말했다.

뻬뽀네는 차고로 가 트럭 주변을 돌아다니며 어루만지기 시작했다. 차는 얼마 전에 새로 페인트칠을 해서 그런지 제법 보기 좋은 광택이 났다. 그는 운전석에 올라 핸들을 잡았다.

그때 차 아래쪽에서 스미르초가 기어나와 신경이 쓰인다는 듯 머리를 벅벅 긁어대며 그를 바라보았다. 뻬뽀네는 그런 스미르초를 향해 고함쳤다.

"그런 얼굴 좀 하지 마! 로마에 가고 안 가고는 트럭의 주인인 내가 결정할 테니까!"

"대장은 틀리는 법이 없잖아요. 대장 맘대로 하세요."

스미르초가 말했다.

그렇게 운전석에 앉아, 뻬뽀네는 로마로 향하는 행진을 상상하기 시작했다. 그의 얼굴에는 깊은 만족감이 배어 있었다. 설사 스탈린이 찾아와 반대한다 할지라도 로마여행은 절대로 그만둘 수 없다는 듯이….

크렘린의 유령

타보니는 평생 중심가에 집 한 채를 지으려는 희망을 갖고 살아온 사람이다. 그러나 그가 집을 지을 만한 경제력을 갖추었을 즈음에는 중심가에 광장 말고는 더 이상 새집이 들어설 공간이 남아 있지 않았다. 그러나 타보니는 어떻게든 중심가로 들어가겠다는 꿈을 끝까지 포기하지 않았고, 결국 아주 기발한 방법을 찾아내고 말았다.

'버려져 있는 낡은 성당을 철거하고 거기다 새집을 짓자.'

일단 결정을 내리고 난 타보니의 행동은 신속하고 거침이 없었다. 우선 건물 철거 비용을 대기로 하고 싼값에 토지를 매입한 다음, 명의이전이 끝나자마자 바로 성당을 철거하기 시작했다. 긴 세월 동안 쥐와 바퀴벌레의 안식처가 되어준 성당은 타보니의 손에 의해 자신의 수명을 다해 가고 있었다.

물론 마을 사람들이 그 건물을 50년 동안이나 철거하지 않고 그저 지켜보기만 한 것도 나름대로의 이유가 없는 것은 아니었다. 사람들은 성당 터가 지반이 약해 건물을 새로 짓는 게 무리라고 오랫동안 여겨왔고 철거비용과 그로 인해 감수해야 할 통행인들의 불편도 적지 않은 문제였다. 그런 어려움은 단호하고도 확고한 타보니의 결심 앞에 장애물이 되지는 못했다.

막상 철거가 진행되자, 사람들은 그가 알짜배기 땅을 싼값에 챙겼다고 불평하기 시작했다.

시샘이 난 몇몇이 거래를 취소하게 만들 심산으로, 정신 나간 거래라거나 '타보니는 멍청이' 라는 소문을 퍼뜨리기도 했지만 그의 결심은 요지부동이었다.

타보니는 건물을 철거한 뒤에도 지반공사를 위해 계속 땅을 파 내려갔고 시간이 지남에 따라 모든 근거 없는 풍문들이 그렇듯, 타보니의 집터에 얽힌 소문도 그렇게 수그러드는 것 같았다.

*

"시체다! 성당 터 아래서 뼈와 두개골이 가득한 거대한 무덤이 발견되었다."

어떤 사람은 산더미 같은 뼈와 두개골이 나왔다고 주장했고, 다른 사람은 구체적인 수치를 거론하며 무려 10톤 분량의 뼈 무더기가 발굴되었다고 떠들어댔다. 게다가 아주 고약한 사람 하나는 한술 더 떠 지방 신문에 '고대 무덤이 발견되었다'는 제하의 독자투고를 하기도 했다.

그 투고기사는 이렇게 끝을 맺었다.

'마을의 소식통에 따르면 소름 끼치는 유골을 발견한 타보니는 그곳이 오래된 묘지라는 것을 안 뒤로, 더 이상 건축을 진행할 수 없다고 말했다.'

뼈 몇 조각이 발견되어 바로 이장된 것이 사실의 전부였는데도 말이다. 이렇듯 시기심은 종종 악랄한 증상으로 변하기도 한다.

타보니는 기도 안 찼지만, 소문에 발끈하는 일 없이 그저 집 짓는 일에 몰두했다. 그는 계속 땅을 파 내려가다 단단한 층에 이르자 콘크리트로 옹벽을 치고 강가에서 가져온 조약돌과 자갈을 지면과 같은 높이까지 채워넣었다. 그리고 그 위에 두 뼘 정도 두께로 시멘트를 발라 봉했다.

사람들은 그 모습을 보고 비웃으며 말했다.

"죽은 사람들이 무서워서 지하 창고는 안 만들었나 보지?"

타보니는 죽은 사람의 저주도, 산 사람의 시기도 겁내지 않았다. 그 덕분에 집은 순식간에 뚝딱뚝딱 지어졌다. 이는 타보니가 새집에 들어갈 날만을 학수고대하며 일을 서두르고 있다는 뜻이었다. 공사를 모두 마치고 최종적으로 벽에 바른 페인트가 마르던 날, 타보니는 조용히 이사했다.

사람들이 그의 이사를 두고 분별없는 짓이라고 수군대기도 했지만 타보니는 자신의 성취에 기쁨을 느끼고 있었다. 그는 중심가에 새집을 가진 자신이 마치 새로 태어난 사람처럼 느껴진다고 공공연히 떠들고 다님으로써 시샘하던 사람들을 모두 배 아프게 했다.

타보니의 적들이 목빠지게 기다리던 복수의 날은 의외로 빨리 왔다. 언제부터인지 모르게 타보니의 집에 으스스한 일들이 생긴다는 소문이 돌기 시작한 것이다.

이런 종류의 괴담은 그 특성상 그 진원지를 찾기도 어려울뿐더러, 내용의 정확성을 확인하기란 불가능에 가깝다.

내막이야 어떻든 마을은 즉시 뜨겁게 달아올랐고, 사람들은 두 패로 갈렸다. 괴담을 믿는 쪽과 믿지 않는 쪽으로….

믿는 쪽에서는 이렇게 말했다.

"그런 일이 생길 줄 알았어. 그러게 죽은 사람의 뼈가 나온 터에다 집을 짓는 게 아니야. 죽은 이들은 평화롭게 내버려 두어야 하거든."

믿지 않는 쪽에서는 이렇게 일축했다.

"바보 같은 헛소리야. 옛날이야기를 너무 많이 들었군?"

그러나 믿는 사람, 믿지 않는 사람을 막론하고 현관문이 한밤중에 벌컥 열리는 것을 봤다거나 전등이 저 혼자 깜빡대는 걸 발견했다거나 안에서 흘러나오는 으스스한 소리를 들었다는 경우는 하나둘 늘어가고 있었다.

타보니와 그의 아내는 이 모든 소문에도 불구하고 자기네 집에서 벌어지고 있는 수상하고도 야릇한 곡절을 꿈에도 알아채지 못하고 있었다. 그러나 세상에는 선의를 가지고도 타인을 불행에 빠뜨리는 사람이 있게 마련이다.

"참 고약한 사람들 많아요."

어느 날 식료품 가게 주인 잔나가 타보니의 아내에게 말했다.

"누가 조금만 잘 돼도 시기하고 깎아내리려는 사람들 말이에요. 반 시간 전쯤, 누가 또 댁네 유령 얘기를 끄집어내더라니까요, 글쎄. 내가 뭐라고 대답했는지 아세요? '당신 밑이나 제대로 닦고 다녀요.' 라고 했다니까."

"우리 집 유령 얘기요?"

타보니의 아내가 놀란 목소리로 물었다.

"그게 무슨 말이래요? 난 금시초문인데."

"모르셨구나? 부인, 쓸데없는 얘기일 뿐이니까 너무 신경 쓰지 마세요. 부인이 사시는 건물에 대해 이러쿵저러쿵 불만을 가진 사람이 많거든요. 그런 사람들이 퍼뜨리는 소문이에요. 문이 저절로 여닫힌다느니 쇠사슬 끄는 소리가 들린다느니 불이 저절로 나간다느니 하고 말이에요. 집터를 닦을 때 나온 유골 때문이래요. 신경 쓰실 필요 없어요. 저처럼 무시하고 웃어넘기시라니까요. 호호호."

타보니의 아내는 웃어넘길 수가 없었다. 잔뜩 걱정에 사로잡힌 그녀는 남편에게 마을의 풍문을 털어놓았다.

"우리 집에서 귀신이 나온다는 얘기가 온 마을에 떠돌고 있어요."

타보니가 비웃었다.

"멍청이들, 지들 맘대로 떠들라지! 이사 온 이래로 아무런 문제 없이 잘 살았잖아? 샘이 나서 어쩔 줄 모르는 자들이 지어낸 얘기인 게 분명하니, 걱정하지 말아요."

타보니의 호언장담에도 불구하고 아내는 도저히 그 소문을 무시할 수 없었다. 그 일을 계속 마음에 담아두고 있던 그녀는 어느 날 저녁 식사 도중에 갑자기 불이 나가자 찢어지는 비명을 질러댔다. 잠시 후 불은 다시 들어왔지만 그녀는 도무지 마음을 진정시킬 수 없었고 그날 밤, 문이 저절로 닫히는 소리에 결국 발작을 일으키고 말았다.

타보니의 아내는 날이 밝자마자 돈 까밀로를 찾아가 집을 축성해달라고 간청했다. 돈 까밀로가 타보니의 집을 방문한 뒤부터 마을을 떠돌던 소문은 기정사실로 굳어졌다.

이렇게 해서 그 집의 유령은 모든 대화에 빠지지 않는 얘깃거리가 되었다. 소문은 흘러흘러 마침내 인민의 집에까지 당도

했다.

하루의 일과를 마치고 인민의 집에 들어서던 뻬뽀네는 스미르초와 비지오가 소문을 놓고 갑론을박하는 걸 듣게 되었다. 뻬뽀네는 그들을 향해 버럭 화를 냈다.

"낫살 먹은 할망구들이나 지껄일 만한 소리를 여기서 듣게 되다니. 인민의 집 안에서 중세의 무지몽매한 사상적 찌꺼기를 놓고 왈가왈부하는 건 자아비판 감이야!"

스미르초가 더듬더듬 항변했다.

"대장, 그게 말이죠. 그저 사람들이 그렇게 말하고 다닌다는 얘기를 전한 것뿐이에요."

"그런 멍청한 소문에 대해 입을 놀리는 것도 잘못이야!"

뻬뽀네가 단정 짓듯 말했다.

"앞으로 그 소문을 듣게 되면 그건 멍청한 옛날이야기일 뿐이라고 설득하도록 해. 공산당 동지들의 으뜸가는 임무는 인민을 정신적으로 성장시키는 거 아니겠어. 신부의 말이나 기적 같은 미신을 떨쳐버리고 독립적인 존재로 우뚝 설 수 있도록 그들을 해방시키는 게 우리의 임무란 말이야. 노동자 인민이 계속 유령이나 귀신을 믿는다면 프롤레타리아 혁명은 딴 세상 이야기가 될 수밖에 없으니까."

유령에 대한 몰지각한 태도가 공산당의 처지에서 볼 때 마을의 수치라는 것은 따로 증명할 필요도 없다. 타보니의 집 앞을 지나던 한 노파가 성호를 긋는 모습을 본 뻬뽀네가 씩씩대며 읍장 집무실로 달려가 문을 걸어 잠그고 의미심장한 공고문을 작성한 것만으로도 충분히 증명되었으니까.

알림

읍민 여러분!
어리석게도 못된 농담에서 비롯된, 지난 세기에나 통함직한 무지몽매하고 중세적인 유령 얘기가 마을에 퍼졌습니다. 이는 사회적 퇴보를 드러내는 것으로 도덕적 체면을 훼손하고, 물질적으로도 큰 손해이며 인접 마을로부터는 비웃음을 살 만한 일입니다. 따라서 이 마을에 살면서 괴상한 소문을 계속 퍼뜨리고 다니는 소수의 무지한 사람을 설득해 주시기를 읍민 여러분께 호소합니다. 옛날에 종탑을 옮기겠다고 발바닥을 찔려가면서 발밑에 짚을 산처럼 쌓아올린 피올로라는 바보가 있었습니다. 그는 짚 때문에 미끄러지자 종이 움직이는 걸로 알았답니다. 이런 바보 같은 농담의 희생자가 되지 않도록 합시다. 더 이상의 유감스런 일이 계속되지 않도록 책임감 있게 행동해 주실 것을 요청하는 바입니다.

– 읍장 주세페 보타지

스미르초는 철자법과 띄어쓰기를 몇 군데 손질하고 나서 공고문을 들고 나와 마을 곳곳에 붙였다. 그러나 안타깝게도 공고문이 나붙은 지 두 시간도 지나지 않아, 타보니와 그의 아내가 새로 지은 집을 버리고 전에 살던 낡은 집으로 돌아가 버리는 사태가 일어나고 말았다.

이 사건은 뻬뽀네의 강력한 권고를 휴짓조각으로 만들며 잦아들던 소문에 불을 지폈다. 그리고 초자연적인 신비에 열광하는 사람들은 열을 올려가며 이 소문을 주변 마을로 퍼뜨리기 시작했다.

며칠 후, 타보니는 건물에 '세 놓습니다' 라고 적힌 팻말을 달았다. 하지만 아무도 찾는 사람이 없자 결국 '팝니다' 로 문구를 고쳐놓을 수밖에 없었다.

마을에서 행세 꽤나 하는 사람들에게 그 집은 좋은 돈벌이 기회일지도 몰랐다. 하지만 아무도 그 집에서 살고 싶어 하지 않는데 무슨 수로 돈을 벌겠는가.

주일 아침 미사 시간 뒤, 카페에 갔다가 지주들의 비밀회합을 발견한 뻬뽀네는 한마디 했다.

"타보니의 계약을 무효로 만들려고 쑥덕공론을 하던 사람들이 죄다 모였구먼. 그런데 어찌 된 일인가? 타보니가 집을 헐값에 팔겠다는데도 아무도 나서질 않으니. 이기심보다 더 강한 건 두려움이었나 보군."

그들 중에서 제일 행동이 빠른 필로티가 대답했다.

"담력이 센 읍장님이 사지 그러시오?"

"담력이 센 것과는 상관없어. 돈이 문제지. 난 돈이 없네."

"하지만 당에는 돈이 많을 텐데요? 당에서 사면 되잖소."

"우리 당은 지주들의 당이 아니야. 내다 버릴 돈 따윈 한 푼도 없다고."

"인민의 집을 증축하려고 모아둔 400만 리라가 있잖소. 이런 추세라면 조만간 그 건물은 300만까지 떨어질 거요. 100만이나 절약하게 되는 셈이니 썩 괜찮은 장사 아니오?"

인민의 집을 증축하려는 빼뽀네의 계획을 모르는 사람은 아무도 없었다. 게다가 예산 내역도 낱낱이 공개되어 있었다.

"그 건물은 사무실이나 문서보관소 등으로 사용하기 적합하게 지은 것 같습니다."

필로티가 계속 빈정거렸다.

"공산주의자들이 중세 사람들의 무지몽매함의 산물인 유령을 두려워하는 게 아니라면 마다할 이유가 없는 멋진 조건이지요."

공공연한 도전이었다.

빼뽀네는 이렇게 대답할 수밖에 없었다.

"그거 괜찮군."

사실 정말 괜찮은 생각이었다. 왜냐하면 그 건물의 원래 가격은 600만 리라가 넘었고 건물 구조도 공산당의 본부로 쓰기에 안성맞춤이었기 때문이다. 빼뽀네는 용단을 내려 그 도깨비 집을 인수하기로 결정했다. 대장의 말이라면 화약통을 지고 불

속에 뛰어들라고 해도 따르는 그의 충실한 부하들은 비품을 몽땅 챙겨 그 건물로 옮겨왔다.

이제 타보니의 옛집은 새로운 이름을 얻었다. 크렘린이라는 이름을.

크렘린에 짐이 정리되던 날, 빼뽀네는 저녁 식사를 마친 뒤 부하들을 한 곳에 불러모아 놓고 말했다.

"중요한 서류를 모두 여기로 옮겼어. 적들의 손에 들어가도록 방치해둘 순 없으니까. 돌아가며 당직근무를 서도록 하자. 오늘 밤은 누가 맡겠나?"

서늘한 정적이 흘렀다.

빼뽀네가 투덜대며 스미르초를 지목했다.

"스미르초, 자네가 남아."

"진작 알았더라면 집사람을 시켜 보온병에 커피 좀 담아가지고 오라고 했을 텐데 말입니다."

스미르초가 변명을 늘어놓았다.

"근무 중에 잠들고 싶지 않아서 그래요. 마침 담배도 다 떨어졌고…."

"좋아, 그럼 필요한 물건을 가지러 갔다 와. 내 자네를 기다리지."

스미르초가 집으로 향하자 다른 사람들도 하나둘씩 자리를 떴다. 쥐죽은 듯 조용한 크렘린에 혼자 남은 빼뽀네는 뿌듯한 마음으로 주위를 둘러보았다. 아무리 생각해 봐도 정말 멋진 집이었다. 튼튼하게 잘 지어진 데다 넓고 쾌적했으니…. 당은 꽤 쏠쏠한 장사를 한 셈이었다.

삐뽀네는 두 손을 비비며 말했다.

"하다못해 유령도 쓸 데가 있군!"

그때 종탑의 시계가 밤 11시를 알렸다.

"이 자식, 커피 가지러 가서 죽었나. 왜 이렇게 안 와?"

삐뽀네는 슬슬 화가 나기 시작했다. 그는 짜증도 나고 심심하기도 해서 노래라도 들으려고 라디오를 켰다. 그 순간 위층에서 문이 세게 닫히는 소리가 들려왔다. 누가 창문이라도 열어놓고 나갔나 싶었다. 삐뽀네는 자리에서 일어나 2층으로 통하는 계단으로 다가서는데 전등이 잠시 깜박거리더니 퍽하고 나가버렸다.

다시 쾅하는 소리가 집안에 울려 퍼졌다. 게다가 다락방 쪽에서는 삐걱대는 소리까지 들려 오는 것이 아닌가.

삐뽀네는 주머니를 뒤적여 성냥갑을 꺼냈다. 운 나쁘게도 성냥갑은 텅 비어 있었다. 그는 할 수 없이 벽을 조심스레 더듬으며 계단을 오르기 시작했다. 문 앞에 도착한 삐뽀네는 손을 뻗어 전등 스위치를 올렸다 내리기를 짜증스러울 정도로 반복했지만 아무런 효과가 없었다.

아무래도 전선에 이상이 생긴 모양이었다.

삐뽀네는 칠흑처럼 어두운 방안을 엉거주춤한 걸음으로 가로질러 창문 가로 다가갔다. 갑자기 그의 뒤쪽에서 리볼버의

총성과도 같은 굉음을 내며 문이 닫힘과 동시에 아래층에서도 비명이 들려왔다.

빼뽀네는 순간 오싹한 기분이 들었지만 자기가 잘못 들은 거라고 생각했다. 그러자 비명이 자신의 존재를 확인이라도 시켜주려는 듯 다시 울려 퍼졌다.

'아항, 전기가 다시 들어왔나 보군! 그러니 라디오에서 비명이 난 게지.'

논리적인 설명을 찾아낸 빼뽀네는 전등 스위치로 손을 내밀어 불을 켰다. 그 순간 그는 자신을 쏘아보는 커다란 두 눈에 소스라치게 놀랐다. 그를 노려보던 눈의 주인은 그림 속의 스탈린이었다. 벽에 스탈린의 대형 초상화가 걸려 있었던 것이다.

"쳇, 스탈린 동지 사람 놀래키지 마시오."

빼뽀네는 창문을 꼭 닫아걸어 잠근 뒤, 아래층으로 내려갔다. 심한 비바람이 몰아치는 바깥의 날씨 탓인지 라디오조차 제대로 작동하지 않았다. 할 수 없이 그는 라디오를 끄고 의자에 앉았다.

시계를 보았다. 밤 12시였다. 위층에 올라갔다가 내려오는데 한 시간이나 걸린 것이다. 어떻게 이런 일이? 빼뽀네는 혼란스러웠다. 그때 종탑의 시계가 자정을 알렸다.

2층에서 다시 이상한 소리가 들리기 시작하자, 빼뽀네는 심란한 마음을 감출 수 없어 혼잣말을 했다.

"스미르초, 이 녀석 오기만 해봐라. 단단히 혼내줄 테다."

이상하게도 방안이 자꾸만 덥게 느껴졌다. 어느새 뻬뽀네의 몸은 땀에 흠뻑 젖어버렸다. 창문을 열지 않으면 견딜 수 없을 정도였다. 그가 창가로 다가가 문을 활짝 열려고 손을 뻗었을 때, 다시 불이 나갔다. 이번에는 깜박거리지도 않았다.

뻬뽀네는 어둠 속에서 창문을 열려고 애썼다. 온 힘을 다해 밀었지만 창문은 못이라도 박혀 있는 듯 꿈쩍도 하지 않았다.

삐걱하는 소리와 함께 방문이 열렸다. 정체를 알 수 없는 적이 조금씩 가까이 다가오는 기척이 느껴졌다. 뻬뽀네는 돌처럼 굳은 채, 절망적인 심정으로 서 있었다. 이를 악물고 주먹을 움켜쥐며 몸부림이라도 쳐보려했지만 한번 굳어진 몸은 도무지 움직일 생각을 하지 않았다. 그렇게 버티는 뻬뽀네에게는 1분 1초가 1세기처럼 느껴졌다. 그의 온 신경과 혈관은 바이올린 줄처럼 팽팽하게 당겨졌고, 넘쳐나는 아드레날린에 심장이 터질 것만 같았다. 그렇게 얼마가 지났을까. 뻬뽀네는 차가운 숨결을 목덜미에 느꼈다. 긴장의 끈이 툭 끊어졌다. 그는 무릎을 꿇고 재빨리 성호를 그었다.

그러자 신기하게도 전기가 들어왔다.

방안에는 아무도 남아 있지 않았다. 뻬뽀네는 열리지 않던 창문을 바라보았다. 그것은 미는 창문이 아니라, 잡아당겨서 여는 창문이었다. 벽에 홈을 파고 만든 창틀에 달려있어 밖으로는 열리지 않게 되어 있었던 것이다.

진이 다 빠진 뻬뽀네는 창문을 조금 연 뒤, 의자에 앉아 잠이

들었다. 아침 6시가 다 되어 스미르초가 돌아왔다.

그가 겸연쩍은 웃음을 띠며 물었다.

"대장, 제가 너무 늦었죠?"

"젠장, 일찍도 왔네."

"저로선 이게 최선을 다한 겁니다, 대장."

스미르초는 뒤통수를 긁으며 연신 미안한 기색을 감추지 못했다.

빼뽀네는 크렘린을 나와 집으로 향했다. 비는 멎은 지 오래였다. 미루나무 가지 위에 엷게 걸린 뿌연 물안개 사이로 밝은 태양이 떠오르고 있었다.

빼뽀네는 사제관 앞을 지나며 잠시 생각했다.

'저 악독한 신부가 혹시 어젯밤 일을 알아내기라도 한다면….'

하지만 제아무리 돈 까밀로라도 그런 일까지 알 수는 없었다. 오직 하느님만이 아시고 미소 지으셨을 뿐이다.

뻬뽀네와 필로메나 수녀

뻬뽀네는 최근 아주 재수 없는 상황에 빠져들었다. 이 이상 더 나쁠 수는 없었다. 역설적이게도 모든 문제의 원인은 지난 석 달 동안 놀라울 정도로 그의 사업이 잘 풀려 나갔다는 데 있었다. 일감이 무서울 정도로 늘어나는 것을 보고 신이 난 뻬뽀네가 덜컥 새 트럭을 사들였던 것이다.

그는 트럭의 구입을 위해 몇 년간 애지중지 부어오던 적금을 마지막 한 푼까지 탈탈 털었다. 심지어는 사채까지 끌어다 썼다. 그런데 짭짤한 돈벌이가 되리라 예상했던 사탕무와 토마토 운반 건이 갑자기 취소되는 바람에 눈 깜짝할 사이에 빚더미에 올라앉게 된 것이다.

엎친 데 덮친 격으로, 그의 어린 아들까지 심각한 병에 걸려 버렸다. 하루가 다르게 말라가는 아이 때문에라도 뻬뽀네는 애간장이 바짝바짝 탔다.

그즈음, 하느님은 뻬뽀네를 완전히 내치신 게 틀림없었다.

의사는 아이를 꼼꼼하게 진찰하더니 고개를 저으며 말했다.

"아주 좋지 않습니다. 당장 바닷가로 보내서 요양해야 할 것 같습니다."

뻬뽀네는 인상을 잔뜩 찌푸렸다.

"농담이라고 말해 주시오. 올해는 당에서 어린이 수련회를 산에서 열기로 결정했는데, 바닷가로 가라니."

"제가 병을 가지고 농담하지 않는다는 건 읍장님도 잘 아실 텐데요."

의사는 단호했다.

"신뢰가 가지 않는다면, 다른 의사에게 진료를 받아 보십시오. 바닷가에서 요양할 필요가 없다는 의사가 하나라도 있으면, 제가 의사면허를 당장 반납하지요."

"선생이 내린 진단이 옳은지 그른지는 중요한 문제가 아니오. 내 말인즉슨, 의학적인 판단이야 어떻든 우리 아이를 거기로 보낼 수 없다는 거요. 이건 당이 계획한 일이라서 변경하기가 불가능하오. 아이는 산으로 갈 거요."

"당장 바닷가로 보내셔야 합니다. 요오드를 섭취하는 가장 좋은 방법은 해조류를 먹는 겁니다. 증상을 호전시키려면 그 수밖에 없습니다. 신부님이 그러시더군요. 올해 성당 수련회는 바닷가에서 열릴 계획이라고. 아이를 돌볼 사람이 없어 그러시는 거라면 거기로 보내시는 게 어떻겠습니까?"

빼뽀네는 의사의 조언을 일축했다.

"흥, 당치도 않은 소리요. 교회는 환자에게 해조류를 먹일 수 있고 당은 할 수 없답디까?"

"성직자들만 해조류를 구할 수 있다는 이야기가 아니잖습니까! 문제는 해조류가 바다에서 난다는 거지요. 돈 까밀로 신부님이 수련회 장소를 바다로 계획했으니…."

"관두시오!"

빼뽀네가 거만하게 말을 끊었다.

"본당 신부는 자기가 원하는 장소로 갈 거고 아이는 당의 계획에 따라 산으로 갈 거요. 아시겠소? 아무리 몸에 좋아도 그렇지, 어떻게 인민의 적에게 내 아이를 맡긴단 말이오? 난 정신건강이 육체건강보다 더 중요하다고 믿소."

의사는 기어코 침착함을 잃고 말았다.

"제가 정치적인 이유로 이렇게 행동하는 것 같습니까? 저는 정치 따위에는 하나도 관심이 없습니다. 전 그저 환자의 건강이 신경 쓰일 뿐입니다. 읍장님이 어리석은 일을 저지르지 않기를 바랍니다. 산으로 보내는 건 그 아이의 건강을 해치는 지름길이니까요."

"산으로 보낼 거요. 걔는 내 아들이니까 결정은 내 몫이오."

뻬뽀네가 으름장을 놓는다고 해서 그냥 물러설 의사가 아니었다. 그는 뻬뽀네의 눈을 응시하며 단호한 목소리로 결론지었다.

"직업적 양심 때문에라도 그건 허락하지 못하겠습니다. 환자를 보호하는 건 제 의무니까요."

"맘대로 하시오! 보건당국에 내가 치료를 방해한다고 고발하구랴!"

젊은 의사는 뻬뽀네를 고발하는 일로 시간을 낭비하는 대신, 근처에 있는 그의 집으로 직접 찾아가 문을 두드리는 것으로 뻬뽀네의 압력에 저항했다. 뻬뽀네의 아내가 문을 열고 얼굴을 내밀자 의사는 바로 자신의 용건을 설명하기 시작했다.

"아이를 진찰했습니다. 당장 바다로 보내세요. 산으로 보내면 건강을 완전히 잃을 수도 있습니다. 바다로 보낼 수 없다면 마을을 떠나지 않는 게 차선책이라고 생각합니다."

그녀는 난처한 표정으로 의사를 바라보았다.

"그건 남편이 결정할 일이에요. 남편과 의논하세요."

"읍장님께는 이미 알려드렸습니다. 자제분을 산으로 보내야 한다고 고집하시더군요. 하지만 아이는 어머니의 아들이기도 하지 않습니까? 전 안타까운 마음에 치료할 방법을 부인께 알려드릴 뿐입니다. 아이의 회복은 두 분께 달려있습니다."

뻬뽀네의 아내는 어떻게도 할 수 없는 자신의 처지에 짜증이 치밀었다.

"아이의 회복을 가로막는 건 부정으로 가득한 이 지저분한 세상이라고요. 우리가 그 아이를 보내고 싶어도 돈이 없는데 어쩌겠어요?"

"성당 수련회에 등록하시면 됩니다. 신부님과는 이미 의논해 두었습니다. 신부님은 아무런 말썽이 없도록 최선을 하겠다고 말씀하시더군요."

뻬뽀네의 아내는 그의 면전에서 문을 쾅 닫아버렸다. 그러나 이미 각오하고 있던 일이었으므로 의사는 화내는 대신 닫힌 문에 대고 외쳤다.

"제발 벽창호처럼 굴지 마십시오. 아이를 위해서는 그게 최선이니까…."

다행히 뻬뽀네와 그의 아내는 앞뒤를 가리지 못하는, 고집만 세고 융통성 없는 사람들은 아니었다.

그날 저녁 뻬뽀네는 사제관으로 돈 까밀로를 찾아갔다. 그는 돈 까밀로 앞에 서자마자 위협적인 목소리로 물었다.

"젊은 의사가 신부님에게 무슨 말을 했는지 꼭 알아야겠소."

"자네 아들이 성당 수련회를 따라가야만 한다고 했네. 이게 무슨 꿍꿍이 장난이 아니라면 의사선생이 미쳤거나 자네가 미쳤거나, 둘 중의 하나겠지."

돈 까밀로는 뻬뽀네의 협박에 아랑곳하지 않고 담담한 목소리로 말했다.

빼뽀네는 배알이 뒤틀리기 시작했다.

"지금 난 경제적으로 최악의 상태요."

"알고 있네."

"게다가 아이가 아프오. 의사가 아이를 바닷가로 보내야 한다는데, 당은 산으로 수련회를 가고…."

"그것도 알지."

"결국 아이를 저대로 버려둘 건지, 당을 배신할 건지 선택해야만 하는 처지요."

"그건 몰랐군."

"알고 있었잖소. 이것 때문에 우리 아이를 그쪽 수련회 인원으로 받아들이겠다고 한 거 아니오."

"아닐세, 읍장 동지. 난 그 정도로 계산적이지는 않네. 내 관심사는 자네 아들의 건강이지, 자네 당의 안녕이 아닐세."

"거짓말하지 마시오. 그 수련회에 내 아들을 보내면, 신부님네 당의 좋은 선전거리가 될 거 아니오? 가슴에 손을 얹고 생각해 보시오. 사람들이 나를 보고 뭐라 입방아를 찧어댈지, 정말 모른단 말이오?"

빼뽀네의 목소리에는 형언할 수 없는 경멸이 묻어 있었다.

돈 까밀로는 정색을 하고 음성을 높였다.

"사람들의 입에 오르내릴 이유가 뭐가 있나? 내가 자네 아들을 우리 수련회에 집어넣기라도 할까 봐? 그 아이는 수련회장으로부터 3킬로미터쯤 떨어진 장소에서 다른 읍에서 온 아이들과 함께 지내게 될 거야. 성당 아이들과는 출발시각도 다르니, 마주칠 걱정은 전혀 할 필요가 없지. 내가 비록 덩치만 크고 변변치 못한 인간이긴 하지만 남의 집에 갑자기 쳐들어와서 모자도 벗을 줄 모르는 버릇없는 자네를 때려눕히고 예의를 가르칠 능력이 없을 것 같아서 그런 모험을 하는 건가? 아니면 정말 내가 어린 환자를 정치공작의 대상으로 삼는 하찮은 인간이라는 확고한 증거라도 가진 건가?"

빼뽀네는 머리에 쓰고 있던 모자를 재빨리 벗었지만, 의심을 누그러뜨리지는 않았다.

"정치적으로 이용하진 않더라도 최소한 내 아들의 영혼은 망가뜨릴 계획 아니오. 내 집에 신부님의 부하를 들여놓을 심산이 아니냔 말이오."

돈 까밀로는 고개를 가로저었다.

"자네 아들은 공산당 수련회에서처럼 지낼 걸세."

빼뽀네가 비웃기 시작했다.

"그런 놀라운 일이!"

"놀랄 거 하나 없네. 우리 수련회에 자네 아들을 받아들이는 이유는 오직 하나, 그 아이에게 요양이 필요하기 때문이야. 아이는 그저 바다에 나가 해수욕이나 일광욕을 하고 모래밭에서 산책하거나 뛰어놀걸세. 그 나이 또래들이 하는 일 말고 다른 일을 시킬 생각은 없어."

"아침, 점심, 오후, 저녁 기도도 드리지 않고 설교도 듣지 않고 성인에 대해 공부할 필요도 없단 말씀이신가요? 미사도 드리지 않고 성체도 모실 필요가 없단 말입니까? 성당 수련회에서?"

"의무적으로 할 일은 전혀 없을 걸세, 뻬뽀네. 의사는 아이를 바다로 보내달라고 부탁했네. 우린 그의 말대로 육신의 건강에만 신경 쓸 걸세. 내 분명히 약속하지."

뻬뽀네는 이마의 땀을 닦으며 말했다.

"신부님, 농담이 아니길 바랍니다. 내 아이는 아주 중한 병에 걸린 상태니까…. 이번 일을 정치적으로 이용할 생각은 꿈에도 하지 마시오."

돈 까밀로는 책상 서랍을 열고 편지를 꺼내 뻬뽀네에게 건넸다.

"자네 아들이 참여할 수련회의 책임자이신 필로메나 수녀님의 편지네."

뻬뽀네는 창가로 다가서서 편지를 읽기 시작했다.

돈 까밀로 신부님

부탁하신 자리가 마련되었습니다. 신부님의 편지를 통해, 그 아이가 아프지만 않았다면 바다로 올 일이 없었을 거라는 점과 아이의 아버지가 처해 있는 난처함에 대해 잘 이해할 수 있었습니다.

저희는 아이가 신앙심을 가진 아이들과 지나치게 친해지지 않도록 관리할 예정입니다. 그리고 직, 간접적으로 종교적인 행사에 참여하지 않도록 배려하겠습니다. 저희의 의도를 들키지 않도록 무척 조심스러워야 하겠지만요.

사실 신부님의 부탁은 좀 의외였습니다. 하지만 어버이의 죄 때문에 아이가 고통을 받아야 할 까닭이 없다는 것을 이제는 저도 이해하게 되었습니다. 그래도 제가 그 아이에게 레닌이나 스탈린의 책을 읽어주거나, 아이가 어른이 되면 성당 신부를 죽여야 한다고 가르치기를 기대하지는 마시길….

–필로메나 수녀 올림

빼뽀네는 돈 까밀로에게 편지를 돌려주며 투덜거렸다.

"흥, 그건 내가 직접 가르칠 거요."

연신 고개를 저으며 툴툴거리던 그는 돈 까밀로에게 비비꼬인 질문을 던졌다.

"도무지 이해할 수 없군. 개심이라도 했습니까, 신부님? 나중에 뒤통수치려는 건 아니지요? 아이를 보낸 뒤에 소문이 퍼지면, 나는 마을의 웃음거리가 될 수밖에 없을 테니까."

돈 까밀로는 솥뚜껑만 한 손을 뻗어 성무일도서*를 집어 들었다. 그가 혹시 책을 집어던지려는 것은 아닐까 하는 걱정이 빼뽀네의 머리를 잠깐 스쳐 지나갔다.

* 전례력과 시간에 따라 각기 다른 기도문을 정리해놓은 책으로 성직자와 수도자가 사용한다.

"자자, 진정하시오. 내가 앞으로 할 일은 뭡니까?"

"이 종이에 다 써놓았네. 사람들에게는 자네가 돈을 내서 아이를 바닷가 요양원에 보낸다고 설명해 두게."

"그렇다면 의사선생의 입을 막을 방도는 있겠습니까?"

"그는 직업상의 비밀을 지킬 거네. 그가 진실한 사람인 건 자네도 잘 알지 않나."

뻬뽀네는 아직도 일말의 의심까지 떨쳐버릴 수는 없었다.

"아이가 나으면 그때 가서 신부님께 감사 인사를 드리도록 하지요."

"그럴 필요 없네, 읍장 동지. 특이하군. 자네는 배달만 하는 우체부에게도 고마움을 표시하나? 난 그저 필로메나 수녀님의 편지를 전하는 우체부라네."

"그럼 수녀님에게 감사를 드려야겠군요."

"아니지, 수녀님은 단지 편지를 받아적었을 뿐이네. 편지를 보낸 사람은 십자가에 못 박히신 저분일세."

"그럼 그렇지, 내 속임수가 있을 줄 알았소!"

뻬뽀네가 그거 보라는 듯 외쳤다.

"그것 참, 속임수 따윈 없다니까. 주님을 믿는 사람이라면 감사드릴 일이라는 말일 뿐이네. 자네는 주님을 믿지 않으니 그분께 신세 진 것은 하나도 없는 셈이지."

"하실 말씀은 이걸로 끝입니까?"

"끝일세. 우린 만난 적도 없거니와, 수련회에 대해서도 의논

한 적도 없네. 앞으로는 필로메나 수녀님이 직접 자네 아들에 대한 소식을 보내줄 걸세. 그러니, 걱정하지 말게. 자네 집으로 직접, 증거가 남지 않는 보통우편으로 보내질 테니까."

"신부님 앞으로는 확실한 사본을 보내겠지요."

빼뽀네의 말에는 여전히 가시가 박혀 있었다.

돈 까밀로가 한숨을 쉬었다.

"자네에게도 급한 일이 생겨 바닷가에 데리고 갈 필요가 있었다면 좋았을 것을! 휴우, 자네를 바닷가로 데려가 쇠로 된 구명조끼를 입히고 물속에 처넣는 기쁨을 누릴 수는 없겠군. 잘 있게나, 충실한 공산당원 나리."

"시비 거는 거요, 지금?"

"자네처럼 당의 말을 잘 따르는 공산당원을 두고 충실하다고 부르는 게 왜 시빗거리가 되나? 잠자코 돌아가 아이나 준비시키게."

*

다음 날 아이는 엄마와 함께 출발했다. 아내가 돌아왔을 때 빼뽀네는 귀찮을 정도로 이것저것을 꼬치꼬치 캐물었다.

"누가 마중 나왔어?"

"의사랑 간호사요. 아이를 진찰하더니, 즉시 아이를 바닷가로 보내고 특별식을 먹여야 한다고 말하더군요."

"당신에게 뭘 묻진 않았어?"

"아이와 병의 증상에 대해 알고 싶어 하더군요."

"그리고 나에 대해선?"

아내는 어깨를 움찔했다.

"아버지가 있는지조차 묻지 않았어요. 그 사람들은 아이의 건강에만 관심이 있는 것 같았어요. 그게 다에요."

"사기꾼도 겉보기엔 진실해 보이는 법이지."

빼뽀네는 의심을 버리지 않았다.

"두고 올 때 아이가 울던가?"

"울긴요! 그이들은 아이를 다루는 솜씨가 보통이 아니에요. 게다가 마당에 회전목마, 페달을 밟아 움직이는 미니 자동차 같은 놀이기구들이 잔뜩 있더라고요. 아이는 거기에 정신이 팔려 내가 떠나는 것도 모르던데요."

"회전목마와 미니 자동차라고!"

빼뽀네가 흥분해서 중얼거렸다.

"그런 식으로 프롤레타리아를 기만하는군."

며칠이 지났고 드디어 바닷가 수련장으로부터 첫 번째 편지가 도착했다.

존경하는 선생님께

댁의 아이는 바다에 싫증을 내지 않고, 잘 지내고 있습니다. 병세는 이미 많은 차도가 있어 보입니다. 아이에게 유익한 시간이 되었으면 좋겠습니다.

특별히 요구하신 일은 잘 처리되고 있답니다. 저희는 선생님의 요구에 부응하고자 항상 긴장의 끈을 놓지 않고 있습니다. 아이는 수녀가 아닌 민간인 보모가 교대로 돌봐주는 방에서 수면을 취하고 아침저녁 기도와 미사에는 참여하지 않습니다. 종교와 관련된 행사를 진행하는 동안, 아이는 보모와 동행하여 마을을 산책합니다. 식사시간에도 항상 늦도록 아이를 유도하여 식사 전 기도를 피합니다.

오늘 예상치 못한 작은 사건이 발생했습니다. 저희는 지금까지 아침저녁에 행해지는 국기 게양과 강하식에 아이를 참석시키지 않았습니다. 하지만 아이는 창문을 통해 이를 본 뒤 참석하고 싶어합니다.

일곱 살의 활발하고 영리한 이 아이는 '다른 아이들처럼 국기를 보여주지 않으면 읍장인 우리 아빠에게 편지를 쓸 거야. 그럼 아빠가 달려와 모두를 혼내줄거야' 라고 위협하곤 합니다.

저희가 어떻게 대응해야 좋을지 조언해주시기를 기대합니다.

– 필로메나 수녀 올림

빼뽀네는 아내를 바라보았다.

"당신은 속았는지 모르지만, 난 아니야. 이 재기발랄한 수녀님이 우리를 놀리고 있는 거라고. 하지만 만만한 놀이 상대를 찾았다고 생각한다면 그건 실수라는 점을 깨닫게 해주지."

그는 종이를 집어 답장을 쓰기 시작했다.

친애하는 수녀님께
아이가 잘 지낸다니 무척 기쁩니다. 우리 아이도 이탈리아 사람으로서 국기에 대한 경례를 할 권리와 의무를 가지고 있음을 알려드리고자 합니다. 물론 제 아들의 무례한 태도는 벌을 받아야 마땅하다고 생각합니다. 왜냐하면 애비가 사람 머리를 주먹으로 박살 낸다고 모함했기 때문입니다. 저는 정직하게, 일하는 데만 손을 사용합니다. 이 점 오해 없으시기 바랍니다.

– 주세페 보타지 올림

일주일 후, 바닷가 수련회장으로부터 의사의 소견서와 함께 두 번째 편지가 도착했다.

존경하는 선생님께
친절하신 답장에 감사드립니다. 선생님이 바라시는 대로 조치하였습니다. 동봉된 의사의 소견에서 보시는 바와 같이, 자녀분의 경과는 주목할 만합니다. 오히려 저희는 자녀분의 '돌발적인 행동'에 대해 염려하고 있습니다. 오늘 아침 국기 게양식 도중에 높은 깃대 끝에 달린 도르래에 줄이 얽혀버렸습니다. 어떻게 수리해야 할지 궁리하고 있는 동안, 아드님이 혼란스런 틈을 이용하여 깃봉 끝까지 다람쥐처럼 기어올랐습니다. 저희 모두는 굉장히 놀랐습니다. 그래서 저희는 선생님께서 더 이상 그런 종류의 장난은 치지 말라는 전언을 자녀분에게 보내주시기를 청합니다.

선생님의 요구에 따라 교회에서 고기를 금하는 날인 금요일에도 아이에게 생선 대신 고기 요리를 제공하고 있습니다. 지금 그 아이는 생선을 무척 좋아하니 다른 아이들처럼 똑같이 해달라고 조르고 있습니다. 여러 문제를 해결할 수 있도록 친절한 답장을 기대합니다. 안녕히 계십시오.

– 필로메나 수녀 올림

빼뽀네가 편지를 읽는 것을 듣고 난 아내는 크게 낙담했다.

"그 버릇없는 아이가 얼마나 망신스럽게 구는지 보세요!"

"그 반대야, 아주 잘하고 있어. 당신이 이해하지 못하는 사나이들만의 문제인 거야."

빼뽀네의 답장은 짧고 강력했다.

친애하는 수녀님께

나라의 상징인 국기를 제자리로 돌려놓은 일이 잘못이라고 생각하지 않습니다. 그리고 안전문제에 대해서는 괘념치 않으셔도 됩니다. 저는 그 나이 때 전봇대에 기어올라 꼭대기에다 깃발을 만들곤 했습니다. 보타지 집안사람은 단단한 피부를 가지고 있어 쉽게 다치지 않습니다. 금요일의 생선 요리는 정치적인 문제가 아니니 먹는 것을 허용합니다. 안녕히 계십시오.

– 주세페 보타지 올림

며칠 뒤, 세 번째 편지가 도착했다.

존경하는 선생님께

의사의 진단서를 검토하시면 아드님의 건강이 무척 좋아졌음을 확인하실 수 있을 것입니다. 이와는 반대로 저희는 몇 가지 걱정거리를 얻었습니다.

처음에는 무척 말수가 적은 아이여서 저희는 자제분이 내성적인 성격을 가지고 있다고 생각했습니다. 요즘 들어 폭력적인 행동이 늘었고 다소 무례하고 경솔한 모습도 보입니다만, 저는 그 아이 마음속 깊이 선량한 영혼이 숨겨져 있다는 것을 발견했습니다.

문제는 아이가 가끔씩 대답하기 곤란한 질문을 던진다는 것입니다. 반 시간 전쯤, 아드님은 '배는 왜 처음에는 꼭대기만 보이고 나중에 다 보여요?' 라고 제게 물었습니다. 저는 지구가 둥글기 때문이라고 간단하게 설명해 주었습니다. 여기까지는 별다른 문제가 없었습니다. 하지만 이어지는 질문에 저는 당황할 수밖에 없었습니다.

"땅이 둥글다면 어디에 기대 서 있는데요?"

"기대 있지 않아, 공중에 떠 있지."

"누가 매달아 놨지요?"

> 저로서는 창조주이신 분의 존재를 빼놓고는 이 문제를 이해하도록 설명하기가 쉽지 않습니다. 일단 설명을 미루어 두었습니다. 우주의 중심에 스탈린이 있다고 대답해야 합니까, 아니면 당이 땅을 매달아 놓았다고 설명해주어야 합니까? 빠른 회신을 바랍니다.
>
> – 필로메나 수녀 올림

빼뽀네는 주먹을 불끈 쥐고 길길이 뛰며 말했다.

"종이를 가져와서 내가 말하는 걸 적어. 군소리 말고! 시작하지. '존경하는 수녀님, 일요일 아침 제 남편이 아이를 데리러 갈 것입니다. 안녕히 계십시오.' 다 적었으면 속달로 부치라고."

아내는 이의를 제기했지만 빼뽀네의 결심은 요지부동이었다.

"아이가 그 문제에 대해 궁금해한다면 내가 직접 설명해 주지. 나는 비록 가방끈도 짧고 몸으로 일해 먹고살지만 보통 사람들보다는 좀 더 똑똑하다고 자부해. 이런 식으로 내 발목을 붙들고 늘어지다니…. 먼저 나를 물 먹인 건 그쪽이야."

더 이상 만류할 핑곗거리가 없자 빼뽀네의 아내는 입을 꾹 다물었다. 빼뽀네는 토요일 밤차를 탔다. 지루한 여행 끝에 꽃이 활짝 핀 작은 기차역에 도착한 것은 다음 날 아침 7시였다. 그는 수련회장의 위치를 물어물어 30분 만에 도착했다. 평소 걸음걸이대로라면 45분은 족히 걸릴 만한 거리였지만, 과열된 보일러처럼 끓어오르는 분노가 그를 재촉했다.

수련회장에 도착하자 계곡에 둘러싸인 아름다운 건물이 눈에 들어왔다. 뻬뽀네는 벤치에 걸터앉아 시계를 들여다보았다. 아직 이른 시간이었다.

그는 시가에 불을 붙이며 생각했다.

'일단 한 대 피우자. 한숨 돌리고 나서 그 망할 수녀에게 내가 온 걸 알려야지.'

한두 모금쯤 피웠을까? 갑자기 뻬뽀네를 찾는 작은 목소리가 들려왔다.

"보타지 씨?"

자신을 부르는 소리에 뻬뽀네는 벌떡 일어났다. 그의 앞에는 아주 작고 말라 마치 어린아이처럼 보이는 작은 수녀가 서 있었다. 그녀는 무척 젊었고, 상냥하고 부드러운 인상을 가지고 있었다.

"필로메나 수녀입니다. 한참 기다렸습니다. 보타지 씨의 속달 우편을 받았습니다."

뻬뽀네는 화가 치밀었지만, 조그마한 몸에 가녀린 목소리를 가진 수녀를 거칠게 대할 수는 없었다.

"아이를 데리러 왔습니다."

뻬뽀네가 고개를 숙이며 우물거렸다.

"아직도 25일이나 남았습니다. 어째서 이렇게 일찍 아이를 데리고 가시려는 건지, 여쭤봐도 될까요? 저희가 무슨 잘못이라도 저질렀는지요?"

"나는 놀림감이 되고 싶지 않소."

빼뽀네의 말에 필로메나 수녀는 약간 당혹스러워했다.

"누가 보타지 씨를 놀렸다는 말씀이신지 모르겠군요"

"바로 수녀님이요! 수녀님이 보내신 편지, 특히 마지막 편지 말이오."

"아드님께 우주를 스탈린이나 당이 창조했다고 말해야 하는지 여쭈었던 일로 화가 나신 거군요."

필로메나 수녀 같은 사람이야말로 빼뽀네가 대하기에 가장 까다로운 상대였다.

"무례함을 용서하시오. 하지만 더는 말하고 싶지 않습니다. 아들을 데려다 주면 내가 알아서 하겠소이다."

그녀는 엷게 미소 지었다.

"보타지 씨, 아버지가 아들을 만나고 싶다는데 제가 어떻게 거절하겠습니까? 데려다 드리지요. 하지만 이렇게 해서 문제가 해결되지는 않습니다. 아이는 언제 다시 우주를 창조한 존재가 누구인지를 보타지 씨께 물어볼지 모릅니다. 그때는 어떻게 하시겠습니까?"

"아무리 어려워도 그건 내가 할 일이오."

빼뽀네가 어두운 표정으로 이를 악물었다.

필로메나 수녀는 고개를 저었다.

"보타지 씨 마음을 상하게 했다면 죄송합니다. 저를 용서해 주시겠습니까?"

"싫소."

빼뽀네가 고개를 숙인 채로 신발 끝을 내려다보며 대답했다.

"좋으신 하느님께서라도 저를 용서하시기를 소망합니다. 마지막으로 질문 하나 드려도 될까요?"

빨리 자리를 벗어나고 싶은 생각만 하던 빼뽀네는 그러라고 냉큼 대답했다.

"편지에다 전봇대 꼭대기에 깃발을 만들었다고 쓰셨는데, 그게 무슨 뜻인가요?"

"어린애들이 하는 장난이오. 왼쪽 겨드랑이 밑에 깃대를 끼고, 오른쪽 팔꿈치로 기대서 다리를 밖으로 쭉 펴는 거지요."

필로메나 수녀는 어리둥절한 표정으로 물었다.

"이해가 안 갑니다."

빼뽀네는 다시 설명하려 했지만 도무지 말로는 그녀를 이해시킬 수 없을 것 같았다. 그는 갑자기 웃통을 벗더니 가로등을 붙잡고 온몸으로 깃발을 만들었다.

필로메나 수녀는 헤드라이트처럼 반짝이는 눈으로 그를 바라보았다.

"연세가 꽤 되신 것 같은데, 아직도 그런 자세를 취하는 게 가능하다니요!"

땀에 흠뻑 젖은 빼뽀네가 벤치에 주저앉자, 필로메나 수녀는 하늘을 우러러보며 탄식했다.

"예수님! 이렇게 강한 사람이 불신자라니 참 마음이 아픕니다."

이 말에 결국 뻬뽀네는 노여움을 터뜨렸다.

"됐소. 내 아들을 돌려주시오. 이젠 끝냅시다!"

"그렇게는 못하겠습니다."

"보여라도 주시오!"

"9시에 다시 오세요. 그때 어떤 태도를 취하시는지 보고 결정하지요."

9시가 될 때까지 뻬뽀네는 몸과 마음을 다스리려고 애썼다. 필로메나 수녀는 평정심을 되찾은 뻬뽀네를 수련회장으로 안내했다. 그는 아들과 함께 해변에서 하루를 보내도록 허락을 받았다. 긴 하루를 보낸 뻬뽀네가 다시 모습을 드러내자, 필로메나 수녀가 물었다.

"자아, 이제 아이가 그 질문을 또다시 하면 뭐라고 대답할까요?"

"수녀님이 알아서 하시오."

화가 난 뻬뽀네가 침울하게 투덜거렸고 결국 필로메나 수녀는 알아서 했다.

가난한 연인

전날 내린 폭설로 인해 도로가 엉망진창이었다. 자전거를 타고 그런 도로의 물웅덩이 사이를 묘기를 부리듯 빠져나가기란 여간 어려운 일이 아니다. 돈 까밀로는 지옥의 망령처럼, 진흙투성이의 급류가 흐르는 위험한 몰리네토 길을 한참 동안 헤매고 있었다.

뒤에서 빵빵대는 경적이 들려오자 돈 까밀로는 자전거 페달을 더욱 힘차게 밟았다. 하지만 15미터 전방에 놓인 작은 다리는 차 한 대가 겨우 지날 공간밖에 없었기 때문에, 돈 까밀로는 어쩔 수 없이 도로 한쪽에 자전거를 세웠다. 그러고는 시끄럽게 경적을 울리는 차가 지나가기를 기다렸다.

다리 앞 진입로 주변은 거의 말라 있었지만 그 한복판에는 커다란 물웅덩이가 주둥이를 벌리고 있었다. 돈 까밀로는 별로 걱정이 되지 않았다. 자동차가 도로 가운데로 지나간다면 바퀴 사이로 웅덩이를 지나칠 수 있을 것이고, 그게 아니라면 적어도 자신이 있는 쪽으로 물이 튀지 않도록 피해갈 수는 있을 테니까.

차가 불과 몇 미터 앞까지 다가왔다. 돈 까밀로는 느긋한 마음으로 지나가는 트럭을 바라보았다. 트럭의 엄청난 크기로 볼 때, 그것이 웅덩이에 빠질 만한 이유는 하나도 없었다.

하지만 그 트럭은 불행히도 보통 트럭이 아니었다. 트럭은 순간적으로 길 복판의 웅덩이에다 오른쪽 바퀴를 밀어 넣으려는 듯 왼쪽으로 바짝 붙었다.

망할 놈의 트럭 운전사는 돈 까밀로에게 흙탕물이 튀지 않도록 주의하는 게 아니라 흙탕물이 오른쪽으로 튀도록 온 신경을 곤두세우고 있는 것 같았다.

결국 돈 까밀로는 페인트를 들이부은 것처럼 머리에서 발끝까지 온통 흙탕물을 뒤집어썼다.

레오파드라는 별명을 가진 그 트럭은 포효하듯 덜컹거리며 멀어져갔다.

레오파드는 세상에서 제일 지저분한 트럭이었다. 사람들이 그것을 레오파드라고 부르는 이유는, 밀짚 색깔의 차체에 더러운 금속 판때기가 덕지덕지 붙어 있고 수많은 얼룩들이 묻어 있어 마치 표범 가죽처럼 보였기 때문이었다. 그런데 어느 누구도 멀쩡한 부품이 하나도 없는 레오파드가 어떻게 굴러가는지 이해하지 못했다. 그것도 아침부터 저녁까지 쉴 틈도 없이 강가에 가서 모래와 자갈을 잔뜩 실어 나르면서 말이다.

트럭과 운전사는 떨어져 있는 시간이 거의 없었다. 함께한 세월이 길어지면서 그들은 서로를 닮아가기까지 했다. 원래 크릭은 인물이 제법 생긴 축에 속했는데, 트럭의 흉측한 뼈대가 드러나기 시작할 때쯤부터는 레오파드처럼 어수선하고 추레한 몰골로 변해가고 있었던 것이다.

크릭은 공산당에 가입은 했으나 당원증을 받기 전에 조건을 하나 걸어두었다.

"혁명이 시작된다면 날 불러도 좋지만 그때까지는 내버려 두시오. 일을 해야 하니까."

크릭은 혼자 살며 부모님이 물려준 집에서 잠을 잤고, 식사는 되는 대로 아무 곳에서나 했다. 일은 그에게 친구나 적을 만들 시간적 여유를 허용하지 않았다. 하지만 그가 타인에게 미움이나 악의를 가졌다는 건 오해였다. 난폭운전은 그저 엔진 달린 차를 모는 사람의 숙명이었을 뿐이다.

이를테면 크릭이 돈 까밀로에게 흙탕물을 뒤집어씌웠을 때, 말을 듣지 않는 운전대 때문에 목뼈가 부러질 뻔한 위험을 감수하며 불안한 심정으로 투덜대고 있었던 것처럼….

"나 원 참, 이놈의 일이란…. 별의별 위험을 다 겪어야 하는군!"

크릭 당사자야 알고 있다고 쳐도, 돈 까밀로가 이 미묘한 곡절을 알 리가 없다. 그래서 돈 까밀로는 머리에서 발끝까지 진흙탕물을 뒤집어쓴 뒤로는 크릭을 다른 사람을 별로 중요하게 여기지 않는 '무례한 자' 로 분류했다.

돈 까밀로는 크릭을 손봐주기로 하고는 크릭의 집 주변에 한참 동안 잠복했다. 그러나 다행히 레오파드는 그날 저녁 자신의 집으로 돌아오지 않았고 그 이후로도 한참 동안을 그랬다.

돈 까밀로를 그렇게 버려두고, 크릭은 다시 일터로 돌아갔다. 스티보네 하천가 돌밭에서 모래며 자갈을 잔뜩 퍼 담은 그는 레오파드를 몰고 강둑으로 향했다. 스티보네에서 돌아오는 길에는 안개가 잔뜩 끼어 있었다. 길을 잘 아는 크릭은 습관대로 둑 아랫길을 택했다. 강둑길을 따라 달리던 그는 갑자기 튀어나온 무언가를 보고 운전대를 급하게 오른쪽으로 꺾다가 그만 습지 한가운데에 빠지고 말았다.

연신 욕설을 내뱉으며, 크릭은 구덩이에서 빠져나오려 애를 썼으나 레오파드가 말을 듣지 않았다. 그는 차에서 뛰어내려 트럭 뒷바퀴에 붙은 진흙을 떼어내고 다시 차에 올라 후진을 시도했다.

진창 안에서 바퀴가 헛돌면서 연기가 났다. 빠져나가려고 애를 쓰면 쓸수록, 점점 더 진흙투성이가 될 뿐이었다. 앞으로 뒤로 기어를 바꾸어 가며 가속 페달을 아무리 밟아도 트럭은 꿈쩍도 하지 않았다.

슬슬 열이 오르기 시작한 그는 미친 사람처럼 고함을 지르며 가속 페달을 밟아댔다. 바퀴가 들썩들썩 조금씩 움직이나 싶더니, 이내 낡은 엔진에서 굉음이 터지며 차가 완전히 멎어버렸다.

크릭은 진창 안에 옴짝달싹할 수 없게 처박힌 채 엔진이 고장난 레오파드와 씨름하느라 온 뼈마디가 다 쑤실 정도로 지쳐버렸다. 그래서 그는 운전석 아래에서 독한 포도주 한 병을 꺼내 벌컥벌컥 마시고 잠에 빠져들었다.

다음날 아침 일찍 크릭은 눈을 뜨자마자 트럭에서 뛰어내렸다. 그 길로 근처 농가에서 자전거를 빌려 타고는 하느님도 놀라 눈이 휘둥그레지실 만큼 빠르게 페달을 밟아 마을에 있는 뻬뽀네의 작업장에 도착했다.

"대장, 내 트럭 좀 봐줘요."

크릭이 숨을 헐떡이며 뻬뽀네에게 말했다.

"부품들을 챙기는 게 나을, 겁니다, 꽤 고장이 심한 것 같으니…."

지나치게 흥분한 크릭에게는 어떤 말도 소용없을 것 같았다. 뻬뽀네는 잠자코 사이드카에 자전거와 크릭을 우격다짐으로 함께 실은 뒤 웅덩이로 달려갔다.

그는 진흙탕 속에 빠진 레오파드를 한참 동안 바라보다가 말했다.

"기중기가 필요하겠어."

"기중기는 필요 없어요. 대장이 고쳐주기만 하면 내가 시동을 걸어 밖으로 빼낼게요. 이 녀석이 이렇게 말썽부린 건 오늘이 처음은 아니니까."

크릭의 대답을 들은 빼뽀네는 레오파드를 이리저리 살펴보았다. 이윽고 헐렁해진 나사를 조이고 보닛을 닫은 빼뽀네는 오토바이 짐칸에 부품을 정리해 넣으며 말했다.

"크릭, 올여름까지 그대로 둬. 난 이 이상 손 못 대. 물이 불어 저절로 트럭이 떠오르면 끄집어내서 고철로 팔라고."

"대장!"

우울한 목소리로 크릭이 말했다.

"농담할 기분 아니에요."

"농담이 아니야. 엔진은 고장 났고 클러치가 탔어. 기어도 풀린 데다 오일 통까지 깨졌지. 제대로 작동하는 부품이 하나도 없다고."

"말도 안 돼요, 단번에 차가 박살 나다니!"

"그게 아니야. 폐차 직전이던 트럭이 결국 고장난 거지. 그 왜, 담벼락처럼 말이야. 담은 가만히 두면 10년이건 20년이건 잘 서 있잖아? 그러다가도 벽돌 하나만 잘못 빼내면 일순간에 와르르 무너진다고. 사람도 마찬가지야. 멀쩡하다가도 갑자기 감기라도 걸리면 오만 잡병이 한꺼번에 따라오지."

크릭이 트럭을 바라보며 말했다.

"무슨 수를 써서라도 고쳐주세요. 대장이라면 전부 고칠 수 있잖아요."

"자네 심정은 이해해. 그렇지만 내가 지금 동지로서 공짜나 다름없이 도와준다고 해도, 최소한 1만 리라짜리 20장이 필요해. 망가지려 하는 것은 그대로 두고 망가진 부품만 바꾸는데 드는 비용만 그 정도야."

20만이나 20억이나 돈을 많이 벌지 못하는 가난한 크릭에게는 매한가지였다.

뻬뽀네는 오토바이를 타고 마을로 돌아갔다. 크릭은 농가로 가서 자전거를 빌려준 사람에게 고맙다는 인사를 한 뒤, 레오파드를 살펴보기 위해 다시 돌아왔다.

뻬뽀네의 말이 지나치게 적나라하고 잔인한 것처럼 들리기는 해도 그것이 진실임을 크릭은 알고 있었다. 이제 모든 게 끝장이었다.

'집을 팔아야 하나?'

하지만 그런 건 망가진 오른쪽 신발을 수선하려고 멀쩡한 왼쪽 신발을 파는 것처럼 손해를 보는 장사였다.

크릭은 마을을 향해 천천히 걷기 시작했다.

그러나 얼마 가지 않아 '마을에 뭐하러 가나' 하는 생각이 들었다.

'다른 일을 시작할까? 아니야, 이게 내 일이야.'

해는 이미 중천에 떠올라 있었다. 그는 가장 가까이에 있는 마을에서 포도주 한 병과 빵, 치즈, 신문을 사 가지고 습지로 돌아왔다.

크릭은 운전석에 앉아 그것들을 먹었다. 빵 몇 조각과 치즈 조금 그리고 포도주 반병이 남았다.

'저녁거리로 충분하겠어.'

그가 의자에 드러누우며 생각했다.

일주일 뒤, 마을에 크릭이 미쳤다는 소문이 퍼졌다. 그는 밤이 되면 레오파드의 운전석 안에서 자고, 낮에는 트럭 주변을 배회하며 시간을 보냈다.

사태가 이쯤 되자, 뻬뽀네는 크릭을 찾아가지 않을 수가 없었다. 오토바이에 스미르초를 태우고 함께 그를 만나러 갔다.

크릭은 운전석에 앉아 있었다. 뻬뽀네가 부르자 그는 운전석 창문 밖으로 고개를 내밀었다.

"혁명이 일어났어요?"

크릭이 물었다.

"아니, 아직."

뻬뽀네가 대답했다.

"그럼 저를 내버려두세요. 할 일이 있으니까."

더 이상 할 말을 찾지 못한 뻬뽀네와 스미르초는 오던 길로 되돌아갔다.

며칠이 지난 뒤 경찰서장이 습지로 시찰을 나와 엔진을 고치려고 애쓰는 크릭을 만났다.

경찰서장은 한참 동안 바라보다가 거드름을 피우며 그에게 말했다.

"자네를 아껴서 하는 말인데, 이제 집에 돌아가지 그러나?"

"트럭을 고치면 돌아갈 거예요. 이걸 고치는 데 20만 리라가 필요하대요. 난 돈이 없으니 혼자 낑낑거려볼 수밖에요. 그리고 남아있는 차 부품이라도 도둑맞지 않으려면 밤에도 지키고 있어야 돼요."

경찰서장은 아픈 데라도 찔린 듯 움찔하고 가버렸다.

크릭은 괜한 부탁으로 누구를 성가시게 하는 일이 없었기 때문에 사람들도 그를 그냥 내버려두었다.

그렇게 한 달 쯤 지난 어느 날 아침, 크릭은 운전석 문을 두드리는 소리에 잠에서 깨어났다. 밖을 내다보니 밤새 내린 흰 눈 위에 검은 사제복을 걸친 돈 까밀로가 서 있었다.

"최후의 심판이 시작됐습니까?"

"애석하지만 아직은 아닐세."

"그럼 저를 내버려두시죠, 전 몹시 바쁩니다."

크릭은 머리를 안으로 집어넣고 창문을 닫았다. 그런데 돈 까밀로가 다시 문을 두들기는 것이었다.

"바쁘다고 했잖아요!"

크릭이 언성을 높였다.

"몰리네토 길에서 물 좀 끼얹은 것 때문에 아직도 화가 안 풀리신 겁니까? 더 이상 누구에게도 흙탕물을 튀길 수 없는 지경인 걸 보셨으니 이제 속이 다 시원하시죠? 그만 돌아가세요."

"크릭, 왜 여기 남아있는 겐가?"

돈 까밀로가 엄숙하게 물었다.

"경찰서장에게 벌써 설명했어요."

"난 서장이 아닐세."

크릭이 키득거리며 물었다.

"신부님은 교황님의 경찰 아닌가요?"

"상관없는 교황님은 끌어들이지 말게. 마을 사람들은 자네가 미쳤다고 하지만 난 그렇게 생각하지 않아. 생각 없는 사람들이 자네 같이 분별력이 높은 사람을 이해하는 건 불가능한 일인지도 모르지."

"제가 이러고 있다고 저를 놀리시는 거라면…."

"이런 데서 어떻게 사나? 먹을 건 어떻게 해결하고?"

"그냥 이럭저럭 삽니다. 가끔씩 먹을 것을 갖다 주는 사람이 있긴 한데, 왜인지는 저도 잘 모르겠네요. 그냥 저와 레오파드를 구경하러 오나 보지요, 뭐."

돈 까밀로는 고개를 절레절레 흔들었다.

"자네가 여기서 왜 이러고 있는지 도무지 이성적으로 납득이 안 되네. 아무런 이유도 없이 계속 이렇게 행동한다면, 나도 자넬 정신이 나간 사람으로 대할 수밖에 없네."

그러자 크릭의 표정이 제법 진지해졌다.

"제가 이러는 데는 분명한 이유가 있어요. 전 여기서 기다리고 있는 중이에요."

"뭘 기다리는데? 만나*가 하늘에서 내려오길 말인가? 아니면 주님께서 기중기와 차량 기술자들을 보내주길 말인가?"

크릭은 어깨를 으쓱하며 대답했다.

"암튼 그때까지 기다릴 겁니다."

"하늘은 스스로 돕는 자를 돕는다네."

돈 까밀로가 목소리를 높이기 시작했다.

"원하는 게 있으면 스스로 노력해야지."

"저도 나름대로는 최선을 다하면서 살고 있어요. 하지만 밤에 등불이 없다면 날이 밝기를 기다리는 수밖에 없지요. 지금은 다시 밝은 날이 오길 기다리는 중이에요."

"좋네, 하지만 어쨌든 눈을 떠야 날이 밝은 걸 볼 수 있을 게 아닌가. 눈을 감고 있으면 낮인지 밤인지 알 수 없네. 자, 당장 집으로 돌아가게. 그러면 자네의 길을 다시 찾을 수 있을 거야."

"전 가야 할 길을 잃은 게 아닙니다. 제 길은 이거지요. 비록 지금은 트럭이 멈춰 있지만, 곧 다시 움직이게 될 겁니다. 그때까지 전 여기서 트럭과 함께 머무르겠습니다."

크릭은 머리를 안으로 집어넣고 창문을 닫아버렸다. 그러자

---

* 옛날 이스라엘 사람들이 광야를 헤맬 때 하느님이 내려주신 음식으로 하늘의 은총을 의미한다.

돈 까밀로는 두꺼운 외투 아래서 먹을 것이 가득한 바구니를 꺼내 레오파드의 보닛 위에 올려놓고 가버렸다.

돌아오는 길에 돈 까밀로가 말했다.

"예수님. 제가 보기에 저 청년은 미친 것 같습니다."

"주님의 은혜를 믿는 사람은 절대 미치광이가 될 수 없단다, 돈 까밀로."

"크릭은 주님의 도우심을 믿지 않는 불쌍한 자입니다. 그는 단지 자신의 트럭만 믿지요."

"그렇다면 그가 믿는 게 적어도 한 가지는 있구나. 돈 까밀로야, 트럭은 크릭의 삶이다. 누군가 자신의 삶에 믿음을 가지고 있다면, 주께 대한 믿음을 가진 거나 다름없느니라."

예수님이 미소 지으셨다.

돈 까밀로가 사라진 뒤, 한 시간도 지나지 않아 누군가가 트럭 주변을 배회하는 소리가 들렸다. 크릭이 창밖으로 얼굴을 내밀자 다가오던 여자가 달아나기 시작했다.

"안 잡아먹을 테니까 무서워하지 말라고."

그는 웃으며 말했다.

"이리 와서 구경해도 좋아. 돈은 안 받을 테니까."

여자는 움직이지 않았다.

"그 안에서 나오지 말아요. 밖으로 나오면 난 갈 거에요. 다시 오지도 않을 거고."

"좋아. 어려운 일도 아닌데, 뭐. 안에 있지."

처녀가 다가와 돌 위에 앉았다. 그녀는 호기심이 가득한 눈으로 크릭을 바라보기 시작했다.

"내가 맘에 들어?"

크릭이 능청스럽게 물었다.

"글쎄요? 얼굴이 온통 수염으로 덮여 있어서…."

이 말에 크릭은 깜짝 놀랐다. 그는 일하다가 눈에 든 먼지를 뺄 때 쓰곤 하던 거울 조각을 운전석 서랍에서 꺼냈다. 거울에 비친 지저분한 늙은 거지의 모습에서는 스물여섯 살 젊은이의 모습은 조금도 찾아볼 수 없었다.

크릭은 여자를 힐끗 훔쳐 보았다. 그녀는 스물서넛 정도였고 어스름한 빛에도 감춰지지 않는 아름다움을 지니고 있었다. 그는 형편없이 지저분한 자신의 모습이 부끄러워 창문 안으로 고개를 집어넣으며 절망적인 목소리로 말했다.

"쇼는 끝났어. 차 안의 미치광이 속편은 내일 4시에 계속될 거야."

그녀는 일어나 가버렸다. 크릭은 더 이상 고민하지 않았다. 다음 날 아침, 그는 운전석 서랍에서 거울을 꺼내 면도를 했다. 그리고 세수를 하고 머리를 빗었다.

오후 4시, 그녀가 다시 나타났다. 아주 말쑥해진 크릭을 보고 무척 기뻐하는 것 같았다.

그녀가 물었다.

"미치지도 않았는데 왜 미친 사람처럼 굴어요?"

"난 미친 사람이 아니야. 그저 뭔가를 기다릴 뿐이지."

"뭘요?"

"설명하기는 어려워. 특히 여자한테라면."

"그래도 한 번 해봐요."

바싸 지방의 나이 든 사람들이 말하는 것처럼 느릿느릿한 어투로, 크릭은 아주 진지하게 설명을 시작했다. 그는 어떻게든 자기 뜻을 이해시키려 애를 썼지만 여자는 머리를 좌우로 흔들며 말했다.

"아직도 당신이 무엇을 기다리는지 이해가 안 돼요. 하지만 생각해 볼게요."

다음 날에도 여자는 똑같은 시간에 나타나 빵과 포장한 살라미 소시지를 크릭에게 내밀었다.

크릭은 얼굴이 빨개져 작은 목소리로 말했다.

"여자가 주는 건 받을 수 없어."

"싫어도 그냥 받아둬요. 굶어 죽고 싶지 않으면."

"난 지금까지 내 손으로 먹을 것을 벌어왔어. 누구의 도움도 필요 없었고 앞으로도 그럴 거야. 왜냐하면 난 크릭이고 크릭은 그런 남자니까."

자존심이 상한 크릭은 차에서 뛰어내려 강둑 얕은 곳에 있는 부교로 달려갔다. 그리고 부교가 떠내려가지 않도록 고정하는 굵은 떡갈나무 기둥을 뽑아 와서 레오파드의 뒷바퀴 아래로 50센티미터 정도를 밀어 넣었다. 혹한으로 쇳덩이처럼 딱딱하게 굳어버린 진창 위에 발을 딛고, 기둥의 다른 쪽 끝을 오른쪽 어깨 위에 올려놓은 다음 천천히 트럭을 들어 올리기 시작했다. 하지만 레오파드는 얼어붙은 땅에 달라붙기라도 한듯 꿈쩍도 하지 않았다. 대신, 그 굵은 기둥이 뚝 부러지고 말았다.

그녀는 전혀 놀란 기색 없이, 한마디 했을 뿐이다.

"거친 사람들은 싫어요."

크릭은 운전석으로 돌아갔고, 여자는 돌 위에 앉아 다소곳이 그를 바라보았다. 그 뒤로도 그녀는 매일 크릭을 찾아와 먹을 것을 건네주었다.

어느 날 그녀가 평소처럼 크릭과 이야기를 나눈 뒤 자리를 떠나며 선언했다.

"이제 더 이상 이곳에 오지 않겠어요. 내가 어디 사는지 아시죠? 내가 보고 싶으면 당신이 직접 찾아오세요."

이미 봄기운이 느껴지기 시작할 무렵이었다. 레오파드 바퀴 아래 얼어붙었던 땅은 물컹물컹한 진흙탕이 되어가고 있었다. 산 위의 눈이 녹아 강으로 흘러내렸고, 평야와 산에는 억수 같은 비가 퍼부었다. 뽀 강은 무섭게 불어났다. 그리고 뽀 강으로 흘러들어 가는 작은 하천들도 강의 역류로 인해 점점 더 물이 불어갔다. 스티보네 하천도 예외는 아니었다. 하천의 수위가 빠른 속도로 올라가기 시작했고 강물은 마침내 레오파드의 바퀴에 닿을 지경에 이르렀다.

크릭은 2~3일간 그녀를 기다렸지만, 그녀는 돌아오지 않았다. 그녀가 늘 앉곤 하던 돌은 물에 잠겨버린 지 오래였다. 크릭의 마음속에는 그녀가 남긴 마지막 말이 끊이지 않고 반복해서 울려 퍼졌다.

'내가 어디 사는지 아시죠? 제가 보고 싶으면 당신이 직접 찾아오세요.'

크릭은 그녀의 집을 찾아갈 것이다. 그러나 걸어서가 아니라 레오파드를 운전하고 갈 것이다. 그는 침착하게 기다리고 또 기다렸다. 조금만 더 기다리면 레오파드가 움직여 도로를 달릴 수 있을 거라 확신했기 때문에.

물이 둑 위에 차오르자 사람들은 홍수가 날까 걱정하느라 모두들 크릭을 까마득히 잊어버렸다. 그를 잊지 않고 기다리는 이는 오직 그녀 한 사람뿐이었다.

강물이 최고 수위를 기록하던 날, 갑자기 크릭이 모습을 나타냈다. 비가 억수같이 퍼붓는 밤 11시 무렵이었다.

그녀는 2층에 있는 자기 방에서 생각에 잠겨 있었다. 갑자기 경적이 울리는 소리가 들려왔다. 그녀는 멀리 강둑이 내다보이는 창문 밖으로 고개를 내밀었다. 집 앞 길가에는 레오파드가 세워져 있었다. 크릭은 운전석 창문으로 고개를 내밀고 미소를 지으며 팔을 흔들어 인사를 하더니 기어를 넣고 전속력으로 출발했다. 여자는 멀리서, 오래도록 울려오는 경적을 향해 손을 흔들었다. 경적소리가 빗소리에 묻혀 완전히 사라질 때까지….

크릭과 레오파드는 그날 밤 여러 곳에서 목격되었고 꽤 많은 사람이 그들의 경적을 들었다.

며칠 뒤, 비가 그치고 물이 빠지자 레오파드의 잔해가 드러났다. 돈 까밀로는 토사로 가득찬 트럭을 향해 서둘러 다가갔다. 그가 운전석 문을 열었을 때 크릭은 평생을 그랬듯이 운전대를 꼭 붙잡고 얼굴 가득 미소 지으며 고요히 잠들어 있었다. 돈 까밀로는 그제야 예수님의 말씀에 담긴 뜻을 이해할 수가 있었다.

"돈 까밀로야, 트럭은 크릭의 삶이다. 누군가 자신의 삶에 믿음을 가지고 있다면, 주께 대한 믿음을 가진 거나 다름없느니라."

크릭은 좁고 지저분한 트럭 안에서 고단한 그의 일생을 마감했지만, 진정한 믿음을 가졌기 때문에 행복했던 것이다.

다섯 번째 수호성인

뻬뽀네와 동지들이 담당한 지역이 여섯 개의 마을과 한 개의 자치구로 나뉘게 된 이유를 아시는지 모르겠다.

예로부터 포피나에는 가난한 이들이 많이 모여 살았다. 그렇지만 옹기종기 모여 있는 작은 집들을 중심으로 성당과 본당 신부를 악천후로부터 지켜주던 사제관과 꾸준히 수확물을 거두는 교구농지가 자리 잡고 있는 평화롭고 단란한 마을이기도 했다.

그런데 폭풍우가 치던 어느 날, 뽀 강이 범람해 포피나에서 가장 비옥한 땅이었던 교구농지를 덮치는 사태가 일어나고 말았다.

강물은 천 년을 넘게 별다른 변화 없이 땅 위에서 도도한 발자취를 이어가다가도 이렇듯 어떤 계기만 주어지면 날카로운 이빨로 매섭게 땅을 집어삼킨다. 또한 강물은 소리도 없이 아무도 모르게 갑작스럽게 빠져나가 버리기도 한다. 그리하여 제방에 심어진 미루나무를 따라 자리 잡은 좁고 기다란 토지만 가지고 있던 가난한 사람들이 순식간에 넓고 비옥한 농지의 주인이 되는 횡재도 아주 가끔은 찾아볼 수 있다. 이런 것을 보면 누군가는 얻고 누군가는 잃는 것이 자연의 섭리일지도 모른다.

하지만 교구농지를 잃은 포피나의 본당 신부는 이러한 자연의 변화를 감당하기에는 지나치다 싶을 정도로 나이가 많았다. 사람이 나이를 먹으면 어느 정도는 타성에 젖어 살게 마련인데, 비옥한 토지에서 나오는 꾸준한 소득이 한순간에 날아가 버리고 가난한 신자들로부터 봉헌금을 기대하기도 힘든 형편이다 보니 본당을 꾸려가는 일이 날이 갈수록 힘겨워져만 갔던 것이다. 그러던 중에 사제관에 화재까지 나자, 본당을 재건할 엄두조차 낼 수 없었던 늙은 신부는 시름시름 앓기 시작했고 낙심한 탓인지 얼마 지나지 않아 숨을 거두었다.

이렇게 본당 신부를 잃어버린 포피나 본당의 원로들이 새 본당 신부를 보내달라며 주교를 찾아갔으나 비탄에 빠진 주교는 그저 양팔을 벌려 보일 뿐이었다.

"형제들이여, 큰 지출을 감수해 가며 본당을 재건할 여유도, 이유도 교구에는 없네."

"기존에 있던 성당을 폐쇄하겠다는 말씀이신가요, 주교님? 포피나는 저희에게 소중한 본당입니다. 본당의 전통을 이런 식으로 끊어 버리실 생각은 설마 아니시겠지요?"

원로 중에서도 본당의 역사에 대해 가장 잘 아는 사람이 반문했다.

"그런 문제가 아니네, 형제여. 포피나 본당의 역사를 기억하는 이가 있다면 지금 내 말을 분명히 이해할 걸세."

원로들은 포피나의 역사에 대체 무슨 문제가 있는지 의아해하는 눈치였다. 그러자 주교는 비서를 불러 문서 보관소의 두툼한 서류뭉치를 가져오라고 지시한 뒤, 그 안에서 오래된 서류 한 장을 꺼내 원로들에게 보여주었다.

"1780년까지 포피나는 본당이 아니라 공소였네. 신자 수도 적은 데다 제방 주변에 있다 보니, 포피나에 본당을 두기가 무척 어려웠더군. 그런데 1780년에 직계 상속인이 없는 바올리노라는 분이 세상을 뜨면서, 멋진 집 한 채와 넓은 농지와 큰 돈을 남겼던 것이네. 자네들이 지금 보는 대로 그의 유언장은 간단한 내용만을 담고 있지. '내 집을 사제관으로 사용하도록 허락하며 농지는 포피나 본당의 설립과 유지에 쓰도록 남긴다. 성당이 생기지 않는다면, 내 세 번째 조카에게 모든 재산을 상속한다.' 포피나 본당은 이렇게 생겨났던 걸세. 하지만 지금은 사제관도 없어지고 본당 소유의 농지는 강물에 잠겨버렸으니, 돈 까밀로에게 운영을 위임하는 수밖에는 다른 방법이 없네. 포피나의 수호성인인 히폴리토 성인과 마우로 성인의 축제일을 기념하는 미사를 거행할 때는 포피나 성당으로 돈 까밀로를 파견할 테니, 주일미사나 다른 성사들은 수고스럽더라도 자네들이 조금만 걸어서 읍내에 있는 성당으로 가주길 바라네."

"거리의 문제가 아닙니다, 주교님. 원칙의 문제입지요."

원로들은 이구동성으로 말했다.

"올바른 신앙인의 원칙은 거주지에서 신앙생활을 제대로 하기가 어렵다고 해도 종교적 의무를 다하려 애쓰는 게 아니었나? 포피나에는 수의사가 없지. 그래서 자네들은 가축이 아프면 수의사를 부르러 읍내로 달려가지 않는가. 설마 영혼의 건강이 가축의 건강보다 덜 중요하다고 말하고 싶은 건 아니겠지?"

원로들은 마을로 돌아가 주교의 설명을 사람들에게 전했다. 그 자리에 모인 사람들은 아무 말이 없었지만 그들 사이에 흐르는 침묵은 포피나 자치구의 창설을 예고하고 있었던 것이나 다름이 없었다.

그날 이후, 포피나는 읍사무소가 소재한 바싸 마을로부터 정신적인 독립을 시작했고 '성직자든 그 외의 어떤 것이든, 우리는 읍에 의존하기를 원하지 않는다'가 마을 사람들의 신조가 되었다.

그 뒤부터, 포피나 사람들은 물건이 필요하면 바싸 마을을 피해 다른 읍으로 가기 시작했다. 그러기 위해 세 배나 먼 거리를 다니는 수고도 마다하지 않았다.

궁하면 통하는 것은 어디에서도 적용되는 이치인지, 얼마 안 가 모로 여관 주인 로쏘는 다양한 물건들을 읍을 거치지 않고도 구할 수 있게 되었다. 소금과 담배 판매 허가마저 정부로부터 받아냈다. 또 주민들은 합심하여 이 마을에서 저 마을로 떠돌며 구급차를 타고 왕진 다니던 젊은 의사를 불러 포피나에 정착시키게도 했다.

의사 문제가 뜻밖에 쉽게 해결되자 그들은 이 기회에 수의사 문제도 해결하고 싶어 했다. 하지만 적당한 수의사를 물색하는 일은 그리 만만치 않았다. 그래서 결국 다음과 같이 선언할 수밖에 없었다.

'가축은 읍의 지배에 남아있어도 좋다. 중요한 건 가축이 아닌 우리가 독립했다는 점이다.'

이 모든 일은 물 밑에서 조용히 진행되었다. 모로 여관 주인 겸 포피나 공산당 조직을 관할하던 로쏘가 뻬뽀네를 찾아갔을 때에는 거의 모든 준비가 끝난 뒤였다.

"대장, 포피나의 동지들은 더 이상 읍의 지부로 남는 걸 원하지 않습니다."

"웃기는 소리하지 마라! 다른 지부는 모두 여기 읍 본부에 속해있는데, 그럼 포피나의 동지들은 다른 지부와 달리 특별대우라도 받고 싶다는 건가?"

"그건 아닙니다, 대장. 저희도 모든 당원이 평등하다는 걸 모르지는 않습니다. 그저 포피나가 처한 상황이 특별하니, 다소 배려가 필요하다는 겁니다."

포피나의 공산주의자들은 죄다 거칠고 활동적이었다. 하나같이 결단력 있고 자존심이 강해 언제든지 팔뚝을 걷어붙이고 나설 준비가 되어 있었다. 뻬뽀네는 그들의 요구가 지나치다고 생각했기 때문에 로쏘의 말을 무시하면서 버텨 보려고 무진 애를 썼다.

"알겠네, 동지. 하지만 지나친 향토애는 공산주의의 승리를 방해하는 위험한 요소 중 하나라는 걸 잊지 말게. 나라를 가르는 국경선조차 동지들을 구분하는 목적으로 쓰여서는 안 되는 거야. 심지어 다른 피부색을 가지고 있다 할지라도, 포피나의 동지와 북경의 동지는 동등한 관계일세."

"맞습니다, 대장. 그런데 왜 제게는 포피나와 북경 사이의 거리가 포피나와 읍 사이의 심리적 거리보다도 오히려 더 가까운 것처럼 느껴지는 겁니까?"

뻬뽀네는 상황이 이쯤 되자 더 이상 고집을 피울 수가 없었다.

"그럼 자네가 원하는 게 뭔가? 지방 연합에 직속으로 속하기라도 원하는 건가?"

"포피나 지부를 포피나 자치구로 바꿨으면 합니다."

"잘 알겠네. 자네는 서열이 높아지기를 바라는 거구먼."

"분명히 말씀드리지만 그건 아닙니다, 대장. 독립된 자치구로 인정된다 해도 우리는 대장을 서기장으로 선출할 겁니다."

"좋아. 한데, 그러면 지금과 다를 게 없잖나?"

"아니오, 지금까지와는 완전히 달라지지요. 저희는 읍의 일개 지부가 아니라 보타지 동지에게 속하는 독립기구가 되는 겁니다."

뻬뽀네 입장에서 볼 때, '이탈리아 공산당 포피나 자치구 책임자'라는 표제가 붙은 문서를 조금 인쇄하는 것을 빼고 달라지는 것은 사실상 없었다. 다른 지부에 명령을 통지하기 위해 쓰는 서류와 포피나에게 쓰는 서류를 구분해서 쓰는 귀찮음을 감수하면 어렵지 않게 해결할 수 있는 문제였다. 당의 분열을 막기 위해서라면 그깟 돈 몇 푼이 지출되는 건 그렇게 아까울 일도 아니었다.

그 뒤로 당은 다시 평온함을 되찾았다. 스미르초의 실수로 포피나에 바싸 마을 본부 명의가 찍힌 명령서가 도착한 날, 다음과 같은 설명과 함께 뻬뽀네에게 반송된 일만 뺀다면….

> 주세페 보타지 동무에게
>
> 저희는 바싸 본부 책임자의 서명이 된 명령서를 받지 않습니다. 바싸 본부와의 협약에 따라 저희는 독립된 조직으로 움직이며 직속 책임자인 주세페 보타지 동무의 명령만을 따릅니다.
>
> – 이탈리아 공산당 포피나 자치구

빼뽀네는 바싸 본부 명의가 인쇄된 서류에다 명령실수에 대한 사과문을 작성하고 포피나 자치구 명이 인쇄된 종이에 등록 명령서를 새로 써서 함께 보냈다.

이제 포피나 자치구는 안으로는 정신을, 밖으로는 형식을 완벽하게 갖춘 셈이었다. 마을의 두 수호성인 중의 하나인 히폴리토 성인의 축일기념 미사를 드리러 돈 까밀로가 성당 앞에 모습을 나타낸 건 그즈음이었다. 그러나 그는 성당 정문에 붙은 다음과 같은 공고문을 보고 경악했다.

> 알림
>
> 정식 본당으로 인정받을 때까지 문을 닫습니다.
>
> – 인민 일동

돈 까밀로는 뭔가 수상한 일이 생기고 있다는 느낌을 받았지만, 그건 그로서도 어쩔 수 없는 노릇이었다. 그는 체념 섞인 표정으로 터덜터덜 걸어서 읍내로 돌아왔다.

포피나 성당의 문은 굳게 닫혔고 주민들은 더 이상 아무도 미사에 가지 않았다.

그러던 어느 날, 읍내로부터의 완전한 독립을 표방한 포피나 자치구에 커다란 난관이 닥쳤다. 아기가 새로 태어나 세례를 받아야 하는데 포피나에는 성직자가 없었기 때문이다.

"읍내로 세례를 받으러 가느니 차라리 안 받게 하겠어."

아기의 아버지는 자못 비장한 결정을 내렸다. 하지만 집안의 여자들이 아기에게 세례를 주지 않는 것은 죄를 짓는 일이라며 들고 일어났다. 그래서 이틀 뒤, 포피나 주민 모두가 참석한 가운데 광장에서 회의가 벌어졌다.

회의에서는 여러 의견이 분분했지만 누군가 세례를 주지 않겠다는 제안에 따끔한 일침을 놓았다.

"포피나에 본당 신부가 있을 때에도 출생 신고는 여기가 아니라 읍사무소에 가서 했었지 않나. 지금 읍에 아기의 출생 신고를 한 마당에 세례를 받지 않겠다는 것은, 자네들이 주님보다 읍장을 더 중요하게 생각한다는 뜻으로밖에 보이지 않네."

그 의견은 무척 타당해 보였다. 그리고 아기의 아버지는 아기에게 세례를 주지 않음으로써, 하느님보다 읍장을 윗자리에 올려놓는 위험을 감수할 수는 없었다. 그는 결국 고집을 꺾고 말았다.

"그렇다면 내일이라도 당장 세례를 받으러 읍내로 가야겠네요."

로쏘는 독립 정신에서 어긋나는 행동을 참을 수 없었다.

"지금껏 우리 마을에서 태어난 아기는 모두 포피나 성당 교적에 올랐소. 하지만 이제부터 읍내에서 세례를 받은 아기는 바싸 성당 교적에 올라가게 될 거요. 돈 까밀로에게 세례를 받는다면 포피나에 사는 우리가 공식적으로 우리의 자치권을 포기하고 결국 바싸 성당에 속한다는 것을 인정하게 되는 꼴이 되오. 나는 포피나를 읍의 식민지로 만들고 싶은 생각이 추호도 없소."

로쏘의 주장은 아주 논리정연했으므로 모두 동의했다. 한참을 갈등하던 아기의 아버지는 다시 한 번 자신의 결정을 번복하였다.

"우리 애는 세례받지 않을 겁니다. 내 아들을 고향의 배신자로 만들 수는 없으니까요."

갓 태어난 티 없이 순수한 아기만을 놓고 본다면 아기에게는 아주 안타까운 일이었다. 돈 칸디도가 포피나에 모습을 나타낸 것은 바로 이런 시기였다. 그는 자연스럽게 태풍의 중심에 놓이게 되었다.

*

돈 칸디도는 깡마른 젊은 신부였다. 말라서 젊어 보이는지, 젊어서 마른 건지는 분명하지 않았지만 말이다. 원체 내성적이기도 했던 그는 막 들어선 광장에 사람들이 잔뜩 모여 흥분된 목소리로 토론을 하는 것을 보고 그 자리를 피해 돌아가려고 했다.

하지만 마음만 그랬을 뿐, 이미 그의 주위에는 사람들의 벽이 둘러져 있었다.

"누가 보내서 오셨소?"

로쏘가 불신에 가득 찬 목소리로 묻자, 돈 칸디도는 이렇게 대답했다.

"그저 지나가는 길에 들렀습니다. 저는 토리첼라에 있는 사촌을 만나러 가는 중입니다."

누군가 중얼대는 이름에 모두 수군대기 시작했다.

"내 기억이 틀리지 않는다면 좋겠는데…. 신부님은 혹시 페리니의 아들이 아닌가요?"

한 노파가 젊은 신부에게 물었다.

"예, 맞습니다. 양친 모두 다 돌아가셨죠. 토리첼라에 사는 사촌 단테 말라스카 빼고는 이제 피붙이라고는 아무도 남지 않았습니다."

"한발 늦었구려, 신부님. 그 역시 어제 아침 묘지에 묻혔다오."

돈 칸디도는 많은 사람의 시선이 집중되자 긴장한 듯 땀을 비오듯 흘리기 시작했다.

"그럼 가봐야 아무 소용이 없겠군요. 돈 주세페 신부님께나 인사드리고 돌아가렵니다."

로쏘는 돈 칸디도의 신분이 밝혀졌는데도 의심의 눈초리를 거두지 않았다. 심지어 그를 빨리 쫓아내고 싶다는 불편한 심기까지 드러냈다.

"지금 당장 돌아가셔도 됩니다. 돈 주세페 신부님도 여섯 달 전에 돌아가셨으니까요."

돈 칸디도는 성호를 그어 죽은 자의 안식을 빌며 말했다.

“편히 잠드시길, 불쌍한 돈 주세페 신부님. 저를 많이 사랑해 주셨는데….”

돈 칸디도의 말에 한 노파가 눈물지었다.

“여든다섯 살을 넘게 사셨으니, 호상이라고 할 만하지요. 다만 한 가지 안타까운 일이라면 마지막 가시는 길이 편치 않으셨다는 게 마음에 걸려요….”

사람들은 돈 칸디도에게 농지가 강물에 잠긴 사연과 불타버린 성당 이야기를 들려주었다.

돈 칸디도는 슬프게 미소 지었다.

“그래도 저보다는 낫네요.”

로쏘는 말도 안 된다며 펄쩍 뛰었다.

“그럴 리가! 이보다 더 나쁠 수가 있단 말이오?”

“그렇습니다. 안타깝게도 제가 그런 일을 직접 겪었거든요.”

젊은 신부는 자신이 경험한 사건의 자초지종을 설명했다.

“저는 신부가 된 후, 2년 정도 산에 머물렀습니다. 돌레타 산 기슭의 작은 마을인 루지오 본당을 맡고 있었거든요. 아주 가난하지만 맑은 공기와 아름다운 경치를 자랑하는 마을이었지요. 두 달 전쯤인가 마을 중심가에서 갈라진 틈이 발견되었고 하루가 더 지나자 갈라진 틈이 넓어져서 산에까지 뻗어나가더군요. 저와 마을 사람들은 재빨리 가축과 세간살이를 챙겨 피난했습니다. 모두 마을이 보이는 곳에 자리를 잡고 야영을 했습니다. 천천히 무너져 내리는 산 옆에서 마을을 바라보며 발만 동동 굴렀답니다. 사흘 후에는 엄청난 폭우가 쏟아졌고요."

그는 잠시 얘기를 끊고 한숨을 쉬었다.

"마을 전체가, 모든 것이 계곡에 묻혀 버렸지요. 집, 채소밭, 사제관, 성당, 남은 게 하나도 없답니다. 저는 할 수 있는 데까지 최선을 다해 불쌍한 주민들을 돕다가 복구작업이 웬만큼 정리된 걸 확인하고 주교님께 보고를 드리러 교구청으로 가던 길에 잠시 고향에 들른 겁니다. 아마 다른 본당에 자리가 날 때까지 대기해야겠지요."

그때 로쏘의 머릿속을 번쩍 스치고 지나간 생각이 하나 있었다.

"그럼, 신부님은 한마디로 실업자란 말씀이시오?"

"본당 없는 본당 신부를 실업자라고 말한다면, 그런 셈이죠."

돈 칸디도가 쓴웃음을 지으며 대답하자 로쏘는 마침 잘되었다고 환호작약하며 말했다.

"신부님은 실업자고 우리는 본당 신부를 필요로 합니다. 신부님이 여기 머무신다면, 두 가지 문제가 한꺼번에 해결되는 셈이 아니겠습니까?"

"그럴 수만 있다면 얼마나 좋을까요! 하지만 전 주교님의 명령 없이는 여기에 머물 수 없습니다."

한 여자가 투덜거리기 시작했다.

"주교님은 우리에게 누구도 보내지 않으실 걸요. 물론, 주교님 나름대로 사정이 있겠지만 우리도 틀린 건 아니랍니다. 그러니 중간에 낀 죄 없는 사람만 불쌍하게 되었지요."

사람들은 세례를 받을 수 없는 아기의 사연을 들려주고 나서 그 아기를 돈 칸디도에게 보여주었다. 곧 죽기라도 할 것처럼 창백하고 앙상한 아기를 보자 젊은 신부는 마음이 아팠다.

"정말로 세례를 주지 않기로 하셨나요?"

아기의 아버지가 화를 내며 대답했다.

"여기서 세례 받을 수 없다면 다른 방법이 없지 않습니까, 신부님."

돈 칸디도는 어쩔 수 없는 긴급상황이라는 것을 이해한 듯 말했다.

"다들 진정하시지요. 제가 여기서 세례를 줄 테니까요."

우여곡절 끝에, 포피나 역사상 가장 엄숙한 세례식이 거행되었다. 가장 엄숙한 세례식인 이유는 마을 사람이 하나도 빠짐없이 참석했고 돈 칸디도를 졸라 세례식 중에 '포피나 본당은 아직 건재하며 자유는 죽지 않는다!' 라는 기도를 올릴 수 있었기 때문이다.

마을 주민들은 돈 칸디도에게 음식을 대접하고 방을 내주면서, 그가 일단 마을에 머물게 하는 데 성공했다. 하지만 그는 언제라도 떠날 수 있는 사람이었다. 돈 칸디도가 자러 간 뒤, 사람들은 모로 여관에 모여 어떻게 그를 붙잡을 수 있을지를 의논했다.

로쏘가 긴급 제안했다.

"젊고 융통성 있고, 자기 몫을 충분히 해낼 것 같소. 우리가 얼마를 내서라도 그를 본당 신부로 모십시다."

"신부라도 그냥 놀고먹게 둘 수는 없잖소? 일이 없는 날에는 무슨 명목으로 먹여 살릴 거요? 구두라도 닦게 할 거요?"

참석자 중 한 사람이 물었다.

언제나 뻬뽀네를 닮으려고 애쓰는 로쏘가 원론적인 이야기를 늘어놓았다.

"성직자가 해결할 수 없는 치명적인 단점이 두 가지가 있소. 첫째는 성직수행 말고는 어디에도 쓸데가 없다는 것이오. 성직자는 일을 하지 않으면서도 먹을 걸 계속 축낸다는 특징 또한 갖고 있소. 그렇지만 우리에게도 선택의 여지가 없으니, 내가 내일 아침에 그에게 넌지시 말해 보겠소."

로쏘는 마을 주민들의 의견을 모아, 다음 날 아침 떠나려고 서둘러 행장을 꾸리는 돈 칸디도에게 포피나 본당 신부로 머물러 줄 것을 간곡하게 요청했다.

"신부님, 주일 미사와 축일에 거행하는 미사, 세례, 결혼식, 장례식에 해당하는 돈을 우리가 전부 제공할 테니 이 마을의 본당 신부가 되어주시오."

"말씀은 고맙지만 미사예물만으로 충분할지 모르겠습니다. 행사가 없는 다른 날에는 뭐로 생활해야 하나 걱정된다는 말씀이지요."

돈 칸디도는 일하지 않는 날에도 먹어야 살 수 있다는 사실을 냉철하게 지적하고 있었던 것이다. 사람들은 이런 그의 섬

세함까지도 높이 평가했다. 하지만 포피나 자치구 공산당 우두머리로서 신부의 적일 수밖에 없는 로쏘는 냉소적인 반응을 보였다.

"성직자라도 사람이니 먹어야 살 수 있을 텐데, 성당에 할 일이 없는 날에는 뭐 다른 일을 하면 되지 않겠소?"

돈 칸디도는 흔들림 없는 눈으로 그를 바라보았다.

"성직자로서 일하는 게 흠이 되는 건 아닙니다. 신부의 소임과 명예를 훼손시키지 않는 일을 찾는 게 중요하겠지요."

"모든 노동은 정직하고 명예로운 거요."

로쏘는 깐깐하게 돈 칸디도의 말을 트집 잡았다. 그러나 젊은 신부는 침착성을 결코 잃지 않았다.

"전 체면 문제를 놓고 말씀드리는 게 아닙니다. 아이스크림 행상 일은 정직한 일입니다. 하지만 전 그 일을 할 수 없습니다. 이유를 알려드리지요. 우선 전 아이스크림을 만들 줄 모릅니다. 게다가 신부가 자전거 페달을 밟으며 아이스크림을 팔러 다니면 사람들이 웃을 겁니다. 제가 웃음거리가 되는 것은 괜찮지만 교회까지 욕되게 할 수 있으니 곤란합니다. 그렇다고 제가 칼 가는 일이나 미장일을 할 줄 아는 것도 아니니…. 성직을 떼어놓고 생각해보면 제가 할 수 있는 일은 농사뿐인 것 같습니다. 농사를 짓는 것은 교회의 명예를 더럽히는 일도 아니고 제 출신이 농사꾼의 자식이니만치 약간의 땅만 있다면 농사를 지을 수는 있겠지요."

그러나 로쏘는 성직자들의 적답게 계속 회의적인 태도로 일관했다.

"교구농지는 강물이 삼켜버렸고, 이 마을에는 지주도 없소이다. 모두가 소작농들이니, 아무도 땅을 내드릴 수는 없을 거요."

"저는 땅을 달란 말을 한 적이 없는데요? 그리고 몇 헥타르의 땅에 토마토 따위를 재배하기 위해서는 일손이 많이 필요한 것도 사실이잖아요?"

"물론이오."

"그럼, 여러분과 함께 일하면 되겠군요."

돈 칸디도의 대답에 로쏘는 의표를 찔린 기색이었다. 하지만 끝까지 물고 늘어지는 걸로 봐서, 이 마을의 공산당 책임자가 될 자격은 충분해 보였다.

"정말 그렇게 일해도 괜찮으시겠소?"

"저희 아버지는 저보다 더 마르셨지만 두 사람 몫을 거뜬히 해내셨습니다."

하얀 수염을 한 노인이 둘 사이에 끼어들었다.

"신부님은 좋은 혈통을 타고났구려. 땅은 내가 내드리다. 그런데 주무실 곳이 마땅치 않구만요."

로쏘는 반신반의하는 기색으로 제안했다.

"내가 방 하나를 드리겠소. 하지만 사제가 여인숙에 머물 수 있을지 고민이 좀 되는군."

돈 칸디도가 걱정하지 말라는 듯 딱 잘라 말했다.

"잠자리는 내가 알아서 하겠습니다."

다음 날 아침, 헐렁한 작업복을 입은 한 젊은이가 폐허가 된 옛 사제관에서 일하고 있다는 소식이 광장에 전해졌다. 두말할 것도 없이 그 젊은이는 돈 칸디도였다.

1시간이 지나자 포피나의 소년들은 모두 사제관을 찾아가 돈 칸디도를 돕기 시작했다.

저녁 무렵, 들판에서 돌아온 어른들도 하나둘 일손을 거들러왔다.

"방 한 칸의 공간만 정리하면 됩니다. 토대가 탄탄하고 흙벽도 2미터 정도가 남아있으니 큰 문제는 없겠습니다. 벽돌과 기와도 여기저기 널려 있네요. 기왓장이 마르세유에서 만들어진 것처럼 널찍해서 지붕을 덮기에 아주 좋은 데다 모래와 자갈은 바로 옆 강가에서 퍼오면 되고, 실어 나를 자전거도 있으니, 벌써 집이 반쯤은 완성된 기분이 드는데요."

돈 칸디도의 자전거가 새 것이다 보니 소년들은 서로 타겠다며 실랑이를 벌이기도 했다. 그는 폐허를 정리하는 도중에 바닥과 탁자 밑에서 찾아낸 약간의 돈을 목수에게 지불하고 문과 창문을 새로 만들어 오라고 시켰다.

공간 정리가 끝나자 돈 칸디도는 벽을 만들기 시작했다. 지붕도 재료도 여기저기서 모아다가 어렵지 않게 만들 수 있었다. 오직 대들보가 골칫거리였다. 좋은 기둥감이 두 개나 있었지만, 어떻게 받쳐야 할지 잘 몰랐던 것이다. 돈 칸디도는 화덕에 붙은, 난로 굴뚝처럼 속이 파인 굵은 기둥을 방 한가운데에 넣고 지붕을 괴는 것으로써 이 문제를 간단히 해결해 버렸다.

보기에는 무척 작고 초라한 지붕이었지만 물 한 방울 새지 않아 본래의 역할을 감당하기에는 충분했다.

"자, 이게 사제관이에요."

오두막이 완성되자 만족스러워하며 돈 칸디도가 처음 내뱉은 일갈이었다.

돈 칸디도가 이 마을에서 살게 된 지도 벌써 몇 달이 흘러 농사를 짓기에 좋은 계절이 돌아왔다. 이제 돈 칸디도는 미장일을 그만두고 농사일을 시작했다.

"만일 모든 성직자가 당신 같은 농사꾼이라면, 공산당원들은 프롤레타리아 혁명의 날에 성직자와 손을 잡고 농업을 발전시킬 수 있을 거요."

어떻게 일하는지 살펴보러 간 로쏘는 돈 칸디도가 농부가 하는 일을 제대로 이해하고 있는 사람이라는 것을 알게 되자 친근감마저 느끼게 되었다. 급기야는 당의 지시로 인해 성당을 출입할 수 없는 로쏘와 당원들이 매주 일요일 미사 시간에 맞추어 활짝 열린 성당 문 앞에 모이는 기묘한 풍경을 연출하기도 했다.

"성직자에 대한 존경심 때문이 아니라 노동자끼리의 결속을 다지기 위해서요."

로쏘는 그 사건에 대해 뻬뽀네에게 군색한 변명을 이런 식으로 늘어놓았다.

"알았네. 하지만 노동자로서 일이 끝나는 지점과 성직자의 일이 시작되는 지점을 분명히 구별하게."

"알겠습니다, 대장. 들판에서 일을 끝내면 노동자로서 그의 일은 끝이죠. 하지만 성직은 언제나 새롭게 시작되니까 절대로 끝나지 않죠."

"바로 그 걸세, 동무. '마음으로부터의 불신', 그게 가장 중요하다!"

포피나 자치구 사람들이 성인을 바꾸겠다는 결심을 하기 전까지는 모든 일이 순조로워 보였고, 모두가 행복했다. 로쏘와 그의 여관만 빼고….

포피나의 수호성인인 히폴리토 성인과 마우로 성인의 축일은 각각 8월 중순과 1월 중순에 있었다. 이들은 축제에 가장 어울리지 않는 시기의 성인들인 셈이다.

마우로 성인의 축일에는 너무 추워서 축제를 열기가 불가능했다. 마찬가지로 히폴리토 성인의 축일에도 뜨거운 먼지를 마셔가며 먼 거리를 무릅쓰고 찾아올 사람들이 없었기에 축제를 열 수가 없었다. 그래서 포피나에서는 무희가 춤을 추고 노점좌판이 벌어지고 이방인들이 북적거리는 진짜 축제가 열린 적이 한 번도 없었다. 여관주인인 로쏘는 다른 사람들이 이런 즐거움을 누리지 못하는 정신적인 피해만 보는 데 반해, 자기는 물질적인 면까지 큰 손해를 입고 있다고 생각했다. 자신의 장삿속을 차리기 위해서라도 사람들이 이 마을을 찾아오도록 유인할 방법을 요모조모 궁리해 본 결과, 마을의 대표자들을 꼬드겨 성인들을 갈아치우기로 했다.

처음 수호성인 변경위원회가 돈 칸디도를 찾아갔을 때, 그는 너무 놀란 나머지 말을 더듬었다.

“수호성인을 바꾼다고요? 아, 아니 왜요? 여, 여러분께 어떤 피해, 해를 입히기라도 했나요?”

“성인들은 우리에게 위해를 가한 적도 없지만 덕을 베풀지도 않았소. 뭐, 특별한 이유가 있는 것은 아니고 그저 여름의 성인이나 겨울의 성인을 더 이상 원치 않게 되었을 뿐이오. 다른 마을처럼 축제일을 즐길 수 있도록 봄과 가을의 성인이 있었으면 좋겠다는 데 의견의 일치를 보았소.”

“주교님께 어떻게 이걸 말씀드려야 할지….”

사람들은 돈 칸디도를 계속 압박해왔다.

“주교님과는 상관없는 문제 아니오? 이곳은 교회에 의해 거부당한 인민들이 독립적으로 세운 자유 성당이잖소. 이제 당신의 주교는 인민이니 인민들의 뜻을 받들어 수호성인을 바꾸도록 합시다.”

돈 칸디도가 불쾌한 기색을 감추지 못하고 외쳤다.

"성인을 바꿔요? 어떻게? 수호성인은 계절 따라 갈아입는 옷 따위가 아닙니다."

"우리는 옛 성인을 치워 버리고 그 자리에 새 성인을 놓을 작정이오."

"그렇다면 새 성인으로 누굴 모시겠다는 말씀이시요?"

돈 칸디도의 질문에 로쏘가 답변했다.

"베논 성인과 비르질리오 성인이오. 이미 모든 이전 준비가 완료됐고, 비용도 셈도 전부 끝났소. 그 조각상은 뽀 강 너머, 치멜로 읍에 폐허가 되어 없어진 성당에 있소이다. 몇 해 전 홍수로 마을과 성당이 깡그리 폐허가 됐는데 재건할 계획이 없다더군요. 그래서 치멜로 읍의 두 성인이 실업자가 되어버렸던 거요. 마치 신부님이 그랬던 것처럼 말이오. 베논 성인의 축일은 5월 중순이고 비르질리오 성인의 축일은 9월 말이니, 시기를 맞추어 축제를 열면 많은 사람이 구경하러 올 거요. 우리는 첫 번째 행사로 성인 이전식을 거행하기로 했소. 9월 26일 비르질리오 성인의 축일에 맞추어 멋진 행사를 열 계획이오. 배를 타고 여기서 출발해서 강을 건너 다른 강둑에서 기다리고 있는 성인들을 모시러 갔다가 이리로 옮겨오는 거요. 여기에 도착하면 신부님께서 두 성인을 축성하고 마을 사람들에게 소개하시오. 두 성인을 배에서 내려 성당 앞까지 옮기는 동안 음악에 맞추어 행진하고…. 새 성인들이 문 앞에서 기다리는 동안, 신부님은 복사들이 뒤를 따르는 가운데 성당 안으로 들어가 옛 성인들에게 작별인사를 하시면 되오. '충직하게 그리고 명예롭게 일하셨습니다. 우리를 위해 많은 것을 해주셨습니다' 라고 진심 어린 인사를 드리면 그분들도 우리에게 화를 내시진 않겠지요. 한마디로 옛 성인들과의 우아한 송별식을 연출하는 게요. 그러고 나면 새 성인들이 들어가 옛 성인의 자리를 차지하는 것으로 행사의 막을 내리면…. 멋지지 않소? 아 참, 장엄한 미사를 진행할 수 있도록 도시에서 오르간도 구해 오겠소."

위원회는 굉장히 의욕적이었다. 그들의 눈앞에는 이미 화려한 축제의 정경이 총천연색으로 펼쳐지고 있기라도 하는 것 같았다.

"성인들에 대해서는 따로 걱정하실 필요 없소."

로쏘가 노파심에 덧붙였다.

"전문 페인트공에게 부탁해서 칠을 다시 했소. 게다가 기존에 계시던 성인들에 비해 한 뼘은 족히 더 크오."

돈 칸디도는 어떻게든 의논할 사람을 찾아야만 했다.

"알겠습니다. 이걸 어떻게 정리해야 할지 생각할 시간을 좀 주세요."

*

젊은 신부를 보자마자 돈 까밀로는 표정이 어두워졌다.

"저는 돈 칸디도라고 합니다."

돈 칸디도가 아주 쑥스러워하며 자신을 소개했다.

"저는 본당 신부…. 임시 본당 신부…."

"말소된 성당, 포피나의 임시 본당 신부로군."

돈 까밀로는 '말소된' 이라는 부분에 힘을 주어 말했다.

"알고 있네. 한데 무슨 일인가?"

"포피나의 인민들이 성인들을 갈아치우려 합니다."

당황한 돈 칸디도의 목소리는 개미 소리처럼 가늘었다.

"인민들에게 전하게. 성인을 바꾸느니 자기들 머리통이나 바꾸라고 말이야. 이제 포피나 본당은 더 이상 내가 알 바가 아니니 더 이상 간섭할 생각은 없지만."

"신부님 뜻은 잘 알겠습니다. 하지만 이번 건에 대해서는 신부님의 도움이 절실하게 필요합니다."

"내가? 자네를? 바른길을 버리고 파멸의 오솔길을 걷는 신부를 도우라고? 반항하는 신부를, 무질서한 신부를 도와달라고?"

돈 칸디도의 얼굴은 시체처럼 하얗게 질렸고 두 눈에는 눈물이 가득했다.

"신부님 각하. 왜 제게 그렇게 안 좋은 말씀을 하세요? 제가 무슨 잘못이라도 했습니까?"

돈 까밀로는 얼굴이 벌게진 채로 식식거렸다.

"얼어 죽을, 내가 무슨 각하야, 각하는. 나는 각하라 불릴 자격도 없고 그런 자리 근처에도 가본 적도 없네. 그리고 자네는 내게 잘못한 게 아니라 주교님께 반항함으로써 교회 전체에 해

악을 끼쳤어."

괴로움으로 인해 돈 칸디도의 몸이 부들부들 떨렸다.

"저는 순종의 덕을 거스르기 위해 본당 신부 자리에 앉은 게 아닙니다. 본당 신부가 세상을 떠서 급히 사제를 필요로 하는 사람들 곁에 잠시 머무른 것뿐입니다."

"자네는 본당 신부를 파견하는 이가 누구라고 생각하나? 분명히 해두세. 주교님이신가 아니면 공산당 지부의 서기장인가?"

"포피나 본당은 교회로부터 승인받지 못했…."

"문제는 그거야. 자네는 말소된 성당의 본당 신부로 임의적이며 독단적으로 공표된 걸세. 그러니 자네는 자동적으로 교회의 권한에 따른 결정에 반대하는 입장이 된 거지. 조만간 주교관으로부터 연락이 갈 걸세."

"제가 그처럼 큰 잘못을 저지르고 있다고는 미처 생각하지 못했습니다. 내일 아침 당장 포피나를 떠나서 그들과 연락을 끊고 자중하겠습니다."

"반드시 주교관과 연락을 취하게. 주교님을 찾아가 상황을 설명해 드리고 자네의 지각없는 행동에 대해 용서를 구하게."

"그렇지만…. 도저히 그럴 용기가 나지 않습니다."

돈 칸디도는 고개를 떨구고 밖으로 나갔다. 그리고 돈 까밀로는 사제관의 현관에 남아 이리저리 걷기 시작했다.

"그는 젊고 판단력이 없어. 내가 그를 올바른 길로 인도해야 돼."

마침 성당 입구에 필로티의 아들이 사이드카를 주차하는 모습이 눈에 들어왔다. 돈 까밀로는 막무가내로 그를 붙잡으며 말했다.

"미안하지만 나를 포피나에 데려다 주게."

'사제관' 이라 불리는 오두막에는 돈 칸디도가 없었다. 돈 까밀로는 서너 차례 문을 두들기다가 말고 몇 걸음 뒤로 물러서 그 묘한 오두막의 모습을 자신의 눈에 담았다.

"참 대단한 신부님 아니에요? 자신의 손으로 벌어 먹고살다니…."

우연히 지나가던 한 노파가 돈 까밀로에게 인사를 전하며 말했다.

"그가 어디 있는지 아시오?"

"비시 농지에 있더군요."

돈 까밀로는 그 말이 채 끝나기도 전에 다시 사이드카에 올라타고 비시의 농지로 향했다. 그곳에 도착해 돈 칸디도를 찾자 사람들은 짐마차 길로 가보라고 일러주었다.

"저기 갈림길이 보이시죠? 끝에 이르면 오른쪽으로 가보세요."

돈 까밀로는 한참을 걸어 짐마차 길의 끝에 다다랐다. 오른쪽으로 방향을 틀자 넓은 토마토밭이 펼쳐져 있었다. 돈 까밀로는 밭 한가운데서 일하는 젊은 신부를 발견하고 그리로 달려 갔다.

"이게 뭐하는 짓인가?"

돈 까밀로는 돈 칸디도의 이런 행위가 성직자의 권위와 체통을 다 깎아 먹는 행위라고 생각했다.

"하루 일당을 벌고 있지요."

돈 까밀로는 찢어진 셔츠에 기운 바지를 입고 뒤축이 다 닳아 빠진 신발을 신은 돈 칸디도를 요모조모 뜯어보았다.

"여러 말 말고 날 따라오게. 보리타작 마당에 사이드카가 있어. 내가 자네를 주교님께 데려다 주도록 하지."

돈 칸디도는 말없이 걷다 보리타작 마당에 도착해서 말했다.

"얼른 준비할게요. 손 씻고 옷만 갈아입으면 돼요. 토마토 물이 흉하게 얼룩져서 아무래도 장갑을 껴야겠어요."

그러나 돈 까밀로는 다짜고짜 그의 멱살을 잡고 사이드카 안으로 밀어 넣은 다음 이렇게 말했다.

"이대로 가자고. 자네가 겁쟁이가 아니길 바라네."

그는 안장에 앉아 필로티의 아들을 향해 외쳤다.

"자네는 자전거를 한 대 빌려서 집으로 돌아가. 사이드카는 내가 좀 쓸 테니까."

필로티의 아들은 어처구니가 없는지, 입을 쩍 벌리고 돈 까밀로가 사라져간 길을 노려볼 뿐이었다.

"주교님."
나이 든 주교 앞으로 다가간 돈 까밀로가 말문을 열었다.
"정말 볼썽사나운 친구 하나를 소개해 드리고 싶습니다."
"돈 까밀로, 왜 그리 얼굴이 시뻘건가? 혹시 자네 더위라도 먹었나?"
"아니요, 주교님."
"그럼 제정신이라는 말이지? 좋아, 같이 내려감세."
두 사람은 주교 관저의 정원으로 내려왔다.
"저쪽으로 그 사람을 들어오라 하게나."
나이 지긋한 주교는 둘러쳐진 높은 담장에 달린 문을 가리켰다.
2분쯤 지나 돈 까밀로는 돈 칸디도를 마치 짐짝을 취급하는 듯 질질 끌고 들어 왔다.
"주교님, 반 시간 전에 토마토밭에서 일하고 있는 것을 산 채로 잡아 왔습니다."
주교는 코에 안경을 걸치고 두려움으로 떨고 있는 돈 칸디도를 찬찬히 살펴보았다. 돈 까밀로는 그의 어깨를 잡고 반 바퀴 뒤집어 주교가 뒷모습도 살펴볼 수 있도록 도왔다.
"아무리 생각하셔도 이 불행한 인물이 누구인지는 맞히지 못하실 겁니다."
주교는 농사일로 더럽혀진 옷에 부드러운 눈길을 던지고는 대답했다.

"포피나의 본당 신부로군."

뜻밖의 대답이었다. 사실상 이 말은 포피나 본당과 돈 칸디도에 대한 승인이나 다름없었기 때문이었다. 돈 까밀로는 당혹스러움을 감추지 못했다.

"주교님. 그에게 더 하실 말씀이 있으시다면 저는 밖에서 기다리도록 하겠습니다."

"왜?"

주교는 자꾸 귀찮게 하지 말라는 듯, 휘휘 손을 저으며 말했다.

"내가 말할 것은 그게 전부야. 그는 포피나의 본당 신부일세."

벤치에서 일어나 집무실을 향해 걸어가는 주교에게 돈 까밀로는 특이한 소식을 전했다.

"주교님, 포피나 본당의 신자들이 성인을 바꾸려고 한답니다. 여름과 겨울의 성인들 대신 봄과 가을의 성인들을 원한다는군요."

주교는 깜짝 놀라 잠시 멈추어 섰다.

"봄과 가을의 성인이라?"

"예, 주교님."

돈 까밀로가 차분히 설명하기 시작했다.

"뽀 강 너머에 폐허가 된 성당에서 찾아냈다며, 화려한 행사를 벌이고 배로 실어서 옮겨온다는군요."

"흠, 배로 말이지?"

"예, 배로요. 그래서 본당 신부가 새로운 성인에게는 환영의 인사를, 옛 성인에게는 작별의 인사를 해야만 한다며, 인민이 내린 결정에 따르라는 통보를 받았다고 합니다."

"그는 동의했나?"

돈 칸디도의 가슴팍을 지팡이로 가리키며 주교가 물었다.

"아니요, 주교님."

"그럼 어쩔 거라던가?"

"물의를 일으킨 책임을 지고 본당을 떠나겠답니다. 그리고 포피나의 얼빠진 영혼들을 그들 자신의 운명에 맡기겠대요."

주교는 가상의 적을 상대라도 하듯 공중에 지팡이를 휙휙 휘두르며 말했다.

"마우로 성인과 히폴리토 성인을 건드리면 교회의 신성을 모독하는 것이라고 경고하게. 그리고 비르질리오 성인과 베논 성인에 대해서는…. 그래, 이게 좋겠어. 그분들도 수호성인으로 추대하도록 내버려둬. 그러니까, 포피나의 수호성인은 둘이 아니라 넷이 되는 거지. 그렇게 어리석은 사람들을 도우려면 두 분만 가지고는 부족할 테니까. 포피나 본당에 이를 전하게."

"명에 따르겠습니다, 주교님."

돈 까밀로가 대답했다.

주교가 조금씩 멀어져 가다가 마침내 보이지 않게 되자, 돈 까밀로는 조약돌 위에 쭈그리고 앉아있던 돈 칸디도의 멱살을 잡아 일으켜 현관문으로 질질 끌고 나간 다음 사이드카 안으로 세게 내던졌다.

*

마침내 포피나에 새로운 수호성인이 도착하는 날이 왔다. 아름답게 장식된 배에 실려 강을 건너온 성인들을 맞이하는 화려한 의식이 열렸다. 행사는 대단히 성공적이었다. 새로운 성인들은 마을 사람들의 뜨거운 환호와 박수 속에 무사히 성당에 안치되었다. 기존에 안치된 수호성인들 바로 옆, 조금은 비좁은 자리에 말이다.

성인 이전식에 입회인 자격으로 참석했던 돈 까밀로는 다음날 아침, 보고를 위해 주교관저로 달려갔다. 그는 주교를 만나자마자 먹음직한 토마토가 가득 담긴 바구니를 내밀었다.

"얼마 전에 여기 들렀던 주교님의 훌륭한 농부가 보낸 겁니다."

주교는 바구니를 안아 들고 문으로 향했다. 그러자 비서 신부가 급히 달려왔다.

"제가 들게 주세요, 주교님."

"물러서라."

비서 신부의 가슴팍을 지팡이로 찌르며 주교가 소리쳤다.

"이건 내꺼야, 손대면 혼날 줄 알라고…."

주교는 개인 서재에 들어가 책상 앞에 앉았다. 그는 토마토 바구니를 오래도록 찬탄의 눈길로 바라보았다. 정원에 꿇어 앉아 있던 창백하고 남루한 젊은 농부의 모습이 눈앞에 선했다.

아주 오랜만에 탐스럽고 빨갛게 윤이 나는, 정성이 가득 담긴 토마토를 보자 주교의 가슴이 벅차올랐다.

"복 받은 포피나 마을. 옛날부터 모시던 수호성인 두 분에다, 둘을 더 갖게 됐구먼. 아차, 내가 하나를 빼먹었군. 그 젊은 신부는 분명히 그 마을에 축복을 가져다줄 게야. 수호성인을 다섯이나 가지고 있는 마을이라니, 허허."

바로 그 순간, 젊은 신부이자 농부인 돈 칸디도는 포피나에서 조금 떨어진 밭 가장자리에 무릎 꿇고 앉아 기도를 하고 있었다.

"주님, 항상 청빈의 삶을 살도록 저를 도우시고, 노동의 기쁨을 잃지 않게 축복을 내려주옵소서. 아멘."

그는 성호를 긋고 일어서, 느릅나무에 기대어 놓았던 삽을 들고 다시 땅을 일구기 시작했다. 강둑 위로 지나가던 천사가 잠시 멈추어 서서 일에 열중하는 돈 칸디도를 바라보았다.

나더러 어리석은 이야기를 늘어놓는다고 탓하지 마시길! 천사가 함부로 세상을 돌아다니는 건 아니라지만, 그래도 가끔, 아주 가끔은 그래야 할 때도 있을 테니까…. 나만 그렇게 생각하는 게 아니라 나이 지긋하신 주교님도 그렇게 생각하신다는 거 아니겠소!

주효숙 | 옮긴이

한국외국어대학교 이탈리아어과를 졸업하고 동 대학원에서 비교문학 박사학위를 수여받았다. 이탈리아 페루자 국립언어대학교에서 이탈리아어 교사 자격증을 취득했으며, 조반니노 과레스키의 '돈 까밀로' 시리즈를 번역해 이탈리아 외무성에서 수여하는 번역상을 받았다. 한국외국어대학교 이탈리아어통번역대학에서 학생들을 가르치며 번역가로 활동하고 있다. 옮긴 책으로는 《돈 까밀로의 사계》와 《돈 까밀로와 뽀 강 사람들》, 《돈까밀로의여 양떼들》, 《돈까밀로의 작은세상》, 《새천년 세계는 어디로 가는가》(공역) 등이 있다.

*신부님 우리들의 신부님 5

돈 까밀로와 뽀 강 사람들

1판 15쇄 발행 | 2012년 01월 20일
개정 2쇄 발행 | 2019년 11월 15일

지은이 | 조반니노 과레스키
옮긴이 | 주효숙
펴낸이 | 김정동
펴낸곳 | 서교출판사

주소 | 서울시 마포구 성지길 25-20 덕준빌딩 2층
전화 | 3142-1471(대) 팩스 | 6499-1471
등록번호 | 제10-1534호
등록일 | 1991. 09. 25

Email | seokyodong1@naver.com
Blog | https://blog.naver.com/seokyobooks

ISBN 979-11-89729-14-1 04860

잘못된 책은 구입하신 곳에서 바꾸어 드립니다.
책값은 뒤표지에 있습니다.

서교출판사는 독자 여러분의 투고를 기다리고 있습니다. 원고나 아이디어가 있으신 분은 seokyobooks@naver.com으로 간략한 개요와 취지 등을 보내주세요. 출판의 길이 열립니다.